강철왕 박태준

강철왕 박태준

신중선 지음

문이당

『강철왕 박태준』은 철의 사나이로 불리는 고 박태준 회장님에 관한 책이다. 박 회장님은 포스코를 기획하고 건설하고 경영하면서 대한민국의 철강 산업을 세계 최강 자리에 올려놓았으며, 국가의 미래는 교육에 있다는 평소의 생각을 접목시켜 포스텍(전 포항공대)을 세운 탁월한 교육자이기도 하다. 또한 제11, 13, 14, 15대 국회의원과 국무총리까지 지낸 정치인이자 평생을 청렴하게 살면서 일찍이 노블레스 오블리주를 실천한, 우리가 사표(師表)로 삼아 마땅한 훌륭한 인물이다.

박 회장님은 나라를 위해서는 강철처럼 강했지만 사적인 자리에서는 다정다감했으며 아내에게는 둘도 없는 자상한 남편이요 자녀들에게는 더없이 따스한 아버지였다. 특히 딸들에게는 멀리서 흠모하던 멋진 남자였다. 뉴스를 통해서만 볼 수 있는, 자주 만날 수 없는 아버지였기 때문이다.

성품이 시냇물처럼 맑고 대나무처럼 곧은 박 회장님은 우리가 믿고 신뢰해도 좋을 큰 어른이었다. 믿고 따를 만한 정신적 지도자가 그리운 이 혼탁한 시대에 많은 사람들은 아직도 그를 그리워하며 존경하고 있다. 나 또한 벌써 오래전부터 박 회장님을 존경해 마지않던 터라 이 어른에 대해 꼭 한 번 쓰고 싶었다.

박태준 회장님의 생애는 널리 알려져 있어 집필에 특별한 어려움은 없었다. 큰 줄거리를 잡기 위해 우선 시중에 나와 있는 수많은 도서와 신문기사들을 내 앞으로 불러냈다. 그 기록들의 도움을 많이 받았다. 우리 국민 모두가 존경하는 분의 책을 만드는 과정에서, 나는 독자를 끌어들이려는 목적으로 없는 사실을 만들어 내서는 안 되며, 역사적으로도 중요한 기록들인 만큼 재미를 위해 과장하거나 미화 혹은 왜곡시켜서는 더더욱 안 된다는 사실을 염두에 두고, 되도록이면 소설가적인 상상력을 배제했다.

책을 쓰면서 가장 고심했던 점은, 기본적으로는 포철을 성공적으로 이끌기까지의 삶을 다루되 여하히 이 어른의 인간적인 면모까지 그 안에 녹여내는가 하는 문제였다. 이 부분의 집필에는 장옥자 여사와 큰따님인 박진아 씨의 도움이 컸다. 이분들을 직접 만남으로써 세상에 잘 알려지지 않은 이야기들을 들을 수 있었다.

숨어 있는 일화들을 이 책에서 많이 다루게 된 것은 커다란 행운이 아닐 수 없었다. 이것이 가능하도록 물심양면으로 도와준 모든 분들에게 감사드리며, 책이 진행되는 동안 애정을 갖고 지켜봐 주신 박 회장님의 맏사위인 윤영각 파인스트리트 그룹 대표이사 회장에게도 감사의 말씀을 드리고 싶다. 또한 집필하는 동안 참고가 되어 준 여러 도서의 저자, 신문이나 잡지, 통신사 등에도 고마움을 표한다. 이에 대한 감사의 마음은 책의 참고도서 목록에 밝히는 것으로 대신한다.

이 책이 박태준 회장님의 업적을 칭송하는 책이 아닌 포철과 함께한 박태준 회장님의 인간적 고뇌와 오직 국가와 민족만을 생각한 인간 박태준의 휴먼 다큐로 읽힌다면 더할 나위 없이 기쁘겠다.

2013년 11월

신 중 선

차례

대체 이분은 누구십니까?

2011년 12월 13일 오후 5시 20분, 대한민국의 큰 별 하나가 졌다. 청암 박태준 전 포스코 회장이 지병인 폐질환이 악화돼 타계한 것이다. 향년 여든넷. 빈소가 마련된 연세대 세브란스 병원에는 닷새 동안 조문객들의 발길이 끊이지 않았으며, 많은 국민이 그의 마지막 가는 길을 애도했다. 장례 기간 중 전국 여덟 곳의 빈소에 8만여 명의 조문객이 다녀갔으며 12월 17일 국립현충원 영결식장에는 8백여 명의 조문 인사가 참석했다. 영하 10도의 한파도 조문객들의 발길을 막을 수 없었다.

박근혜 대통령을 비롯하여 이명박 당시 대통령, 전두환 전 대통령, 김황식 당시 국무총리, 이헌재 전 경제부총리, 진념 전 경제부총리, 정동영 의원, 정몽준 의원, 최시중 당시 방송통신위원회 위원장, 이건희 삼성전자 회장, 박삼구 금호아시아나그룹 회장, 박용현 두산그룹 회장과 현정은 현대그룹 회장, 한진그룹 사장단, 정몽구 현대차그룹 회장, 구본무 LG 그룹 회장, 최태원 SK 그룹 회장 등 정·관·재계 인사들이 빈소를 찾아 고인을 추모했다. 외국인으로는 미무라 아키오 신일본제철 회장이 제일 먼저 조문했다.

이들은 하나같이 "기업인들의 사표가 될 만한 큰 어른이 너무 빨리 떠나서 아쉽다"며 안타까워했다. 이헌재 전 경제부총리는 "나라부터 생각하고 일하셨던 분"이라고 고인을 회고했으며, 진념 전 경제부총리는 "청암 선생님은 우리나라 산업 근대화의 주역"이라면서 "비록 떠나셨지만 영원히 우리 곁에 함께할 것을 믿어 의심치 않는다"고 했다. 아키오 회장은 "고인은 포스코를 기획하고 건설하고 경영까지 한 그야말로 이 시대의 표상이 되는 훌륭한 경영자"라는 말로 고인을 기렸다.

박태준 회장은 1968년 명동 유네스코 회관에서 열린 창립식에서 초대 사장으로 취임한 이후 1992년 경영 일선에서 물러나기까지 25년간 포항제철 최고경영자로 재직하면서, 포항제철소와 광양제철소의 제4기 준공을 성공리에 마무리해 4반세기에 걸친 기적을 일궈 냈다. 세계 철강왕으로 불리는 카네기보다 짧은 시간에 2배 넘는 규모로 포스코를 키워낸 그의 제철보국의 신념은 전설이 된 지 오래다.

철강인 박태준의 타계에 대해 국민들의 아쉬움이 유독 컸던 이유는 그의 영면이 곧 믿고 신뢰할 만한 리더 한 사람의 공백을 의미하는 것이기 때문이었다. 그가 평생에 걸쳐 보여 준 비전의 리더십이 없었더라면 어찌 오늘의 포스코가 존재할 수 있을 것이며, 어떻게 우리 대한민국이 철강 대국으로 전 세계에 이름을 드높일 수 있을 것인가.

포스코 임직원들은 '박태준이 곧 포스코이고 포스코가 곧 박태준'이라는 생각을 갖고 있었다. 그의 리더십은 청렴을 바탕으로 하고 있었기에 더욱 존경을 받았다. 이와 같은 사실은 장례 절차가 진행되면서 국민들에게 보다 널리 알려졌다. 놀랍게도 본인 명의의 자동차는 물론이요 집 한 칸도 남기지 않았던 것이다. 심지어 단 한 주의 포스코 주식도 갖고 있지 않았다.

국민들은 이 같은 사실을 믿기 어려웠다. 왜냐하면 그는 포스코 대표이사 회장직 이외에도 제11, 13, 14, 15대 국회의원에다 대한민국 국무총리까지 지낸 화려한 경력의 거물급 인사였기 때문이다. 그동안 사회 지도층 인사 다수가 보여 준 갖가지

행태 때문에 더더욱 믿기 어려웠다. 그는 노블레스 오블리주를 온몸으로 실천하면서 살았던 흔치 않은 인물이었던 것이다.

5·16 직후 박정희 전 대통령의 특별 하사금으로 구입한 서울 북아현동 자택도 2000년 총리직에서 물러나면서 처분해, 매매 대금 14억 5천만 원 가운데 10억 원을 아름다운재단에 기부하고 나머지 돈으로 전셋집을 얻었다.

"시민 단체가 힘을 가져야 사회가 균형을 가지게 된다. 견제 세력이 있어야 정치권이 마음대로 하지 못한다."

아름다운재단에 기부한 이유를 그는 이렇게 말했다.

이후 박태준 회장 부부는 전세살이를 하다가 둘째 딸 박유아 소유의 한남동 맨션으로 옮겨 살았다. 그때 보다 못한 아들 박성빈이 서울 청운동의 단독 주택을 구입해서 아버지에게 주고자 했으나 그는 끝내 반대했다.

"정 그렇다면 우리에게 10년 세 주는 걸로 하여라."

하지만 그는 새집으로 이사 가기 전에 병원에서 생을 마감하고 말았다. 온 가족이 지켜보는 가운데 눈을 감은 그는 "포스코가 국가 산업의 동력이 돼 대단히 만족스럽다. 더 크게 성장해서 세계 최강의 포스코가 되길 바란다. 포스코 임직원들은 애국심을 갖고 일할 것을 당부한다"라는 말을 남겼다.

1968년 시작된 포스코(당시 포철) 건설이 1992년 광양제철소 4기설비 준공식으로 마무리되는 동안 그는 포항 효자동에서 지냈다. 25년간 가족과 떨어져 지내며 평생을 개인의 삶보다 국가를 우선시하며 살아왔기에 그 자신의 말처럼 "내 몸은 내 것이 아니라 나라 것"이었던 것이다. 그가 유언으로 "아내와 가족에게 미안하다"는 말을 할 수밖에 없었던 이유가 여기에 있다.

조국의 경제 발전을 위해 가정을 희생시킬 수밖에 없었던 박태준은 항상 가족에게 미안한 마음을 갖고 있었다. 어찌 그인들 평범한 아버지와 남편 역할을 하고 싶지 않았겠는가. 그의 아내 장옥자 여사는, 남편을 자주 볼 수는 없었지만 함께하는 순간만큼은 언제나 아내부터 배려해 주던 지극히 매너 좋은 남편이었다며 그를 자상한 신사 남편으로 기억하고 있다. 또한 "나에겐 세상에서 둘도 없는 사람이다. 나는 다시 태어나도 두말없이 그와 결혼할 것"이라고 말한다.

박태준 회장은 대한민국의 철강 산업을 세계 최강 자리에 올려놓았을 뿐만 아니라, 세계 어디에 내놔도 손색없는 포스텍을 세울 정도로 교육에도 관심이 많았으며, 실업 축구팀인 포철 축구팀을 창단해, 이 땅에 프로 축구를 정착시키는 데 커다란 공을 세웠다.

그가 별세했을 때 국내의 모든 신문은 그의 부음을 머리기사로 알리면서 하나같이 그의 삶을 칭송했다. "시냇물처럼 맑고 대나무처럼 곧았다"고 적었다.

조국 사랑을 바탕으로 한 박태준 회장의 리더십은 '애국 충정, 임전무퇴, 인재 육성'을 모토로 한 강철 리더십이었다. 세월이 흘러도 박 회장에 대한 존경심은 쉽게 사라지지 않을 것이다. 왜냐하면 우리 국민은 예나 지금이나 청렴한 리더를 간절히 원하고, 그가 바로 그런 인물이었기 때문이다.

박태준 회장은 2001년, 폐를 압박해 오던 풍선만 한 물혹을 끄집어내는 대수술을 받았다. 수술은 미국의 코넬 대학 병원에서 이뤄졌다. 왼쪽 옆구리를 33센티미터 절개해 풍선만 한 물혹을 빼내는, 6시간 30분에 걸친 대수술이었다. 집도의는 환자의 폐에서 떼어 낸 종양을 분석해 보고는 깜짝 놀랐다. 그 안에 모래 원료인 규소 성분이 들어 있었기 때문이다. 집도의가 놀라움이 가시지 않은 얼굴로 가족에게 물었다.

"대체 이분은 누구십니까? 어떤 일을 하는 분이기에 몸 안에 모래가 있습니까?"

"이분이 바로 한국에 종합제철소 포스코를 세우고, 한국을 제철강국으로 만든 박태준 회장님이십니다. 포스코는 모래벌 판에 세워졌습니다."

"아!"

집도의는 한국의 포스코를 모를 수도 있었다. 그러나 그가 내뱉은 감탄사에는 '이 정도로 자신의 몸을 혹사했다면 그 포스코란 곳은 성공할 수밖에 없었겠구나' 하는 존경의 의미가 담겨 있었다.

모래바람이 거세어 눈조차 뜰 수 없었던 황량한 영일만에 포항제철을 세우느라 고군분투하던 시절, 모래 알갱이들이 그의 폐 속에 차곡차곡 쌓여 그것이 후일 병마가 되어 박태준 회장의 육체에 그 실체를 드러낸 것이다. 진폐증과 비슷한 직업병이었다. 다시 말하면 조국의 경제 발전을 위해 한 개인이 자신의 건강을 고스란히 바친 것이라고 할 수 있었다. 수술 당시그의 나이는 일흔넷이었다.

"만일 잘못되면 화장하여 포항제철이 보이는 곳에 묻어 달라"고 유언을 남길 정도로 위험한 수술이었지만 다행히 결과는 좋았다. 그러나 수술 후 폐기능이 완전히 회복되지 않아 후유증으로 고생하다가 급성 폐 손상으로 호흡 곤란이 발생해결국 운명하고 말았다.

10년 만에 다시 열어 본 그의 폐는 딱딱하게 굳어 있었다. 이 땅에 종합제철소를 세우느라 석화된 폐였다. 그 어느 훈장이 이보다 값질 수 있을 것인가. 그 어느 훈장이 이보다 영광스러울 수 있을 것인가. 대한민국은 그에게 커다란 빚을 지고 있다.

장례는 사회장으로 치러졌다. 장지로는 일생을 바친 포항과 포스코가 심도 있게 검토됐지만 산지 훼손과 길을 내야 하는 등의 문제로 동작동 국립현충원으로 결정되었다. 그는 국가유공자 제3묘역 17구역 박정희 전 대통령의 묘소 가까운 유택에 안장되었다. 두 사람은 헤어진 지 32년 만에 예전처럼 가까이 있게 되었다. 사제지간으로 처음 만난 이후, 한 사람은 대통령으로, 한 사람은 포철의 사장으로 각자의 자리에서 한 시대를 이끌었다.

영일만의 기적을 이뤄 내던 당시 현장에 함께 있었던 직원들은 고인의 영전에서 "내 살점이 떨어져 나간 것처럼 아픕니다. 직원들 한 명 한 명을 가슴으로 격려해 주고 안아 주었던 너무나 인간적인 분이었습니다"라며 애통해했다. 장례위원장이었던 박준규 전 국회의장은 "박태준, 나도 곧 따라갈 테니 먼저 가서 박 대통령을 만나면 부디 안부 전해 주시오"라는 추도사로 추모객들의 심금을 울렸다. 마침내 장사익의 조가 〈나 하늘로 돌아가리라〉가 장내에 울려 퍼졌을 때 조문객들의 슬픔은 극에 달했다. 그곳에 있던 사람치고 눈시울을 적시지 않은 이가 없었다.

『한강』 집필을 계기로 20년 넘게 고인과 가까이 지낸 소설가 조정래는 영결식에서 "당신은 한국의 간디입니다. 마하트마 박으로 부르고 싶습니다"라고 칭송했으며, 『시사인』에 기고한 글을 통해서도 그를 간디에 비유하면서 "너나없이 돈에 홀려 정신을 잃은 세상에서 박태준의 길을 따라가기란 너무 어렵습니다. 어쩌면 그분은 이 시대의 마지막 애국자인지도 모릅니다"라고 쓰면서, 그를 '외로운 애국자'라고 평가했다. 이어서 "그분은 우리를 비추는 거울이고 나침반이며 영원한 사표"라고 썼다.

한국이 군대를 필요로 했을 때 귀하께서는 장교로 투신했습니다. 한국이 경제 개발을 위해 기업인을 찾았을 때 귀하께서는 기업인이 되었습니다. 한국이 미래의 비전을 필요로 할 때 귀하께서는 정치인이 되었습니다. 한국에 봉사하고 또 봉사하는 것, 그것이 귀하의 삶에는 끊임없는 지상 명령이었습니다.

이것은 1990년 11월 16일, 프랑스 최고의 훈장으로 인정받는 레종도뇌르 훈장을 받을 당시 미테랑 대통령이 박태준 회장에게 했던 찬사로, 고인의 인생 역정을 고스란히 표현해 주는 말로 유명하다.

박태준 회장은, 포항제철을 만들던 시절 오직 목표에만 매달리느라 직원들을 많이 다그쳤다면서, 그로 인해 혹여 상처를 받은 사람이 있다면 사죄하고 싶다고 후일 공개적으로 밝힌 적도 있다. 목표를 이루기 위해 어쩔 수 없이 강하고 준엄하게 행동했지만 속마음은 그게 아니었다는 고백에 다름 아니다.

고인이 생전에 사용하던 안전모와 안전화를 비롯하여 작업복, 지휘봉, 1970년대 당시의 현판, 포철 제1용광로에 사용된 내화벽돌 등의 유품들은 현재 국가유공자실 유품전시관에 전시 중이다. 이곳에는 박정희 전 대통령, 국어학자 주시경 선생, 이범석 장군 등 1945년 조국 광복 후 정치, 경제, 외교, 안보, 사회, 문화 등 각 분야에서 국가 발전과 민족 번영에 공훈을 남긴 국가 유공자들의 유품과 업적에 관련된 자료가 전시돼 있다. 또한 미래전략연구소로서의 '박태준연구소' 건립이 포스텍 내에서 추진되고 있으며, 고향 기장의 생가 옆에는 박태준기념관도 세워질 예정이다.

1968년 황량한 모래벌판이었던 영일만에 기적을 일궈 냈던 불굴의 사나이, 나라를 위해서라면 강철처럼 강했던 철의 사나이였지만, 박 회장은 사석에서는 낭만적이었으며 가족에게는 다정하기 그지없는 남편이자 아버지였다.

박정희 교관을 만나다

처음으로 만난 철

박태준은 1927년 음력 9월 29일 경남 동래근(현 부산광역시 기장) 장안면 임랑리에서 아버지 박봉관과 어머니 김소순의 7남매 중 장남으로 태어났다

당시 임랑의 주민들은 멸치잡이로 근근이 살림을 꾸려 가고 있었다. 일제가 침략하기 전까지는 공동어장에서 자급자족하면서 살았다. 비록 넉넉하지는 않아도 마음만큼은 편안한 삶이었다. 하지만 일제 강점기에 들어서면서 사정이 달라졌다. 일본인들이 대거 들어와 마을 어장의 소유권을 강제로 이전해 갔다. 마을의 평화는 순식간에 깨지고 말았다. 주민들은 자신들의 어장에서 자유롭게 고기를 잡아먹고 살던 입장에서 하루

아침에 품삯을 받는 신세로 전락하고 말았다. 농촌도 같은 입장에 처해 있었다. 일본은 조선의 토지에 근대적 소유 관계를 도입하면서 수많은 조선 농민의 경작권을 빼앗았다.

마을에서는 일본인 어장 주인을 상대할 사람이 필요했다. 이때 한학에 밝은 박태준의 큰아버지 박봉줄이 마을 대표로 뽑혀, 일본인과 조선인 사이를 오가며 의견을 전하는 역할을 하게 되었다.

일제의 침략의 손길은 날이 갈수록 거세져 마을 주민들의 고민은 날로 깊어만 갔다. 모이기만 하면 걱정과 한숨뿐이었다. 급기야 배고픈 설움까지 겹치자, 마을은 더 이상 주민들의 안식처가 될 수 없었다. 그 고통은 어린아이들에게까지 영향을 미치기 시작했다. 행복했던 날들이 까마득한 옛일처럼 돼버린 임랑의 주민들은 억울함과 울분 때문에 가슴이 까맣게 타들어 갔다.

"이제 어떻게 살아야 하나. 어린것들의 배까지 곯리다니!"

어른들이야 어떻게든 견딘다 해도 부모 된 자로서 자식들의 고통은 그냥 넘기기가 힘들었다. 어민들이 하나둘 마을을 떠나기 시작했다. 고기 잡는 일 외엔 달리 할 수 있는 게 없었지만 가만히 앉아서 굶어 죽을 수는 없는 노릇이었다.

마을을 떠난 사람들은 대부분 만주와 연해주로 갔다. 빈집이 점차 늘어나 마을은 을씨년스러워지기 시작했다.

박태준의 집안이라고 예외일 수 없었다. 박태준의 큰아버지인 박봉줄은 일본으로 건너가기로 작정했다. 마을 대표로 일하면서 알게 된 일본 토건회사 대표가 "혹시 일본에 오면 책임지고 일자리를 마련해 놓겠다"고 말하고 본국으로 돌아갔기 때문이다.

더 이상 고향에서는 희망이 없다고 결론을 내린 박봉줄은 단호히 짐을 꾸려서 직계가족을 데리고 마을을 떠났다. 떠나면서 그는 박태준의 아버지인 박봉관에게 당부했다.

"내가 자리 잡는 대로 연락할 테니 너도 뒤따라오너라. 여기보다야 낫지 않겠니."

박봉줄이 그 약속을 지키는 데는 오래 걸리지 않았다. 일본에 정착한 박봉줄은 동생의 일자리를 마련한 뒤 기별을 했다. 박봉관은 젊은 아내와 어린 아들은 나중에 데려가기로 하고 혼자 현해탄을 건넜다. 그처럼 일본에서 수월하게 일자리를 구할 수 있었던 것은 당시 일본이 한창 산업화에 박차를 가하고 있었기 때문이다. 일꾼이 부족했던 일본은 자국민이건 조선인이건 가리지 않았다.

박봉관이 떠난 뒤 그의 아내는 이제나저제나 남편의 편지만 기다렸다. 이러다가 영영 이별하는 것은 아닐까 두려운 마음도 있었다.

　조선의 사정이 점점 더 악화되어 가던 1933년 8월 하순, 마침내 기다리던 소식이 도착했다. 박봉관의 아내는 단출하게 보따리를 꾸렸다. 다시는 고향 땅을 밟지 못한다고 해도 어쩔 수 없이 지아비가 기다리는 일본으로 떠나야 했다. 동구 밖을 나서며 뒤돌아보길 수차례, 발길 닿은 곳곳마다 눈물을 뿌렸다. 한 손에는 짐 보따리를, 다른 한 손에는 보물과도 같은 아들의 손을 꼭 잡고 차마 떨어지지 않는 발걸음을 떼어 놓았다. 이때 박태준은 겨우 여섯 살이었다.

　박태준은 어머니와 함께 고향을 떠나 인파로 북적이는 부산항 부두에 섰다. 밤의 부두는 소란스러웠고 구경조차 못해본 신기한 볼거리에 눈이 휘둥그레질 지경이었다. 한적한 어촌에서 조용히 살아온 박태준에게는 모든 광경이 낯설었다. 하지만 새로운 세상에 대한 호기심 때문에 그 낯선 감정이 무조건 싫지만은 않았다. 그러나 어린 박태준도 본능적으로 위기감은 느끼고 있었다. 한 번 놓치면 끝이라는 생각에 어머니의 손을 단단히 부여잡았다. 손바닥에 땀이 차올라 마주잡은 손이 끈적끈적할 정도였다. 어린 소년에게 어머니의 손은 생명줄과도 같았다.

　"태준아, 저것이 관부 연락선이라는 배다. 대단하지? 우리는 저걸 타고 아버지에게 가는 거야."

관부 연락선이라는 이름의 쇳덩어리! 그 엄청난 덩치를 보는 순간 박태준은 벌어진 입을 다물 수 없었다. 고향에서 매일 보던 아담한 목선과는 감히 비교조차 할 수 없는 크기였다. 박태준은 강철로 건조된 그 쇳덩어리에 단박에 압도당했다. 관부 연락선 쇼케이마루는 4천 톤급 배로, 어린 박태준으로서는 세상에 태어나서 본 것 가운데 가장 거대한 물체였다. 그때는 자신이 후일 종합제철소를 짓는 사람이 되리라고는 상상도 못 했지만, 지금 와서 굳이 의미를 부여하자면 관부 연락선이라는 배는 어린 박태준이 태어나 처음으로 본 철이었다고 할 수 있다. 그것도 엄청난 크기의 철강 제품이었다.

두 모자는 다른 승객들에 섞여 배에 올랐다. 관부 연락선은 부산과 시모노세키 사이를 운항하던 연락선으로, 러일전쟁에 승리한 일본이 한국을 거쳐 중국의 둥베이 지방과 몽골 등지로 진출하기 위하여 개설한 항로였다.

박태준은 어머니와 함께 배 밑바닥 선실인 3등실에 몸을 부렸다. 여기저기서 토악질을 해대는 통에 제대로 잠을 잘 수도 먹을 수도 없었다. 하룻밤 열두 시간을 꼬박 뱃멀미와 냄새가 진동하는 3등실에서 보내고 목적지인 시모노세키에 도착했을 때, 박태준은 파김치가 되어 있었다. 아버지를 만나러 가는 길은 참으로 멀고도 고달팠다.

모자가 시모노세키 부두에 도착하자 한 조선인 남자가 박봉관의 부탁으로 모자의 이름이 적힌 팻말을 들고 마중 나와 있었다. 그는 지금부터 열차를 타고 꼬박 이틀을 달려야 한다고 알려 주었다. 여행이 끝난 줄 알았던 모자는 다시 남자를 따라 열차에 올랐다. 열차는 이따금씩 간이역에 멈추기도 하면서 부지런히 달렸다. 배를 타고 오느라 지칠 대로 지친 박태준은 자다 깨다를 반복했지만 비몽사몽간에도 열차가 관부 연락선보다는 낫다는 생각이 들었다. 토사물 냄새가 나지 않았기 때문이다. 느닷없이 울리는 기적소리에 놀라 눈을 뜰 때도 있었지만 박태준은 거의 잠만 잤다.

이들의 최종 목적지는 박봉관과 박봉줄이 함께 살고 있는 마을 아다미(熱海)였다. 요코하마와 이즈 반도 사이에 있는 아다미는 지명 이름처럼 온천이 많고 날씨 또한 따뜻해서 살기 좋은 곳이었다.

박봉관은 박봉줄과 같은 집에서 한솥밥을 지어 먹으며 우애 좋게 오순도순 살고 있었다. 박봉관은 이즈 반도 이토센 단나 터널 공사현장에서 일하고 있었다. 터널 뚫는 일이었다. 일은 몹시 고되었지만 다행히 일본인 사장은 조선 사람을 업신여기지 않았고, 특히 박봉관 형제와 좋은 관계를 유지하고 있었다.

생계를 위해 관부 연락선을 타고 일본에 온 조선인들이 성품 좋은 일본인을 만나는 것은 드문 일이었으니, 이들 형제에게는 큰 행운인 셈이었다.

가족이 오자 박봉관은 집을 구해 따로 살게 되었다. 박태준은 이후 유년기와 청소년기를 합쳐 12년 동안 일본에서 보냈다.

박태준에게 무엇보다 시급한 문제는 일본어를 익히는 일이었다. 다행히 소학교(초등학교) 1학년에 다니는 사촌형 박태정에게서 큰 도움을 받을 수 있었다. 박태준은 언어를 습득하는 속도도 빨랐지만 낯선 환경에도 수월하게 적응했다.

박태준은 아다미의 다가심상소학교에 입학했다. 그는 총명할 뿐만 아니라 무엇이든 열심히 하는 성실한 학생이었다. 소학교에서 박태준은 공부는 물론 달리기나 수영, 유도와 같은 체육 종목에도 두각을 나타내는 우수한 학생이었다. 무엇이건 일등을 놓치지 않은 그는 내내 부모의 자랑거리였다.

1936년 11월 초순, 박봉관이 직장을 옮기게 되어 3년간의 아다미 생활이 끝났다. 박봉관의 새 일터는 나가노 현 치구마 가와 수력발전소 건설 현장이었다. 박태준 가족은 가장의 새로운 일터가 있는 이야마로 이사했다. 그곳은 아다미와 달리 눈이 많이 내렸다. 그 마을에서 박태준은 스키를 배웠다. 운동에 소질이 많은 박태준은 오래지 않아 스키 실력을 인정받아

대회에도 출전해 우수한 성적을 거두었다. 그는 무엇을 하건 어떤 분야건 두각을 나타냈다. 공부면 공부, 운동이면 운동 못하는 것이 없었다. 그런 아들 덕분에 박태준의 부모는 식민지 백성의 설움을 잠깐이나마 잊을 수 있었다. 박태준은 어릴 때부터 효자 노릇을 톡톡히 한 셈이다.

아버지 박봉관은 시골에서 성장해서 공부를 많이 하지 못해 지식인 축에 들지 못했지만, 자식들의 교육에 대한 열의만큼은 어느 누구도 따라오지 못할 만큼 대단했다. 그는 틈나는 대로 아들에게 공부의 중요성을 일깨웠다.

"태준아, 공부를 열심히 해야 한다. 그것만이 힘없는 우리가 저들을 이기는 길이다. 지금은 비록 일본의 식민지 생활에서 벗어나지 못하고 있지만 반드시 해방되는 날이 올 것이다. 그때가 되면 우리는 반드시 고국으로 돌아가야 한다."

아버지의 교육열 덕에 박태준은 계속 뛰어난 학교 성적을 유지할 수 있었다. 박태준은 아버지의 말을 귀가 따갑게 들으며 자라 시시때때로 마음을 다잡았다.

'조선인 학생으로서 일본 아이들을 이기는 길은 오직 하나밖에 없다. 아버지의 말씀대로 무엇을 하건 뛰어나야 한다.'

이야마로 이사 온 지 1년도 채 되기 전인 1937년 7월, 일본은 선전포고도 없이 중일 전쟁을 일으켰다. 베이징을 비롯하여 톈진, 상하이, 난징 등을 점령하면서 중국인들을 무차별적으로 학살했다. 이미 6년 전 중국 동북 지역인 만주를 정복해 식민지로 만들더니, 이에 만족하지 못하고 중국 전체를 정복하겠다고 전쟁을 일으킨 것이었다.

아버지 박봉관이 댐 건설 현장에서 일하면서 가족을 부양하기 위해 헌신하는 동안 동생도 셋이나 생겼다. 동생이 하나둘 태어날 때마다 박태준은 장남으로서의 책임감을 스스로 깨우쳐 어린 나이에도 의젓하기 그지없었다.

소학교 졸업이 코앞에 닥친 1939년, 이듬해 봄이면 박태준도 중학생이 될 터였다. 이 무렵의 유럽은 독일의 히틀러가 무서운 기세로 승승장구하며 유럽 대륙을 짓밟고 있었다.

내심 도쿄에 가서 견문을 넓히고 싶다는 꿈을 키우던 박태준은 인근 이야마 북중학교와 도쿄 소재 야자부 중학교의 합격증을 받았다. 야자부 중학교는 일본에서도 손꼽히는 명문이었다. 당시 일본은 중학교가 5년제로, 현재의 중고등학교를 합친 교육 과정이었다. 어린 나이에 가족과 떨어져 살려면 커다란 용기가 필요했지만 박태준은 1940년 도쿄 야자부 중학교의 교복을 입었다. 가슴이 뛰었다. 새로운 세계로 진입했다는 설렘이었다. 그 세상에서는 뭔가 대단한 것을 배울 수 있을 것 같고 마치 어른이 다 된 것 같은 기분도 들었다. 그럴수록 그는 일본 학생들에게 뒤지지 않겠다는 각오를 다졌다.

한편 세계정세는 급박하게 돌아가기 시작했다. 일본은 세계를 점령하겠다는 야심을 본격화해서 강대국인 독일, 이탈리아와 3국 동맹을 맺었다. 그리고 마침내 1941년 12월 8일 미국의 진주만 기습을 시작으로 태평양 전쟁을 일으켜 제2차 세계대전이 발발했다. 전쟁이 장기전에 돌입하자 물자와 인력이 부족한 일본은 조선은 물론 자국의 중학생들도 전쟁터로 내몰았다. 무기를 만들기 위해 조선인 집들을 뒤져 철로 만든 농기구와 놋그릇, 놋수저까지 강탈해가는 만행을 저질렀다.

시시각각으로 전쟁의 위험이 다가오자 일본 정부는 학생들에게 소개령을 내렸다. 이에 따라 박태준은 도쿄를 떠나 이야마 북중학교로 전학했다. 다시 가족과 함께 살게 되었지만 지방이라고 해서 전쟁의 위협이 비켜가지는 않았다. 다른 학교와 마찬가지로 이야마 북중학교에서도 몇 명의 학생이 소년병으로 차출되어 나갔다. 뽑혀 나간 학생들은 일정 기간 훈련을 거친 뒤 전쟁터에 투입될 것이라는 소문이 파다했다. 무기를 제대로 다룰 줄도 모르는 학생들을 데려다 총알받이로 쓰고 있다고 마을 사람들은 모이기만 하면 수군거렸다. 박태준의 부모는 애간장이 타들어 갔다. 일본 학생들이야 제 나라를 위한다는 명분이라도 있지만 조선인으로서는 너무 억울한 일이었던 것이다. 박태준의 아버지는 아들이 행여 학병이나 일본 육사에 끌려갈까 봐 한시도 마음 편한 날이 없었다.

태평양 전쟁으로 어수선한 가운데 박태준은 중학교 4학년이 되었다.

전쟁이 한창이던 1943년 7월, 일본은 전쟁에서 물적·인적 자원 모두 부족한 상황이었다. 이 사실에 대해 잘 알고 있던 미·영·중 3국이 포츠담 회담에서 일본의 무조건 항복을 권고했다. 그러나 일본은 이에 응하지 않았고, 오히려 조선인 징용과 징병에 박차를 가했다. 학병도 마찬가지였다. 다급해진 일본은 같은 해 10월 1일 '대학생 징집연기 임시특례법'을 공표했다. 전문학교와 대학교 재학생들에게 부여하던 징집 연기 혜택을 축소하고 앞으로는 이공계와 사범계 학생에게만 이를 적용한다는 내용이었다. 와세다 공과대학에 입학하는 것이 박태준의 당초 목표이기도 했지만 전쟁에 투입되지 않으려면 반드시 공과대학에 합격해야만 했다. 박태준은 최소한의 수면만 취하고 나머지 시간은 대부분 수험 준비에 매달리는 등 공부에 박차를 가했다. 와세다 공과대학에 들어가느냐 마느냐는 자신의 생명과도 직결되는 문제였다.

박태준이 일본으로 건너온 지 10년을 넘긴 1944년, 중학교 5학년생이 된 박태준은 소년병에 뽑혀 나갈까 봐 노심초사하지 않은 날이 없을 정도로 불안한 하루하루를 보내야 했다. 여러 차례 위기가 없지는 않았으나 다행히 사관학교에 가지 않고 학업도 무사히 마칠 수 있었다. 그리고 자신의 바람대로 명문인 와세다 대학교 공과대학 기계공학과에 무난히 합격했다.

한편 조선에서도 학병 징집 독려가 대대적으로 전개되었다. 한국의 몇몇 지식인은 일본의 강권에 못 이겨 학생들에게 징집을 권하는 연설을 하기도 했다. 말이 '독려'이고 '권유'지 실은 강제 동원이었다. 조선의 젊은이들은 학병에 끌려가지 않으려고 온갖 방법을 동원했다. 그럼에도 1944년 1월 20일, 힘없는 고국의 젊은이들이 대거 일본 부대에 끌려가는 일이 발생하고 말았다. 나라 잃은 식민지 백성의 비애였다. 원통한 일이 아닐 수 없었다. 재일 조선인 유학생들도 마찬가지 처지였다. 이들도 군대에 끌려가지 않기 위해 몸을 피하지 않으면 안되었다.

일본이 공과대학 학생들을 병역에서 면제시킨 이유는 국가 건설에 반드시 필요한 인재라고 판단했기 때문이지만 전쟁의 패색이 짙어지자 공대생들도 동원하기 시작했다. 전쟁에는 직접 투입되지 않았지만 군수품기지에 강제 동원되어 참호 파는 일을 하거나 송진을 채취했다. 송진 채취는 석유 대용으로 쓰기 위해서였는데, 한번 동원되면 새벽부터 밤늦게까지 작업해야 했다.

미국의 일본 점령이 머지않아 보이던 1945년 2월 하순, 박태준은 도쿄 와세다 대학교에서 가까운 곳에 하숙집을 잡았다. 전쟁이 막바지로 치닫던 때라 툭하면 공습경보가 울렸다. 일본의 항복을 받아내기 위해 연합군은 끊임없이 프탄을 퍼부었다. 밤낮이 따로 없이 공습경보가 울리면 모두들 정해진 방공호로 대피해야 했다. 일본이 패망할 것이라는 걸 모두가 짐작하고 있었지만 정작 일본 정부는 항복할 생각이 없는 듯했다.

어수선한 가운데서도 와세다 대학교는 4월 2일 입학식을 치렀다. 그로부터 얼마 지나지 않아 5월 독일이 항복했고, 7월 하순이 되자 일본 정부에서 국민들에게 소개령을 내렸다. 박태준은 친구들과 함께 도쿄를 떠나 피란길에 올랐다. 도착한 곳은 군마 현이었다. 일본 중북부에 위치하고 있는 군마 현은 온천으로 유명한 산골마을이다. 모든 것이 낯설어 피란생활이 고달팠지만 한편으로는 머지않아 일본이 항복할 것이라는 희망을 품을 수 있어서 설레는 나날이기도 했다.

길지 않은 피란살이였지만 군마 현은 장차 박태준과 깊은 인연을 맺게 된다. 훗날 박태준과 절친한 관계를 맺는 후쿠다 야스오, 나카소네 야스히로, 오부치 게이조, 이 세 사람이 모두 군마 현 출신 총리이기 때문이다. 이들은 박태준이 필요로 할 때마다 직간접으로 도움을 주게 된다.

8월 6일 8시 15분, 원자 폭탄을 탑재한 미군 B29기가 고도 9,600미터 히로시마 상공에서 폭탄을 투하했다. 원폭 투하에도 불구하고 끝까지 일본은 항복 선언을 하지 않았다. 그러자 미국은 8월 9일 나가사키에도 원자 폭탄을 투하했다. 나가사키에는 박태준의 큰집이 있었다. 박태준 가족이 이야마로 이사한 뒤 큰집은 나가사키로 옮겼다. 나가사키에도 원자 폭탄이 투하되었으니 목숨을 장담할 수 없는 일이었다. 박태준은 눈앞이 노란 느낌이었다.

8월 15일, 히로히토의 중대 발표가 있다고 했다. 박태준은 함께 피란 온 사람들과 함께 라디오 앞에 모여 앉았다. 히로히토가 떨리는 목소리로 '무조건 항복'을 선언했다. 일본인은 하늘이 무너지는 심정이었겠지만 식민지 백성으로 살아야 했던 조선인들로서는 이보다 더 기쁜 일이 없었다. 벅찬 감격으로 박태준은 자신도 모르는 사이 울고 있었다.

"해방이다!"

박태준은 수많은 조선인들과 함께 '대한독립만세'를 목이 터져라 외쳤다.

피란지에서 도쿄로 돌아온 박태준은 짐을 꾸려 가족이 살고 있는 이야마로 갔다. 다행히 가족은 모두 무사했으나 부모님은 나가사키의 큰집 소식을 몰라 애태우고 있었다. 장남인 박태준은 큰집이 있는 나가사키로 향했다. 다행히 큰집 식구들도 모두 무사했다.

벌써 오래전부터 해방이 되면 반드시 고국으로 돌아가리라는 생각이 확고했던 박태준의 아버지는 고국에 돌아갈 채비를 서둘렀다. 그러나 큰집은 일본에 남기로 결정했다.

1933년 아버지를 찾아 어머니 손에 이끌려 승선했던 만 여섯 살 소년은 1945년 열여덟 살 청년이 되어 부모형제와 함께 다시 관부 연락선에 올랐다.

박정희 교관을 만나다

고향 임랑의 산천은 변함이 없었으나 조국은 38선에 의해 남북으로 나뉘고 말았다. 또 다른 비극의 잉태였다. 이승만이 이끄는 남한과 김일성을 중심으로 한 북한으로 나뉜 조국은 서로의 심장에 총부리를 겨누는 원수지간이 되고 말았다.

해방된 조국에 돌아오긴 했지만 박태준은 한동안 무엇을 어떻게 해야 할지 갈피를 잡지 못하고 방황했다. 다만 공부를 계속하고 싶다는 마음만큼은 변함이 없었다. 박태준은 무조건 상경해서 경성공업전문학교(현 서울대학교 공대)에 가봤다. 대한민국 제일의 학교로 이름난 그곳에서 훌륭한 교수님을 모시고 공부하고 싶었다. 그러나 실망스럽게도 학교에는 교수도

학생도 없었고, 텅 빈 강의실뿐이었다. 기왕에 상경했으니 일자리라도 잡아 보려 했으나 이 또한 여의치 않아 다시 고향으로 내려올 수밖에 없었다. 특별히 하는 일 없이 집안일이나 거들며 지내는 수밖에 없었다.

해가 바뀌어 1946년이 되었다. 이대로 시골 마을에 박혀서 살아갈 수는 없다고 생각한 박태준은 일본으로 떠났다. 일단 와세다 대학교를 졸업할 생각이었다. 그러나 일본은 곳곳이 전쟁의 상흔으로 신음하고 있었다. 조국이나 일본이나 사정이 어렵기는 매한가지였다. 도저히 학업을 계속할 수 없는 처지에 내몰리자, 그는 2학년을 마치고 다시 귀국길에 올랐다.

해방 후의 상황은 어느 곳이나 공부할 환경이 되지 못했다. 이제 길은 하나, 일자리를 구하는 수밖에 없었다. 그러나 직장은 쉽사리 구할 수 없었다. 기왕이면 전공인 기계공학의 소질을 살리는 직장에서 일하고 싶었으나 쉽지 않았다. 그러던 중 창설된 국방경비대에서 사관학교 후보생을 뽑는다는 소문을 들었다. 그 얘기를 듣는 순간 박태준은 자신이 가야 할 길이 바로 그곳인 것만 같았다. 갑자기 눈앞이 환해지면서 기운이 솟았다. 그길로 집으로 달려간 박태준은 아버지에게 말했다.

"아버지, 저는 군인이 되겠습니다."

자신만만하게 말하는 박태준과 달리 아버지는 반대 의사를 밝혔다. 아버지뿐만 아니라 친척이나 친구들까지도 만류했다. 기계공학도와 군인은 달라도 너무 다른 길이었다. 그러나 박태준은 소신을 굽히지 않았다.

"훈련을 받은 뒤에는 사관학교에도 입학할 수 있다고 합니다. 제 생각에 이것은 저를 위한 길이자 나라를 위한 일이기도 합니다."

"아니, 갑자기 군인이 되겠다니, 나는 당황스럽구나. 더 깊이 생각해 보아라."

"깊이 생각한 끝에 내린 결정입니다. 아버지, 지금 우리나라는 군인이 필요합니다. 저는 나라에 필요한 인물이 되고 싶습니다."

박태준의 의지가 확고하다고 느낀 아버지는 결국 아들의 선택을 받아들이고 격려의 말도 아끼지 않았다.

"네 생각이 그렇다면 그렇게 하여라. 그러나 너는 우리 집안의 장남이니 항상 몸조심해야 한다. 그리고 기왕이면 훌륭한 군인이 되어라."

1948년 5월, 박태준은 경비사관학교(현 육군사관학교) 6기생으로 들어갔다. 이곳에서 그는 평생을 함께하게 되는 박정희를 만났다. 당시 박정희는 제1중대장으로 대위 계급장을 달고 탄도학 강의를 맡고 있었다. 탄도학은 대다수 생도들이 어려워하는 과목이었다. 이 과목을 잘하려면 수학 원리를 제대로 이해하고 있어야 했다.

박정희는 외모만으로도 강한 의지가 느껴지는 사람이었다. 좀처럼 웃지 않는 데다 깐깐한 인상, 튀어나온 광대뼈가 차가운 인상을 주었다. 목소리조차 카랑카랑해 생도들은 그의 수업시간에 늘 긴장했다.

탄도학 강의 시간에 박정희가 문제 하나를 칠판에 적은 뒤 생도들에게 풀어 보라고 했다. 선뜻 풀겠다는 생도가 없었다. 누구를 시킬까 궁리하며 생도들을 훑어보던 박정희의 눈에 다부져 보이는 생도가 들어왔다. 순간 박정희의 날카로운 시선과 박태준의 형형한 눈빛이 허공에서 부딪쳤다. 후일 포철 직원이 말하던 예의 그 '레이저' 눈빛이었다. 박정희는 자신도 모르게 그 눈빛에 붙들렸다.

'보통은 넘겠는걸?'

속으로 그는 이렇게 생각했다. 박정희는 그런 사람을 좋아했다. 물에 물 탄 듯 술에 술 탄 듯 우유부단한 성격을 그는 제일 싫어했다. 그는 어쩐지 그 학생이 마음에 들었다. 두 사람의 운명적인 만남의 첫 단추가 채워지던 순간이었다. 박정희는 찌를 듯 날카로운 눈빛을 거두지 않은 채 질문했다.

"생도, 이름이 뭔가?"

"박태준입니다."

"나와서 풀어 보겠나?"

"네."

시원스레 대답한 박태준은 자신만만한 걸음걸이로 칠판 앞에 섰다. 수월하게 문제를 풀었음은 물론이다. 와세다 대학교 기계공학과에 2년이나 다닌 데다 특히 수학에 자신 있었던 박태준에게는 사실 너무 쉬운 문제였다. 어쩌면 박태준은 스스로 손을 들지는 않았으나 박정희가 자신을 지목하기를 바라고 있었는지도 모른다.

이 일로 박정희는 박태준을 눈여겨보게 되었다. 언제 봐도 진지한 태도와 자기관리가 철저한 점 등이 마음에 들었다. 박정희 자신의 생활태도가 바로 그러했기 때문에 더욱 마음이 갔는지도 모른다. 나중에 가서야 서로 알게 된 사실이지만, 두 사람은 국가관이나 세계관, 비전까지도 같았다. 두 사람은 박정희가 세상을 떠날 때까지, 아니 그 이후로도 계속 인연을 이어 갔다. 박태준은 박정희 사후에도 그의 자제들에게 관심을 갖고 돌보았다.

육사를 우수한 성적으로 졸업한 박태준은 소대장으로 임명되었다. 박태준 소위는 1948년 8월 10일 제1여단 제1연대로 배치되고, 이듬해 1월에는 수도여단으로 배속되었다. 3월에

중위로 진급하고 이듬해 12월 대위로 진급했다.

그즈음 미군 철수가 공공연하게 거론되기 시작했다. 그러다 1949년, 4만 5천여 미군이 한국을 빠져나가는 사태가 벌어졌다. 한반도에는 군사고문단으로 장교 472명과 소수 사병들만 남고 탱크나 군함 등의 무기도 대부분 철수했다. 그때부터 미군이 지키던 38선 인접 지역을 한국군이 책임져야 했다. 당시 박태준 대위는 7사단 1연대 2대대 소속으로, 서울 북부인 경기도 포천에 있었다.

1950년 6월 1일, 미국 대통령 트루먼은 "향후 5년간은 전쟁 위험이 없을 것이다"라는 기자회견을 했다. 그는 이때 "세계는 그 어느 때보다 평화에 가깝게 다가가고 있다"고 장담했지만 그것은 그릇된 판단이었다. 바로 그 시각, 북한은 도발을 획책하느라 분주했다.

트루먼의 발표가 있고 얼마 지나지 않은 25일 대한민국에 동족상잔의 비극이 기어이 일어나고야 말았다.

전쟁 하루 전인 6월 24일 토요일, 박태준 대위는 서울로 외박을 나와 있었다. 4월 21일 이후 계속 발령된 비상경계명령이 6월 23일 24시를 기해 해제되었기 때문에 모처럼 휴가를 즐기던 터였다. 자정을 넘어 6월 25일 새벽 4시, 북한은 예고도 없이 전격적으로 밀고 내려왔다. 옹진반도 방면, 개성 방면, 의정부 방면, 춘천 방면, 강릉 방면으로 38선 전역을 뚫는 전면전이었다.

전국에 가두방송이 울려 퍼졌다.

"모든 군인은 지금 즉시 원대 복귀하라! 오늘 새벽, 북한이 쳐들어왔다!"

당시 서울 청파동 선배 집에 있던 박태준은 가두방송이 있기 전에 이미 라디오를 통해 전쟁 소식을 들었다. 그는 즉시 짐을 꾸려 선배 집을 나왔다. 지나가는 트럭을 불러 세워 몇 번인가 갈아탄 끝에 포천에 있는 자신의 부대로 귀대했고, 곧바로 전쟁에 투입됐다.

박태준의 연대는 동두천과 포천의 방어망을 뚫고 의정부를 거쳐 서울로 직행하는 인민군 제3사단과 제109전차연대, 제4사단과 제107전차연대와 맞서 싸웠다. 북한군에게 서울을 내줄 수 없다는 일념으로 전 연대가 죽기를 각오하고 전쟁에 임했다. 그러나 소련제 T−34 탱크 앞에서 그의 부대는 속수무책으로 당할 수밖에 없었다. 무기와 전력의 열세는 충천한 사기만으로 해결할 수 있는 일이 아니었다. 미아리 고개에서 박태준의 부대는 괴멸 상태에 빠졌다. 연대장과 대대장, 중대장 10명이 그 전투에서 목숨을 잃었다. 12명의 중대장 가운데 살아남은 사람은 박태준과 또 다른 한 사람뿐이었다. 살아남았다는 게 기적인 패전이었다.

9월 15일에는 맥아더가 인천상륙작전을 감행했고, 16일에는 낙동강 교두보의 모든 전선에 북진 명령이 떨어졌다. 맥아더를 따라 인천으로 들어간 한국 해병이 서울 중앙청 국기 게양대에 인공기를 내리고 태극기를 올렸다. 한국군의 사기는 충천했으나 박태준의 집안은 비보를 접해야 했다. 박태준의 사촌형 박태정이 전사한 것이다. 그는 와세다 대학교 대학원에 다니던 중 조국에 전쟁이 발발하자 애국심을 누르지 못하고 현해탄을 건너와 국군에 지원했다. 당시 박태준 대위는 중대장으로 낙동강 전선을 방어하며 반격 작전을 준비 중이었다. 박태정이 순국한 곳은 포항 구룡포였다. 그는 훗날 국립현충원 33번 묘역에 안장되었다.

11월에는 꽹과리 부대를 앞세운 마오쩌둥의 중공군이 인해전술로 밀고 내려왔다. 화천 949전투에서 부연대장 박태준은 중공군과 격렬하게 맞붙었다. 이 전투에서 대대장과 참모들 모두가 북한강에서 익사하는 불행을 겪었지만, 박태준 부대는 화천 수력발전소를 사수하는 공을 세웠다.

1951년 새해 벽두, 흥남부두는 중공군에 밀린 한국군과 피란민들로 인산인해를 이루었다. 남쪽으로 내려가려는 흥남부두 대탈출이었다. 흥남 철수 하루 전, 박태준은 안타깝게도 급성 맹장염에 걸려 수술대에 눕는 처지가 되었다. 전쟁 와중이지만 급히 맹장수술을 하지 않으면 안 되었다. 꿰맨 자리가 아물려면 최소 일주일간은 야전병원에 누워 있어야 했지만 다급한 전세로 인해 수술 하루 만에 들것에 실려 해병대 양륙함(LST)을 탈 수밖에 없었다. 그가 옮겨 간 곳은 강릉의 한 병원이었다.

전쟁은 일진일퇴의 지루한 소모전 양상으로 흘러갔다. 어느 정도 건강을 회복하자 퇴원한 박태준은 강릉에 주둔하다가 속초 1군단 사령부로 이동했다.

휴전 회담이 진행되었지만 지지부진한 상태였다. 휴전 협정이 진행되는 동안에도 전투는 계속되어 많은 젊은이들이 아까운 목숨을 잃고 있었다. 전쟁이 끝난 뒤 몇 개의 무공훈장을 받았으나, 박태준은 동료를 잃고 살아남은 자로서의 괴로움에서 한동안 벗어날 수 없었다.

1952년 6월에는 이른바 '중석불(重石弗) 사건'이 터졌다. 이것은 국영기업체인 대한중석이 텅스텐을 민간 회사에 불하해 밀가루와 비료를 수입하게 하고, 그것을 농민에게 되팔아 검은돈을 챙긴 사건을 말한다. 대한중석은 당시 국내에서 유일하게 달러를 벌어들이는 기업이었다. 중령으로 진급해 제5사단 참모부에서 근무하던 박태준은 신문과 방송을 통해 그 소식을 접하고 분노했다. 물론 후일 자신이 바로 그 대한중석의 사장직을 맡게 되리라고는 꿈에도 상상하지 못했다.

수많은 사상자와 이산가족, 엄청난 상흔을 남긴 채 마침내 남북한은 1953년 7월 휴전 협정을 맺었다. 그로부터 4개월 뒤인 11월 16일, 박태준은 5기로 육군대학에 입교했다. 당시 육군대학은 입학식과 졸업식에 대통령이 참석하는 등 정부와 군 수뇌부에서 관심을 많이 기울이던 군 교육기관이었다. 박태준은 그곳에서 25주간 교육을 받고 수석으로 졸업해 대통령상을 수상하였으며 상장과 함께 부상으로 금시계를 받았다. 목숨을 담보로 한 전쟁을 겪은 뒤여서인지 감개무량했다. 이때 그는 맹세했다.

'짧은 일생을 영원한 조국에!'

항상 국가와 민족을 먼저 생각하는 애국 청년이었지만 졸업식장에서 대통령상을 받자 그의 나라에 대한 충정은 훨씬 더 강해졌다. 나라를 위한 일이라면 한 목숨 기꺼이 바치겠다고 결심했다. 이때 맹세한 '짧은 일생을 영원한 조국에!'는 평생을 통해 그의 좌우명이 되었다.

수석 졸업자 박태준을 눈여겨보던 당시 이종찬 총장은 그를 육군대학 교수부장으로 데려가고 싶어 했다. 그러나 박병권 육사 교장 역시 이미 그를 점찍고 있었다. 두 사람이 박태준을 사이에 놓고 줄다리기를 했지만 박 교장이 미래 장교 양성의 중요성을 내세워 이 총장을 설득하는 데 성공했다.

이렇게 하여 박태준은 육군대학을 졸업한 뒤 곧바로 육사 교무처장으로 갔다. 육사에서 그는 후배들로부터 '금시계'라는 별명으로 불렸다. 수석 졸업자의 또 다른 이름이었다. 후배들은 그의 모습이 보이면 작은 소리로 "저기 금시계 간다"라거나 "오늘 금시계가 말이야……"라는 식으로 수군댔다. 박태준은 육사에서 화제의 인물이었다. 후배들이 자신에 대해 말을 많이 한다는 걸 알고 있었지만 박태준은 짐짓 못 들은 척했다.

박 교장이 신임 교무처장인 박태준에게 맡긴 첫 임무는 육사 이전 계획 작성이었다. 그간 육군사관학교는 임시방편으로 진해에 내려가 있었다. 전쟁이 발발하자 태릉의 육군사관학교를 폐쇄했기 때문이다. 육사 이전 계획안을 수립하는 데 걸린 시간은 딱 열흘. 그는 밤잠도 미룬 채 첫 임무에 매달렸다. 그가 세운 이전 계획안에는 기본 계획뿐만 아니라 전시에 대비한 후퇴 계획과 골프장 배치도까지 포함돼 있었다. 박태준이 제출한 계획안을 읽어 본 박 교장은 흡족해했다. 이 이전 계획에 따라 1954년 6월 말부터 육사는 단계적으로 태릉으로 복귀

했다.

1955년 봄, 박태준은 대령으로 진급하였으며 그해 10월 육사 11기 졸업식이 거행되었다. 이때 이학사 학위 수여를 놓고 말썽이 생겼다. 박태준 교무처장은 졸업생들에게 학사 학위를 수여해야 한다고 주장했지만, 문교부가 이를 반대했다. 박태준이 학사 학위 수여를 주장한 이유는 임관 소위들의 자존심이 걸린 문제라고 판단했기 때문이다. 그들에게 4년제 대학 졸업자와 동등한 자격을 부여해 주고 싶었다.

이학사 학위를 인정받기 위해 박태준은 국회, 국방부, 문교부 등 관계기관을 열심히 뛰어다녔다. 다른 육사 보직 장교들도 힘을 더했다.

모두가 처음에는 불가능할 거라고 생각했으나 결국 박태준의 저돌성과 뚝심이 승리를 거뒀다. '사관학교 설치법'이 마련되어 법률 제374호로 공표되었다. 이때 제정된 '사관학교 설치법'은 육군뿐만 아니라 해군과 공군에도 사관학교를 두기로 한 법령으로, 3사관학교를 수업 연한 4년제 대학으로 인정하고 이학사 학위를 수여하기로 규정하였다. 이대 학사 학위 혜택을 받고 임관된 소위들 중에는 훗날 대통령을 지낸 전두환과 노태우가 포함되어 있다.

그해에 국방대학이 창설되었다. 국방대학은 군의 고급 장교와 고위 관료를 위한 교육 기관이었다. 박태준은 공부를 더 하고 싶은 마음에 이듬해 1월 국방대학 제1기생으로 입교하였다. 우리나라 육사의 시작과 마찬가지로, 국방대학도 처음에는 단기 과정으로 출발했다. 국방대학 정규 과정을 절반으로 단축한 '5개월 파일럿 과정'을 그해 8월에 이수한 박태준은 육사 때와 마찬가지로 또다시 그 자리에 붙들렸다. 이번에는 국방대학의 국가정책수립담당 제2과정 책임교수직이었다. 이때 그의 나이는 서른이었다.

박태준은 국방대학에서 새로운 교육 시스템 만드는 일을 하게 되었다. 국방부가 1956년 10월부터 국방대학을 10개월 과정으로 교육시킨다는 방침에 따라, 국가 정책 수립을 담당하는 박태준이 그 일을 떠맡은 것이다. 처음 하는 작업이라 막막했지만 그 특유의 도전정신과 끈기를 발휘하여 완벽한 시스템을 만들었다. 이 무렵 박태준은 김용우 국방장관의 부름을 받았다.

"다른 데도 마찬가지겠지만 우리 국방부도 인사정책이 중요하네. 많은 사람들이 자네를 적임자로 추천했네. 인사정책을 바로잡아 주게나."

박태준은 오라면 오고 가라면 가야 했다. 상관의 명령이라면 어느 곳이라도 가야 했다. 국방대학의 박임항 총장은 일 잘

하고 똑똑한 인재를 내주기 싫어했다. 그러나 장관의 말을 거역할 수는 없었다.

박태준은 이때부터 국방부 인사과장으로 근무하게 되었다. 1956년 11월 1일부터 1957년 10월 18일까지, 1년여에 걸쳐 국방부에서 근무하며 인사정책을 수립했다. 이때 국방위 소속 국회의원으로는 이철승과 김영삼이 있었다.

이승만 자유당 정권의 막바지에 이르러 혼탁한 사회상을 반영이라도 하듯 인사과장 박태준에게도 온갖 청탁이 난무했다. 군 장성이나 고급 관리는 말할 것도 없고 국무위원이나 국회의원에 이르기까지 틈만 나면 청탁을 들이밀었다. 어떤 일이 있어도 금품 제공에 현혹되지 말아야 했고 온갖 달콤한 회유와 권력을 악용한 협박에도 굴하지 않아야 했다. 박태준은 그 자리가 점점 싫어지고 하루하루가 괴로웠다. 하루빨리 물러나고 싶은 마음이 굴뚝같았다. 그럼에도 그 시기는 박태준에게 중요한 때로 기록되고 있다. 후일 함께 뜻있는 일을 도모할 소중한 인연을 하나둘 만나는 매우 중요한 시기였기 때문이다. 군인 신분으로 살아간 지 10년째 되는 해였다.

국가와 민족을 위해 평생을 살겠소

스물한 살에 군복을 입은 후 군 생활에 전념하느라, 스물세 살부터 3년간은 또 전쟁을 치르느라 박태준은 이성을 만날 기회가 없었다. 데이트 한 번 못해 보고 청춘을 흘려보내게 생겼다고 내심 생각하고 있을 즈음, 어머니의 요청으로 맞선을 보게 되었다. 1954년 11월, 상대는 안동 장 씨에다 이름은 옥자, 이화여대 정외과를 졸업한 스물네 살의 꽃다운 처녀였다. 어머니를 통해 대강의 프로필을 전해 들었다. 장옥자도 자신의 어머니를 통해 상대가 머지않아 대령으로 진급할 육사 교무처장에다 전도유망한 청년이라는 사실 정도는 들었다. 두 사람의 성장 과정을 잘 아는 친척 어른이 중매를 섰다. 물론 서로 사진을 교환해 얼굴은 알고 있었다.

부산 명문가의 장녀인 장옥자에 비하면 박태준의 집안은 한참 부족한 처지였다. 사람 하나는 누가 봐도 탐낼 만한 신랑감이지만 시골 출신에다 7남매 중 맏이여서 충분히 꺼릴 만한 조건이었다. 그때 박태준은 몰랐지만 며느릿감이 너무 흡족해 그의 어머니가 하나에서 열까지 모든 걸 양보하기로 사전에 약속하고 본 선이었다. 어머니의 지혜로운 선택이 없었더라면 두 젊은이의 맞선 자리는 마련될 수 없었을지도 모른다.

박태준 모자는 장옥자의 집에 도착했다. 위채와 아래채가 있는 번듯한 한옥이었다. 모자는 위채로 안내되었다. 언니가 어떤 사람과 맞선을 보는지 궁금했던 장옥자의 여동생이 먼저 나타나 박태준의 외모를 살짝 가늠하고 돌아가서는 언니에게 작은 소리로 속삭였다.

"키가 크고 미남이야."

상대방의 키에 유독 관심이 많았던 장옥자는 그 말에 마음이 놓였다. 그런데 실은 그날 군용 코트를 입고 있어 실제보다 더 커 보였다는 사실을 장옥자와 그 여동생은 알 턱이 없었다.

날씬하고 아름다운 외모의 장옥자가 그녀의 어머니와 함께 위채에 들어와 자리를 잡았다. 이미 사진을 통해 짐작하고 있었지만 외모가 워낙 출중하여 박태준은 가슴이 뛰기 시작했다.

"눈빛이 강렬하고 개성이 강해 보였어요. 군인임을 한눈에 알아볼 수 있을 정도로 반듯한 분위기였지요."

박태준에 대한 당시의 첫인상을 장옥자 여사는 이렇게 기억하고 있었다.

방에는 화롯불이 놓여 있었다. 양가의 어머니와 두 청춘남녀는 화롯불을 사이에 두고 앉았다. 몇 마디 말이 오간 뒤 어른들이 자리를 피해 주었다. 오롯이 둘만 남자 어찌할 바를 모를 정도로 어색한 분위기였다. 무슨 얘기를 하면 좋을까 각자 속으로 궁리만 했지 선뜻 말문을 열지 못했다. 먼저 침묵을 깬 사람은 장옥자였다.

"육사에는 생도가 몇 명이나 되나요?"

박태준의 리더십이야 일찍이 알려진 바 있지만 장옥자 또한 학창 시절 내내 반장을 놓치지 않았을 정도로 리더십이 뛰어났고, 운동도 잘하는 활달한 신여성이었다. 답답해 견딜 수 없었던 그녀가 먼저 말문을 연 것이다. 그런데 그 질문에 대한 대답이 걸작이었다.

"그건 군사기밀이라 알려 드릴 수 없습니다."

원칙적이고 우직한 박태준의 성격이 잘 드러나는 대답이었다. 장옥자는 더 이상 뭐라 할 말이 없었다. 다시 침묵이 흘렀다. 이번엔 박태준이 먼저 입을 열었다. 그는 일제 강점기 일본에서 성장하면서 겪었던 식민지 백성으로서의 설움이라든가 일본 아이들에게 지지 않기 위해 필사적으로 노력했던 이야기를 찬찬히 들려주었다. 한번 말문을 연 박태준은 군대 생활과 자신의 인생관에 대해서도 솔직하게 피력했다. 장옥자는 그런 박태준에게 호감을 느꼈다. 남자답고 믿음이 갔다.

박태준은 태릉으로 올라온 뒤 곧바로 그녀에게 편지를 썼다. 생전처음 써보는 연애편지이자 청혼편지였다. 후일 그 편지에 대해 장 여사는 "은근한 사랑의 고백이 담긴 호의적인 편지였다"고 술회했다. 물론 그녀도 긍정적인 마음을 담아서 답장을 보냈다. 두 사람 모두 서로 마음에 들어하니 오래 끌 필요가 없었다. 맞선을 본 지 달포 만에 결혼 날짜가 잡혔다. 12월 20일, 부산 백화당 예식장에서 27세의 신랑과 24세의 신부는 백년가약을 맺고, 관사에 신접살림을 차렸다. 두 사람은 평생을 함께하는 동안 1남 4녀를 두었다.

결혼 직후 어느 날이었다. 진지한 얼굴의 탁태준이 아내를 향해 말했다.

"국가와 민족을 위해 평생을 살겠다는 것이 내 목표요."

그러고 나서 손가락으로 동그란 원을 그렸다.

"그것을 위한 내 능력이 이렇게 둥근 원만큼인데, 오로지 이 원에 전념할 수 있게 나를 좀 도와주시오."

장 여사는 이때 얼결에 그러겠다고 약속하고 말았다. 당시 군인 신분이라서 그런가 보다 여기고 한 언약이었지만 나중에 알고 보니 그 말은 '나는 국가와 민족을 위해 살 생각이니 그 외의 것은 모두 당신이 알아서 하라'는 엄청난 압박성 발언이 었다. 장 여사는 일생 동안 철저하게 그 원칙을 따랐다. 이 한 번의 약속으로 가정사에 관한 한 그것이 어떤 일이든 혼자 해 결했다. 당연히 박태준 또한 집안일에 가타부타 간섭한 적이 없었다.

한창 신혼 때였던 1956년, 박태준은 국방대학 제1기생으로 입교했다. 그 때문에 관사에서 나온 박태준 부부는 돈이 없어 남의 집 문간방에서 셋방살이를 했다. 아침이면 머리맡에 놓 아둔 물그릇에 얼음이 얼 정도로 허술하고 형편없는 집이었 다. 열악한 환경 탓에 박태준 부부는 첫아기를 폐렴으로 잃는 아픔을 겪었다. 그 소식을 들은 육사 동기생들이 위로금 1만 원을 들고 박태준을 찾아오기도 했다.

박태준은 현역 군인이었을 때나 대한중석 사장이었을 때, 심지어 포철 사장직을 맡았을 때도 가욋돈이라고는 단 한 푼 도 집에 들인 적이 없었다.

"월급 외에 돈을 바라면 그것은 남편을 도둑놈으로 만드는 것이다."

신혼 초에 장 여사가 남편으로부터 들었던 말이다.

"그 한 마디가 어찌나 무섭게 들리던지, 나는 아무리 없어도 돈 얘기를 해본 적이 없어요. 남편을 도둑으로 내몰 수는 없지 않겠어요."

장옥자 여사가 그때를 돌이켜보며 한 말이다.

미술을 전공하는 자녀가 둘이나 있고, 레슨비니 과외비니 다섯 자식 뒷바라지에 허리가 휠 지경이었어도 그녀는 절대 돈 얘기를 하지 않았다. 남편의 월급만으로는 도저히 교육비를 감당할 수 없자 장 여사가 팔을 걷어붙였다. 하숙도 치고 중부시장에 점포를 마련해 세를 받기 시작했다. 적극적으로 사회생활을 하니 만만찮은 교육비가 조달되기 시작했다. 부잣집에서 곱게 자랐지만 어느 날 정신 차려 보니 사막에 내놓아도 끄떡없을 만큼 생활력 강한 여인이 되어 있었다.

박태준은 평생 돈을 몰랐다. 돈을 알지 못했으니 주머니에 돈이 들어 있을 리 만무했다. 현역에 있을 때도 그랬지만 은퇴하고 연금을 받아 생활할 때도 마찬가지였다. 장옥자 여사가 수시로 남편의 지갑을 채워 줘도 돌아서면 그의 지갑은 텅 비어 있었다. 다 털어서 남에게 줬기 때문이다. 박태준은 불쌍한 사람을 그냥 두고 보지 못하는 성격이었다. 그래도 장 여사는 두말 않고 지갑을 채워 줬다. 어디다 썼느냐고 묻지도 않았다.

그 모습을 보다 못한 딸들이 엄마를 나무랐다.

"아버지께서 쓰시는 것도 아니잖아요. 이제 그만 하세요."

"그런 즐거움도 없으면 네 아버지가 어찌 살겠니!"

장 여사는 이런 말로 오히려 딸들을 달랬다.

박태준은 그런 사람이었다. 그런 삶을 살았던 사람이라 36년 살던 집도 망설임 없이 기부할 수 있었을 것이다. 그런 일이 말처럼 쉽지 않다는 사실은 세상 사람 모두가 알고 있다. 그는 기본적인 생각 자체가 남들과 달랐다.

망명 아닌 망명자로 일본에서 살던 시절, 박태준의 단골식당 중에 생선구이집이 있었다. 그 식당 여주인이 박태준의 인품에 반해 누가 봐도 눈치챌 정도로 박태준을 좋아했다. 그 사실을 잘 알면서도 장 여사는 모른 척했다. 딸들이 이번에도 엄마를 걱정했다.

"괜찮으세요? 속상하지 않으세요?"

"놔둬라. 요즘은 좋은 일도 없는데 그런 것까지 참견하면 아버지 처지가 너무 처량하지 않니."

장 여사는 이런 말로 오히려 딸들을 달랬다. 한두 번도 아니고 번번이 이런 식이다 보니 자녀들이 부모에 대해 별명을 붙였다. '환상의 콤비'였다. 아내가 남편을 무조건 이해하고 끔찍이 위한 만큼 박태준 또한 아내 사랑이 대단했기 때문이다.

박태준은 틈만 나면 자식들에게 말하곤 했다.

"네 엄마 참 곱지? 미인이야, 미인."

자녀들은 박태준에 대해 이렇게 회고한다.

"아버지는 일도 많이 하셨지만 가정적인 면으로 보면 한 여성에게서 완벽한 헌신과 사랑을 받고 간 복 많은 남자였어요. 우리 엄마는 평생 동안 아버지에게 최선을 다하셨어요. 그렇게 아름답고 보기 좋은 부부는 여태 본 적이 없습니다."

박태준, 그는 한 남자로서도, 대한민국 국민의 한 사람으로도 참 멋지게 살다 간 사람이었다.

가짜 고춧가루라니!

1957년 국방부 인사과장으로 근무할 때 박태준은 오랜만에 박정희를 만났다. 장군으로 진급한 박정희가 국방부에 들른 김에 박태준을 찾아온 것이었다. 그는 탄도학 강의 시간에 깊은 인상을 남긴 박태준을 잊지 않고 있었다. 그렇긴 해도 이렇게 둘만의 자리는 처음이었다. 박정희 장군이 찾아오자 박태준은 깜짝 놀라 벌떡 일어섰다.

"자네 얘긴 종종 듣고 있지. 일은 할 만한가?"

"재미없습니다."

"그렇다면 우리 1군으로 오지 그래?"

박정희가 슬쩍 운을 뗐다. 박태준에게는 지나가는 말처럼 들렸겠지만 박정희로선 작정하고 한 말이었다. 그는 곽태준이 자기에게 필요한 사람이라고 벌써부터 생각하고 있었다.

박정희의 말에 박태준은 기다렸다는 듯이 대답했다.

"듣던 중 반가운 말씀입니다. 이 자리는 따분하고 재미가 없습니다."

"우리 25사단에 마침 참모장이 필요해. 자네가 와주면 더없이 좋을 것 같네."

"제발 저를 데려가 주십시오."

"알았네. 와서 참모장 조금 하다가 나중에 연대장도 해야지?"

이렇게 해서 1957년 10월 25일 박태준은 국방부 인사과장에서 1군 산하 25사단 참모장으로 옮겼다. 그는 박정희를 같은 명령 계통의 상관으로 모시면서 이따금 만나는 행운을 얻었다. 예전에는 서로 호감을 갖고 있었다면 이제는 보다 가까이 접하게 된 것이다.

한편 가정적으로 박태준은 여전히 궁핍한 생활을 면치 못하고 있었다. 그래도 다시 가진 첫딸의 백일잔치를 여는 등 심적으로 점차 안정되어 갔다.

제25사단에서 박태준이 맡은 첫 번째 임무는 사단 장병을 위한 겨울나기용 김장 준비였다. 김장이 막 시작되었다는 보고를 듣고 박태준은 현장에 나가 보았다. 그런데 고춧가루가 바로 옆에 쌓여 있는데도 매운 냄새가 나지 않았다. 고개를 갸웃하던 박태준이 병참부 장교에게 양동이에 물을 채워서 가져오라고 지시했다. 그가 양동이를 가져오자 박태준은 고춧가루를 물에 넣어 보라고 했다.

병참부 장교는 박태준이 시키는 대로 했다. 그런데 이게 웬일인가. 말갛던 물이 즉시 붉은색으로 물들더니 정체 모를 이물질이 둥둥 떠올랐다. 박태준이 양동이 속으로 팔을 집어넣자 손이며 팔에 그 이물질이 묻어 나왔다. 톱밥이었다. 박태준의 짐작이 맞았다. 가짜 고춧가루였던 것이다. 붉은색으로 염색한 톱밥을 고춧가루에 섞어서 납품한 것이었다.

"사람이 먹어선 안 될 톱밥을 섞어서 납품하다니!"

박태준은 화가 머리끝까지 치밀어 올랐다. 국민의 생명을 지키는 군인에게 톱밥을 먹이다니, 있을 수 없는 일이었다. 부정부패가 만연하던 시절이다 보니 군부대라고 예외가 아니었던 것이다. 군납은 사실 오래전부터 고질적인 부패의 온상이었다.

박태준은 부식 조달 장교와 선임하사관부터 혼쭐을 냈다. 당장 군납업자를 교체하기로 하고 납품업자의 신상을 확인해 즉시 사단본부에 보고했다.

그날 저녁 납품업자가 박태준을 찾아왔다. 이번 한 번만 봐주면 그 은혜를 잊지 않겠다면서 슬그머니 돈 봉트를 내밀었다. 뉘우치는 기색은커녕 "뒤를 봐주겠다"는 말까지 서슴없이 내뱉었다. 윗선과 결탁하지 않고서는 그처럼 뻔뻔스럽게 행동할 수 없는 일이었다. 조사해 보면 드러나겠지만 한두 사람이 얽힌 게 아니란 것을 미루어 짐작할 수 있었다. 구역질이 난 박태준은 업자에게 호통을 치면서 그가 내민 봉투를 내던졌다. 그는 허겁지겁 봉투를 주워서 쫓겨나다시피 떠났다. 이 소식은 부대에 빠르게 퍼져 나갔다. 박태준은 이처럼 평생에 걸쳐 원칙 앞에서는 한 발자국도 물러서지 않는 일관된 태도를 보여 줬다.

어쨌든 더 추워지기 전에 김장을 해야 해서 고춧가루 납품 업자를 수소문한 끝에 다행히 2주 만에 믿고 맡길 만한 사람을 구할 수 있었다.

'진짜' 고춧가루를 가득 실은 트럭이 도착하던 날 박정희 장군에게서 전화가 걸려 왔다.

"시끄러웠다며? 첫 임무를 인상적으로 완수했구먼."

박태준은 박정희에게 가짜 고춧가루 사건의 전모를 자세히 보고했다. 그리고 이렇게 덧붙였다.

"큰일입니다. 이렇게 사회가 썩어서야!"

두 사람의 화제는 부정부패로 넘어갔다. 이날 두 사람은 나라 걱정에 그 어느 때보다 길게, 그리고 속 깊은 얘기를 나누었다. 이 고춧가루 사건은 박정희와 박태준을 한층 더 가깝게 만들어주는 계기로 작용했다. 두 사람은 이때부터 이따금 만나 술잔을 기울이는 사이로 발전했다.

이후 병사들은 맛있는 김치를 먹을 수 있게 되었다. 박태준이 참모장으로 온 뒤 군부대 음식 상태도 보다 나아졌다. 박태준은 이 고춧가루 사건을 계기로 비리와 부패가 온 나라를 파먹고 있는 현실을 통렬히 체험했다.

박태준은 마음을 터놓고 얘기할 수 있는 상대로 박정희를 심중에 두었다. 얘기를 나누다 보니 그 누구보다 마음이 잘 맞았다. 박정희 역시 박태준과 같은 생각을 가지고 있었다. 두 사람은 자유당 정권에 빌붙어 비리를 저지르는 일부 군 장성과 각 분야에서 자행되는 부정부패에 대해 만날 때마다 걱정했다. 하지만 몇 사람이 나선다고 해결할 수 있는 문제가 아니어서 두 사람의 시름은 깊어만 갔다.

가짜 고춧가루 사건을 계기로, 이와 유사한 일이 그 이전에도 발생했다는 것이 국무회의에서 밝혀졌다. 소위 '탈모비누 사건'이었다. 1957년 6월 대구와 부산 소재 비누 공장에서 군부대에 세숫비누 633만 800개를 납품했는데, 그 비누를 사용한 수많은 장병의 머리카락이 빠지고 피부 통증을 유발했다. 부당 이익을 취하기 위해 싸구려 불량 재료로 만든 엉터리 비누였기 때문이다. 엄청난 뇌물을 바치고 군 납품업자로 지정된 업체가 엉터리 비누를 만들어 군부대에 납품했음이 고춧가루 사건을 계기로 밝혀졌다. 이에 책임을 지고 상공, 재무, 내무 3부 장관이 사의를 표명했다. 그러나 이승만 대통령은 사표를 수리하지 않았다.

이 무렵 우리나라는 커다란 불행과 마주해야 했다. 지독히도 가난하던 그 시절, 한국에서 유일하게 외화벌이를 해오던 대한중석이 적자의 늪에서 허덕이게 된 것이다. 국제시장의 텅스텐 가격 하락에다 경영의 불합리성이 겹쳐 부채가 쌓이고 근로자의 임금도 제때 지불하지 못하는 상황이었다. 대한중석은 이때부터 장장 6년 6개월 동안 적자 상태였다. 그러다 1965년 박태준이 대한중석 경영자로 나선 지 단 한 해 만에 적자 행진에 마침표를 찍었다.

박정희의 말대로 박태준은 25사단 참모장에서 71연대장이 되었다. 나라는 여전히 혼탁했고 하루가 멀다 하고 온갖 잡다한 사건들이 터졌다. 박태준은 이 어지러운 세상에서 군인으로서 자신이 해야 할 일을 매일 아침 되새겼다. 그는 원칙을 지키는 걸 최우선으로 삼았으며 정권 실세와 결탁하지 않을 것을 수시로 맹세했다.

박태준 대령은 이듬해 3월 육군본부 인사처리 과장으로 부임하게 되었다. 인사처리 과장은 많은 이들이 탐내는 자리로, 마음먹기에 따라 엄청난 이권을 챙길 수 있는 요직이었다. 그러나 박태준에게는 하등 상관없는 일이었다. 오히려 박태준은 누군가 비집고 들어올까 봐 조금의 빈틈도 생기지 않도록 철저히 단속했다.

민심은 이미 이승만과 자유당 정권에 등을 돌린 지 오래되었고 총선을 목전에 둔 탓인지 사회는 더욱더 어지러웠다.

이 무렵 뜻밖에도 박태준에게 미국을 방문할 기회가 찾아왔다. '도미 시찰단' 단장직을 맡은 것이다. 1959년 8월 16일부터 1개월 여정이었다. 미군 프로펠러 비행기를 타고 일본－미드웨이－하와이－샌프란시스코를 방문하고 돌아오는 일정이었다. 그때 하와이에 내려 와이키키에 잠시 머물 기회가 있었다. 그로부터 10년 후 바로 그 해변에서 포항제철을 구해 내는 기막힌 아이디어를 떠올리리라곤 박태준은 물론 그 누구도 몰랐다.

감히 상상조차 할 수 없을 정도로 발달된 도시와 거대한 공장들은 박태준의 눈에 부러움 그 자체였다. 가는 곳마다 한국과 비교되어 놀랐고 기가 죽었다. 조국의 현실을 떠올리자 슬픈 마음이 샘솟기도 했다. 연수라는 명목으로 여러 곳을 다니긴 했지만 수박 겉핥기에 불과해 아쉬운 마음이 컸다.

'우리는 왜 이렇게 하지 못할까? 우리나라는 언제쯤이면 이 나라처럼 될 수 있을까?'

귀국하자 박태준은 본래의 자리로 돌아왔지단 사실 하루하루가 지루했다. 인사처리과는 국방부 인사과에 근무할 때와 마찬가지로 창의적인 부서가 아니었다. 그렇긴 해도 그의 성격이 그렇듯 최선을 다해 열심히 일하는 사이 시간은 흘러 1960년에 들어섰다.

새봄의 기운이 역력하던 어느 날, 봄기운에 자꾸만 딜려오는 졸음을 애써 쫓으면서 서류를 들여다보던 박태준을 박정희가 깜짝 방문했다. 박태준은 얼른 일어나 거수경례를 올려붙였다.

"됐네, 이 사람. 어서 앉게."

"갑자기 여긴 무슨 일이십니까?"

"이번에 내가 군수기지사령관을 맡게 되었어."

"네, 들어서 알고 있습니다."

"그래서 부산으로 내려가게 되었지."

말을 마친 박정희가 박태준을 바라봤다. 어쩌면 눈빛으로 박태준의 의견을 타진해 보는 것일 수도 있었다. 안 그래도 무료하던 터라 박태준이 그에게 자신의 의견을 말했다.

"저도 데려가 주십시오. 이곳은 정말 무료하기 짝이 없습니다."

박정희는 그럴 줄 알았다는 듯 빙그레 웃었다. 사실 그는 부산에 함께 가고 싶어서 박태준을 찾아온 것이었다. 박정희는 이후로도 언제나 박태준을 곁에 두고 싶어 했다.

이렇게 하여 박태준은 다시 박정희를 근거리에서 모시게 되었다. 박정희는 이때 이미 마음속으로 새 국가의 설계도를 그리고 있었다. 박태준은 박정희와 함께하는 데다가 고향 가까이 가게 되어 몹시 설렜다. 박태준의 아내 또한 좋아했다.

박태준 대령이 부산군수기지사령부 인사참모로 부임한 것은 1960년 2월이었다. 새로 창설된 부대인 만큼 주어진 임무가 많았지만 지루할 틈이 없어 오히려 마음에 들었다.

어느 날 저녁 박태준은 동료들과 함께 술자리를 가졌다. 워낙 술꾼으로 소문이 나 있던 박태준은 어느 술자리건 마다하지 않았다. 그날 술자리는 다른 때보다 길게 이어졌다. 그런데 평소와 다르게 박태준에게 술잔이 집중되었다. 뭔가 이상하다는 생각이 들긴 했지만 사양하지 않고 자신에게 오는 술잔을 모두 받아 마셨다. 당연히 엄청난 양의 술을 마실 수밖에 없었다. 그러나 술에 항복하고 쓰러진 사람은 박태준이 아니라 동료들이었다.

박태준은 그날 밤 부대로 돌아가 브리핑 준비까지 마친 뒤에야 잠자리에 들었다. 그리고 이튿날 오전 8시 정각, 당초 스케줄대로 박정희 사령관을 만났다. 박태준을 보자 그가 의미심장하게 싱긋 웃었다.

"혼자 멀쩡했다며? 대단한 정신력이야."

박정희는 기분이 썩 좋은 듯 싱글벙글했다. 간밤의 사태는 바로 박정희가 박태준을 시험하기 위해 꾸민 일이었다. 어떤 자리에서도 박태준은 절대로 실수하지 않을 사람이라는 걸 확인한 박정희는 기분이 좋았다.

당시 부산에는 해병대 김동하 장군을 비롯하여 육사 8기 김종필 중령 등이 수시로 드나들었다. 육군본부에서는 이들을 요주의 인물로 점찍어 놓고 있었다. 육군본부에서는 정보기관을 통해 박정희 주변을 항시 주시하면서 관찰했다.

당시 우리 사회는 정치적 부패와 청탁, 뇌물, 부정 등이 만연한 이승만 정권에 대한 국민들의 불만이 날로 커지고 있었다. 그러던 중 1960년 3월 15일 치러진 부정선거가 도화선이 되어 4월 19일 학생들이 거리로 몰려나왔다. 진압하던 경찰이 시위대를 향해 발포하는 일까지 벌어졌다. 학생들과 민간인들의 시위는 전국으로 번져 나갔다. 이승만 대통령이 계엄령을

선포했으나 군부는 정부에 협력하지 않았다. 결국 이승만은
하야 성명을 발표하고 하와이 망명길에 올랐다.

쿠데타 명단에서 제외된 까닭

부산군수기지 인사참모로 박정희 소장을 보좌하게 된 박태준은 이따금 박정희를 만나 술잔을 기울였다. 이때 그들은 사회, 정치, 경제 모든 분야에 걸쳐 대화를 나누었지만, 특히 생활고에 허덕이는 국민과 나라의 장래에 대한 걱정이 대부분을 차지했다.

1960년 자유당 정권이 붕괴되고 윤보선 대통령과 장면 총리로 구성된 제2공화국이 출범했다. 집권당인 민주당 정권은 대통령 중심제를 내각 중심제로 바꾸고 경제 개발에 박차를 가했다. 행정고시 제도를 도입해 젊고 유능한 젊은이들을 등용했으며 언론의 자유도 확대해 나갔지만 의욕에 비해 행정 경험이 부족한 탓에 여전히 혼란스러웠다. 부정부패 역시 자유당 시절에 비해 전혀 나아지지 않았으며 권력 남용도 심각했다. 혹시나 하고 기대하던 국민들의 실망감은 이루 말할 수 없었다.

이 혼탁한 시기에 박정희는 부산에서 차분하게 거사를 준비하고 있었다. 박태준은 박정희의 큰 뜻에 공감해 핵심 참모 역할을 적극적으로 수행했다.

4 · 19는 군부에도 변화의 바람을 일으켜 육사 8기생 중령 여덟 명이 부패한 장성들을 군에서 추방하기 위해 일어섰다. 정군 운동이었다. 해군, 공군, 해병대에서도 육군과 같은 정군 운동이 벌어졌다.

부산의 동향에 촉각을 곤두세우고 있던 육군본부는 결국 박정희를 전남 광주로 전보 발령했다. 당시 광주는 한직으로 여겨지던 곳이었다. 부산군수기지 사령관직을 6개월도 채우지 못하고 떠나면서 자신이 데려온 박태준이 못내 마음에 걸렸던 박정희는 편지를 통해 박태준에게 미안한 마음을 전했다. 박정희는 6개월이라는 기간은 경력에 아무런 보탬도 되지 못하기에 더욱 박태준을 걱정한 것이었다. 박태준을 아끼는 박정희의 마음이 담겨 있는 사적인 편지였다. 인편에 편지를 전해 받은 박태준은 아무 염려 하지 말라는 내용의 답장을 그 편으로 즉시 보냈다.

　박태준은 일생 동안 대체로 운이 따라 주었다고 할 수 있다. 일제 강점기 시절에도 아슬아슬하게 소년병 차출을 면했고, 6·25 전쟁 당시에도 죽을 고비를 수차례 넘겼지만 요행히 살아남았다. 이때도 마찬가지였다. 누가 봐도 박정희의 측근이었기에 박태준은 자신도 한직으로 쫓겨날 것으로 예상했다. 박정희도 그렇게 여겨 그와 같은 편지를 보냈던 것이다. 그러나 그런 일은 일어나지 않았다. 오히려 자신에게 유익한 제의를 받았다. 미국 육군부관학교 연수 기회가 주어졌던 것이다. 1년 전 '도미 시찰단'의 일원으로 경험했던 미국에 대한 문화적 충격을 아직도 잊지 않고 있던 그는 당장 그 제안을 수락하고 싶었다. 하지만 '거사'가 걱정되어 쉽사리 결정할 수 없었다.

　박정희 장군과 의논해야 할 일이었다. 그가 하라는 대로 할 생각으로 박정희를 찾아갔다. 한창 무더위가 기승을 부리던 1960년 8월 하순이었다.

　"언제 돌아온다고?"

　"내년 1월입니다."

　"그럼 됐어. 갔다 와."

　"그래도 괜찮겠습니까?"

"충분해. 이번 미국 방문 기회를 통해 많이 배우고 돌아와. 배워 놓으면 훗날 반드시 요긴하게 써먹을 때가 있을 거야."

1960년 9월, 박태준은 미국으로 떠났다. 먼저, 1년 전 그를 깜짝 놀라게 만들었던 샌프란시스코에 가서 두루 살핀 뒤 미 육군부관학교로 가는 인디애나폴리스행 기차에 올랐다.

미 육군부관학교에서 박태준은 최신 행정이론과 관리제도를 중점적으로 배웠다. 오퍼레이션 리서치(OR), 군사물자의 효율적 배치와 관리에 필요한 공정관리기법(PERT) 등이었다. 이 과정은 그가 뒷날 경영자로 일할 때 큰 보탬이 되었다. 박정희 장군의 말이 옳았다.

1961년 1월, 일정을 모두 마치고 귀국할 때 그의 손에는 모터보트 엔진이 하나 들려 있었다. 장차 선박을 만들겠다는 꿈의 반영이었지만 겉으로는 아내의 선물이라고 사온 것이었다. 그러나 그것을 받아 든 그의 아내가 기뻐했을 리 없다. 미제 화장품이라도 사올 줄 알았던 장 여사는 몹시 실망했다. 박태준은 이 일로 두고두고 아내로부터 핀잔을 들었다.

한편 박태준이 미국에 가 있는 동안 육군 수뇌부에는 인사이동이 있었다. 최경록 육군 참모총장이 2군 사령관으로 좌천되고 장도영 장군이 그 자리에 앉았다. 최 총장은 당시 국방장관을 지낸 이종찬과 함께 군부 내에서 존경과 신망을 한 몸에 받고 있었다. 이 인사 이동으로 박정희는 최 장군을 따라 다시 대구로 옮겨 갔다. 박정희는 지휘 실권을 상당 부분 상실한 상태였다.

미국에서 귀국한 박태준은 제일 먼저 박정희가 옮겨 간 대구로 내려갔다. 박정희는 박태준을 데리고 술집으로 갔다. 술잔을 기울이는 동안 박정희는 '거사'에 대해서는 입도 벙긋하지 않았다. 마치 혁명의 꿈을 포기한 사람처럼 보였다. 박태준은 일이 어떻게 되어 가는지 궁금했지만 섣불리 물어볼 수도 없었다. 박정희는 이날 끝까지 거사에 대해서는 함구했다. 박태준은 궁금증만 잔뜩 안고 서울로 올라왔다.

1월 13일, 박태준은 육군본부 경력관리기구 위원에 뽑혔다. 미국에서 공부한 내용을 실전에 응용하는 일을 맡은 것이다. 군이 자신에게 연수를 시킨 이유를 알 것 같았다. 박태준은 미 국방부에서 널리 사용하던 OR 기법을 바탕으로 한 인사관리 시스템 수립에 착수했다. 이 기법은 당시 미 국방부에서 널리 사용하던 선진 인사관리 시스템이었다.

박태준이 인사관리 시스템 수립에 골몰하는 동안 박정희는 조용히 그리고 서서히 거사를 추진했다.

한편 미국은 한국 정부에 대해 한일 국교 정상화를 요구하고 있었다. 한국에 대한 자국의 부담을 줄이려는 의도였다. 미국 의존도가 상당했던 한국 정부로선 이에 응하지 않을 도리가 없었다.

한일 국교 정상화를 위한 제1차 한일 회담이 1952년 2월 열린 이후 몇 차례 더 열리다가 민주당이 정권을 잡은 1960년 10월 15일 제5차 회담을 가진 바 있었다. 그러나 이때에도 특별한 결론은 나지 않고 지지부진하게 시간만 보내고 있었다.

한일 쌍방의 국내 조건과 미국의 압력이 결합된 한일 회담은, 다급한 한국보다 일본이 우위에 선 상태였다. 한일 양국은 한국의 대일 청구권 문제와 일본의 어업권 문제를 놓고 진전을 보지 못하고 있었다. 대일 청구권은 제2차 세계 대전과 관련해 한국에 대한 일본의 배상 문제였다.

장면 총리는 이 일의 막후 교섭자로 박철언을 지명했다. 박철언이 전후 일본의 정·재계에서 최강의 영향력을 행사한다고 알려진 야스오카 세이도쿠와 친밀한 관계를 유지하고 있다는 이유에서였다. 박철언은 미 극동군 총사령부 번역 문관 출신으로, 휴전 이후에는 판문점의 유엔군사령부 군사정전위원회에도 나와 있었다. 그는 비공식 막후 인물 역할을 맡았기 때문에 당시 언론에는 공개되지 않았다.

한편 박정희의 거사는 변함없이 은밀히 진행되었다.

5월 16일 새벽, 당시 마흔네 살의 박정희 소장은 자신과 뜻을 같이하는 젊은 장교들을 이끌고 군사혁명을 일으켰다. 박정희는 약 5천 명의 보병과 공수부대, 해병대 등을 이끌고 큰 어려움 없이 서울로 진입했다. 정부 쪽 방어 군대는 급파돈 헌병대 100여 명이 전부였다. 육사 8기 출신 대령과 중령들이 주축이 된 이 군사혁명은 사전에 철저하게 준비된 것이었다. 방송국과 정부기관, 경찰서 등이 단 세 시간 만에 군부의 손에 넘어갈 수 있었던 것도 이런 이유였다. 날이 희붐하게 밝아오던 5시 정각, 군부가 정부의 주요 기관을 장악하고 군사혁명위원회를 조직하였음을 알리는 방송이 전국적으로 나갔다. 육군 참모총장 장도영의 이름으로 발표된 방송이었다. 국민들은 깜짝 놀라 라디오 앞에 앉았다. 방송과 때를 같이하여 같은 내용을 담은 전단 35만 장이 전국적으로 뿌려졌다.

군사혁명위원회는 이때 6개 공약을 내걸었다. 이 공약은 장면 정부에 지쳐 있던 국민들의 광범위한 지지를 받을 만한 내용이었다. 부정부패 일소, 민생고 해결, 철저한 반공주의, 경제 기반 확립 등 국민들의 공감을 얻을 수 있는 것과 유엔헌장 준수, 남북한 통일에 대한 노력 등의 내용도 들어 있었다. 박정희 소장은 국가 위기 상황이 안정되는 시점에서 정권을 민간에 이양하겠다는 약속도 함께 발표했다.

그러나 주한 유엔군사령부와 주한 미대사관은 이 군사혁명을 인정하지 않았다. 그들은 당장 혁명군을 진압하겠다고 나섰지만 윤보선 대통령은 희생 없이 사태를 수습해야 한다는 생각이었다. 피를 흘리지 않고 모든 국가 기관이 군사혁명위원회에 이양된 것은 윤 대통령의 공이라고 할 수 있다. 오전 9시에는 전국에 비상계엄령이 선포되었다.

군사혁명이 일어나던 그날 새벽, 박태준은 착잡했다. 어찌 된 일인지 박정희가 자신을 군사혁명위원회 명단에서 제외시켰기 때문이다. 함께 뜻을 모았던 동료들은 모두 참여했는데, 유독 자신만 빼놓은 이유가 궁금했다. 별의별 생각이 떠올랐다 사라지기를 수차례, 집에서 마냥 기다릴 수 없었던 박태준은 날이 밝기를 기다려 혁명본부로 달려갔다.

"왔구먼. 안 그래도 따로 부르려고 했네."

"기다리고 있을 수가 없어서 왔습니다."

"자세한 얘기는 차차 하기로 하고……."

말을 잠시 끊은 박정희는 더 이상 대화를 이어 가지 않았다. 그러나 박태준은 직감적으로 박정희가 자신을 제외시킨 데에는 깊은 뜻이 있을 거라고 여겨 더 이상 캐묻지 않았다. 그가 입을 열 때까지 기다릴 참이었다. 박정희는 이날 박태준에게 계엄사령부 요원직을 맡겼다. 그리고 혁명 이틀 뒤인 5월 18일, 박정희로부터 긴급 호출을 받았다.

혁명본부에 도착한 박태준은 박정희에게 그 어느 때보다 존경의 의미를 담아 거수경례를 했다. 박정희는 희기하게 웃음을 보였다. 그는 몹시 피곤해 보였다.

"어서 오게, 박 대령."

"피곤해 보이십니다."

"내리 사흘을 제대로 자지 못했네."

박정희가 담배를 꺼내 입에 물고는 불을 붙였다. 그는 말없이 담배 연기를 몇 모금 내뿜었다. 심각한 박정희의 표정을 보자 박태준은 은근히 걱정되었다.

"무슨 일 있습니까?"

"일은 무슨 일."

담배를 재떨이에 비벼 끈 박정희가 이번에는 웃음기를 머금고 입을 열었다.

"내가 혁명동지 명단에서 임자를 뺀 이유가 궁금하겠지?"

"네, 무엇보다 그것이 제일 궁금합니다."

"다 임자를 아끼는 마음에서였네. 혹시 실패하면 임자라도 무사히 살아남아서 우리 군을 제대로 이끌어야 하지 않겠나."

"아! 그런 깊은 뜻이 있으셨군요. 저로선 짐작도 하지 못했던 일입니다."

"또 다른 이유도 있지. 혁명이 실패로 끝나면 나는 군사법정에서 사형선고를 받지 않겠나. 그러면 내 가족을 부탁하려고 했네."

"네!"

박태준은 그 말에 깊은 감명을 받았다. 자신을 향한 박정희의 무한한 신뢰에 가슴이 벅차올랐다.

"감사합니다, 저를 믿어 주셔서."

이 일로 박태준은 박정희를 더욱더 가깝게 여겼으며 신뢰하고 존경하는 마음 또한 한층 깊어졌다.

군사혁명위원회가 제일 먼저 한 일은 부정부패에 연루된 정부 고위 관리와 군 장성들을 숙청하는 일이었다. 이때 약 5천여 명에 달하는 정치가와 경제인들이 일선에서 물러났다. 박정희는 부정축재로 판단되는 그들의 재산도 함께 몰수했다.

5월 19일, 군사혁명위원회는 국가재건최고회의로 명칭을 바꾸고, 이어 20일에는 박정희 소장을 부의장으로 하는 혁명내각을 구성했으며, 21일에는 각료 취임선서식을 거행했다. 일은 일사천리로 진행되었다.

그로부터 사흘 뒤인 5월 24일, 박정희가 박태준을 다시 불렀다.

"임자는 이제부터 내 비서실장이 되어 나를 옆에서 도와줘야겠어."

뜻밖의 제안에 어리둥절해진 박태준이 말했다.

"저는 군인입니다. 그런 일을 하기엔 경험도 없고 실력도 부족합니다."

박태준의 사양에도 불구하고 박정희는 '명령'이라는 이름으로 그를 붙잡아 앉혔다. 잘할 수 있을 거라는 확고한 자신감은 없었지만, 조국의 경제 발전을 이룩하는 데 일조하는 중요한 일임이 틀림없었다. 그렇다면 무슨 일인들 마다할 것인가. 생각을 정리한 박태준이 결의에 찬 눈빛으로 수락 의사를 내비치자 박정희도 화답의 의미를 담아 고개를 끄덕였다. 자신이 의도했던 일은 아니지만 박태준은 이때부터 새로운 세계에 진입하게 되었다.

박태준은 박정희를 보좌하는 막중한 책임을 맡았다. 이를 계기로 그는 오랜 세월 박정희 옆을 지키며 조국의 경제 발전을 위해 지대한 역할을 하게 된다.

7월 2일, 최고회의 의장으로 정식 취임한 박정희는 자신과 반대편에 섰던 장군들의 처리 방안을 놓고 고민에 빠졌다. 한때 동료였던 그들이 다치지 않게 일을 잘 마무리하고 싶었다. 이 문제로 몇 날 며칠 고심하는 박정희를 지켜보던 박태준이 조심스럽게 자신의 생각을 피력했다.

"미국의 양해를 얻어 미국으로 유학을 보내면 어떨까요? 모양새도 나쁘지 않을 것 같고요."

박정희는 반색을 하며 기뻐했다.

"그것 참 좋은 생각이군. 당장 착수해야겠어."

몇 개월 뒤 혁명에 반대했던 장성들이 하나둘 미국으로 건너갔다. 이한림, 김웅수, 강영훈 등이었다. 이들 중 김웅수 장군은 워싱턴 대학교 교수로 자리 잡게 되었다. 그는 6·25 전쟁 당시 박태준이 맹장 수술을 했을 때 양륙함을 타고 갈 수 있도록 자리를 얻어 준 생명의 은인이자 훗날 포철 장학재단에 봉투를 보태기도 한 고마운 사람이다.

8월 10일, 박태준은 준장으로 진급했다. 그리고 9월 4일에는 국가재건최고회의 재정경제위원회 상공담당 최고위원직을 맡았다. 박정희는 벌써부터 박태준을 경제 방면으로 배치할 계획을 세운 듯했다. 그가 이후 나라에 이바지한 점을 생각하면, 박정희의 선택은 정말 탁월했다.

재정경제위원회 상공담당 최고위원인 박태준은 경제 공부의 필요성을 느꼈다. 그는 본격적인 경제 공부에 돌입했다. 실력 있는 경제학과 교수들을 초빙해 이야기를 듣거나 가르침을 받았다. 수시로 일선 현장에도 쫓아다니는 등 그 분야의 실력을 갖추기 위해 부단히 노력했다. 박태준은 무엇이건 임무가 주어지면 끝장을 봐야 직성이 풀리는 성격이었다.

박정희는 1962년에서 1966년에 이르는 제1차 경제 개발 5개년 계획을 발표했다. 국가 기간산업으로 제철소의 중요성을 깊이 인식하고 있던 박정희는 제1차 경제 개발 5개년 계획에 제철 공장 건설도 포함시켰다. 종합제철소가 없던 우리나라는 그때까지 철을 수입해서 쓰고 있었다. 철은 산업의 근간이라서, 철이 없으면 다리도 만들 수 없고, 기차도 철길도, 항만 설비나 공장, 학교, 자동차, 선박 등도 만들 수 없다. 하다못해 못하나도 만들 수 없다.

제1차 경제 개발 5개년 계획의 막이 올랐다. 한국이 시급하게 착수할 분야는 정유와 비료, 제철 부문이었다. 농업을 살리기 위한 충주·나주의 비료 공장이나 울산의 정유 공장, 동해의 시멘트 공장, 영월의 발전소 등의 설립 계획은 비교적 순탄하게 진행되었다. 이들 공장에는 해외 차관도 별 어려움 없이 들어왔다. 그러나 제철소 건설만큼은 전혀 진척이 없었다.

한편 군정은 한일 회담의 물꼬를 트는 작업에 착수했다. 이때 박태준은 그 일에 도움이 될 만한 인물 몇 사람을 박정희에게 천거했다. 그 가운데 중요한 인물로 박철언을 빼놓을 수 없다. 박태준은 박철언이 판문점에 근무할 때 처음 알게 되었다. 그때는 이승만 정권 후반기였다. 평북 강계 출신인 박철언은 니혼 대학 영문과 출신으로, 영어와 일본어에 능통했다. 그는 훗날 한국에 큰 도움을 주는 일본 정·재계의 막후 인물 야스오카를 박태준에게 소개해 주는 중요한 역할을 했다.

대통령의 비밀특사

박정희 군정은 나라가 안정을 찾는 대로 민간정부에 정권을 넘기겠다고 약속했다. 그러나 1963년이 되어도 이 약속은 지켜지지 않았다. 원칙주의자인 박태준은 그 태도가 옳지 않다고 여겼다.

박태준은 어느 날 박정희에게 이와 같은 자신의 생각을 조심스럽게 전했다. 박태준뿐만 아니라 혁명에 참여했던 장교들 가운데에서도 박정희에게 불안한 마음을 갖는 이들이 있었다. 또한 일부는 박정희가 권력에 맛을 들인 거라며 비난하거나 걱정하기도 했다.

많은 이들의 우려에도 불구하고 박정희는 육군대장으로 예편해 본격적으로 정치인의 길에 들어섰다. 첫 행보는 민주공화당 총재 취임이었다. 이에 실망한 박태준은 상공담당 최고위원직을 미련 없이 사임하고 유학을 결정했다. 김웅수 장군이 공부하는 워싱턴 대학교로 가기로 했다. 박태준이 평생 지켜 온 원칙주의가 여실히 드러나는 결정이었다. 약속을 했으면 반드시 지켜야 한다는 것이 그의 철칙이었다. 그렇다고 하더라도 박태준의 이 같은 결정은 박정희와의 관계를 고려해 볼 때 쉬운 일이 아니었다.

박태준이 유학 준비에 한창일 때 박정희가 그를 장충동 의장 공관으로 불렀다.

"요즘 어떻게 지내? 혹시 특별한 계획이라도 있나?"

박태준은 자신의 미국 유학 결정을 처음으로 밝혔다. 박정희는 박태준의 결정이 마뜩지 않은 듯했다. 박태준이 자기 곁을 지키지 않을 바엔 차라리 군에 복귀하는 것이 낫다고 생각했다. 박정희는 우회하지 않고 직설적으로 말했다.

"그러지 말고 군대에 복귀하지?"

박태준은 박정희의 말에 조금도 흔들리지 않았다.

"그럴 수 없습니다. 저는 이미 군인 정신을 상실했잖습니까."

박정희가 미간을 찌푸리며 되물었다.

"무슨 소리야?"

박정희의 눈이 가늘어졌다.

"저는 이미 권력의 단맛을 보았으니 이제 와서 콕귀할 수는 없습니다. 제 양심이 허락하지 않습니다."

"그럼 뭘 하겠다는 거야?"

"말씀드린 대로 저는 미국으로 유학을 갈 겁니다."

박정희는 그날 박태준을 설득할 수 없었다. 하지만 며칠 후 다시 공관으로 불렀다.

"아직도 같은 생각인가?"

"네, 그렇습니다."

"이보게, 그러지 말고 이번 총선에 공화당 후보로 출마하도록 하지?"

"정치인은 당론에 따라 움직여야 하는 걸로 알고 있습니다. 그러나 저는 제 의견이 당론과 다르면 도저히 그에 따를 수 없는 사람입니다. 저는 정치하고 맞지 않습니다."

박정희는 박태준이 탐나서 어떻게 해서든 잡아 두려고 여러 방법으로 회유했으나 결국 완강한 그의 태도에 손을 들고 말았다. 일생을 통해 박태준의 신념을 꺾은 사람은 아마 거의 없을 것이다. 박태준은 마음이 시키지 않는 일에는 절대 움직이지 않는 사람이었다. 이러한 점에 대해 둘째 딸 박유아는 "아

1장 박정희 교관을 만나다 89

버지는 완벽하면서도 매력 있는 남자였다"고 회고한다.

1963년 10월, 마침내 박정희는 대통령이 되었다.

제3공화국이 출범 채비를 갖추던 1963년 12월 12일, 박태준은 15년간 몸담았던 군 생활을 마감하고 민간인 신분이 되었다.

박태준은 당초 결심대로 유학 준비에 매진했다. 공부에 대한 열망에다 선진 문물을 배우고 싶다는 생각은 박태준이 처음 미국에 갈 때부터 꿈꿔 온 일이었다. 진정으로 하고 싶던 일이었다. 아내와 어린 딸들을 남겨 두고 홀로 떠나게 되어 괴로웠지만 뜻을 버리고 싶지는 않았다.

유학에 관한 모든 준비는 완벽하게 끝나, 새해 1월 중순에서 하순 사이에 떠나기만 하면 되었다.

1964년 새해 첫날, 대통령 비서실장 이후락이 전화를 걸어 박 대통령의 저녁 초대 소식을 전했다. 박태준이 청와대에 도착하자 경호실장 박종규가 그를 맞았다. 이미 저녁 식탁이 마련돼 있다. 이날의 술은 정종이었다. 육 여사도 함께한 자리였다.

박태준이 육 여사를 마지막으로 만난 것은 1974년 6월 28일, 문세광의 총탄에 쓰러지기 한 달 보름 전이었다. 박정희 대통령을 비롯하여 육 여사, 큰딸 등 가족이 함께 포철을 방문한 날이었다.

새해 첫날이라 그런지 박 대통령은 기분이 몹시 좋아 보였다. 혁명 공약을 지키지 않아 한때는 좋지 않게 생각했지만 박 대통령에 대한 존경심이 사라진 것은 아니었다.

술이 몇 순배 돌자 박 대통령은 긴히 할 말이 있는 듯한 눈길로 박태준을 바라보았다.

"임자가 나를 좀 도와줘야겠어. 유학이니 뭐니 다 그만 두고."

박 대통령이 정월 초하루에 박태준을 부른 데는 그럴 만한 용건이 있었던 것이다. 단순히 신년 덕담이나 나누자고 부른 것은 아니었다.

"대통령 특사 자격으로 일본에 다녀와야겠네."

대통령의 뜬금없는 말에 박태준은 뜨악한 표정을 지었다.

"지금 우리나라의 운명은 경제 개발 5개년 계획이 성공하느냐 마느냐에 달려 있다는 것을 임자도 잘 알고 있겠지. 자본이 있어야 뭘 할 것 아닌가. 그런데 우리나라의 신용으로는 도저히 외국 은행에서 자금을 빌릴 수가 없어. 일단 이 편지부터 읽어 보게. 그런 뒤 얘기를 나누세."

박 대통령이 편지 한 통을 내밀었다. 자민당 부총재 오노의 친필 편지였다. 한국의 현 정세로 볼 때 가장 시급한 일은 한일 국교 정상화를 이루고 대일 청구권 자금을 받아 경제 개발

5개년 계획을 실현해야 한다는 내용을 담고 있었다. 회담은 제5차 회담을 끝으로 중단된 상태였다.

"읽어서 알겠지만 오노 부총재가 비밀 특사를 요구하면서 세 가지 조건을 갖춘 사람을 보내 달라고 했네. 첫째로 내가 가장 신임하는 사람, 둘째로 일본어에 능통하고 일본 문화를 잘 이해하는 사람, 셋째로 일본에서 학교를 다닌 사람. 이 세 가지 조건을 만족시킬 사람은 내가 알고 있는 한 임자밖에 없어."

"찾아보시면 저 말고도 적임자가 많을 것입니다. 그리고 저는 각하가 아시다시피 곧 유학을 떠날 몸입니다."

"유학도 물론 좋지. 그러나 일본에 가서 이 사람 저 사람 중요한 인물들을 만나는 것도 큰 공부가 될거야."

박태준이 대답을 하지 않자 박 대통령이 답답하다는 듯 다시 말했다.

"나라의 미래가 달린 일이네."

박태준은 망설였다. 딱 부러지게 거절하지 못했다. 그가 단호한 태도를 취할 수 없었던 이유는 바로 박 대통령의 '나라의 미래가 달린 일'이라는 말 때문이었다. 박 대통령은 박태준을 너무나 잘 알고 있었다. 나라를 위해서라면 불구덩이에라도 들어갈 사람이 바로 박태준이었다.

박태준을 힐끗 보던 박 대통령이 다시 한 번 힘주어 말했다.

"나라를 위한 길일세. 유학을 가겠나, 아니면 특사 임무를 맡겠나?"

이때 박태준의 뇌리를 언뜻 스치는 게 있었다. '짧은 일생을 영원한 조국에'라는 자신의 좌우명이었다. 대통령상 부상으로 금시계를 받던 그 순간 이미 결심하지 않았던가. 자신의 일생을 조국에 바치기로⋯⋯.

박 대통령의 생각에는 한일 국교 정상화가 경제 발전의 첫 고비를 넘어서는 중차대한 일임이 분명했지만 당시 국민들은 일본과의 회담을 맹렬히 반대하는 입장이었다. 다라서 이 일을 맡으면 매국노로 찍힐 수도 있었다.

하지만 박태준은 박 대통령의 제안을 받아들일 수밖에 없었다.

이날 박 대통령은 박태준에게 집칸이나 마련하라며 금일봉을 주었다. 박태준은 그때까지도 셋방살이를 면치 못하고 있었다. 제집 하나 마련하지 못한 채 1954년 결혼 후 10년간 열다섯 번이나 이사를 다니는 처지였다.

5·16 직후 육영수 여사가 그의 셋집을 찾아온 적이 있었다.

"어떻게 박 대령이 제집도 없이 이런 데서 살아요?"

이루 말할 수 없이 곤궁한 살림살이에 깜짝 놀란 육 여사는 그날 박 대통령에게 그 사실을 알렸다. 박 대통령이 박태준의 딱한 사정을 알게 된 것은 그때였다.

　박태준은 박 대통령이 내민 금일봉을 감사히 받았다. 이번에 나가면 몇 달이 걸릴지 알 수 없는 일이기에 가족을 생각하면 받지 않을 수 없었다.

　박태준은 1964년 1월 하네다 공항으로 향하는 노스웨스트 오리엔트 항공에 몸을 실었다. 앞으로 오랜 기간 일본 열도를 돌아다닐 박태준의 일행으로는 전직 국가재건최고회의 최고위원 두 사람과 수행비서 최정열이었다. 비행기 안에서 박태준은 일본과 자신의 인연에 대해 새삼 생각했다. 박태준이 특사로서 맡은 임무는 수많은 일본 지도층 인사들과 만나 그들이 한국에 호의를 갖게 만드는 일이었다.

　일본에 도착한 박태준은 자신의 눈을 의심했다. 패전 직후의 모습은 어디에서도 찾아볼 수 없었다. 도쿄는 올림픽 준비로 활력이 넘쳐흘렀고 가는 곳마다 생동감이 꿈틀댔다. 박태준은 그런 모습이 너무나 부러웠다. 우리나라도 일본처럼 되어야 한다고 생각했다.

　제일 먼저 만난 사람은 박철언이었다. 1961년 미 극동군 총사령부 문관을 사임한 그는 1962년부터 도쿄에서 개인 사업을 하고 있었다. 미리 연락해 두긴 했지만 박태준은 자신이 온 까닭을 자세히 말한 뒤 도움을 청했다. 그는 박태준을 도와줄 사람으로 야스오카 세이도쿠를 천거했다.

1904년생인 야스오카 세이도쿠는 도쿄 대학교 재학 시절에 이미 그 총명함과 해박함으로 명성을 날린 인물이었다. 그는 한국의 퇴계 선생을 존경하는 친한파에다, 정치적으로는 우파 쪽이었다. 그는 당시 일본의 정·재계를 망라하여 존경을 한 몸에 받고 있는 막후 인물이었다. 이러한 야스오카를 박철언은 극진히 모시고 있었다.

박철언으로부터 이어진 야스오카와 박태준의 관계는 후일 박태준이 포철에 대일 청구권 자금을 끌어다 쓰는 과정에서 크나큰 도움이 되었다.

박태준은 박철언의 안내를 받아 야스오카의 사무실을 방문했다.

당시 야스오카는 회갑의 나이였으며 첫눈에 브기에도 기품 있고 점잖은 인상이었다. 박태준은 그때 서른일곱 살이었으니 아들 또래에 불과했지만 미안할 정도로 깍듯이 대해 줬다. 그럼에도 차갑지 않고 정감이 느껴졌다. 참으로 다행스러운 것은 야스오카가 첫 만남에서부터 박태준에게 큰 호감을 가졌다는 사실이다. 초면인 박태준에 대한 인상을 야스오카는 박철언을 비롯하여 배석한 사람들에게 후일 다음과 같이 말했다고 기록되어 있다.

"침착 중후한 인물이오. 마치 큰 바위를 대하는 듯 무게가 있었소."

박정희 정부가 경제 개발에 필요한 자금과 기술을 일본으로부터 들여오기 위해 한일 회담에 적극적으로 나서자 국내는 연일 '한일 협정 반대 데모'로 시끄러웠다. 3월 9일 야당과 재야 세력들은 '대일 저자세 외교 반대 범국민투쟁위원회'를 결성하고 회담 반대 강연회를 개최했으며, 서울대·고려대·연세대 등에서는 한일 회담 즉각 중지를 요구하는 대규모 시위를 3월 24일 전개했다. 대학생들은 선언문을 통해 반외세, 반독재, 반매판의 민족민주정신과 민족자립의 중요성을 강조했다. 시위는 전국으로 확산돼 급기야 고등학생까지 가세했다. 학생들은 '박 정권 하야, 악덕 재벌 처단, 학원 사찰 중지, 여야 정객의 반성 촉구, 부정부패 원흉 처단' 등의 구호를 외치며 극렬하게 저항했다. 그러자 마침내 박 대통령은 6월 3일 저녁 9시 40분을 기해, 서울시 전역에 비상계엄령을 선포했다. 학교에는 무기 휴교령이 내려졌다.

일본에 체류하던 박태준도 신문지상을 통해 한국에서 벌어지는 일련의 사태에 대해 상세히 알고 있었다.

'국민들이 지금 주장하는 바에 따르면, 내가 하고 있는 일은 매국노에 해당된다. 과연 이 일이 매국하는 일이란 말인가?'

박태준은 착잡한 심정이었다. 국민들의 뜻을 이해하긴 하지만 전적으로 동의할 수는 없었다. 일제 강점기 36년 동안 우리 민족이 당한 설움과 고통에 매몰돼 있을 때가 아니었다. 이제는 과거의 상처에서 벗어나 국가 경제를 일으켜야 했다. 일본과 국교 정상화를 이루어 얻는 자금으로 경제를 살려야 할 때였다. 그러니 무조건 반대하는 것만이 능사가 아니었다.

박태준은 고개를 저었다. 자신이 하고 있는 일이 나라를 위한 일이라는 사실에 한 치의 의심도 없었다.

'일본 지도자들에게 한국의 상황을 이해시키고 경제 협력을 받아내는 일이 어째서 국익에 도움이 되지 않는단 말인가. 특사로서의 임무를 완벽하게 수행하고 귀국하는 길만이 내가 해야 할 일이다.'

박태준은 마음을 굳게 다잡았다. 특히 급속하게 발전하는 도쿄의 모습은 박태준의 자존심과 각오를 자극하기에 충분했다. 박태준은 속으로 수도 없이 되뇌었다.

'우리나라도 하루빨리 이렇게 만들어야 한다!'

막후 협상을 맡아 일본 열도를 순방하는 동안 박태준 일행은 많은 사람을 만나고 수많은 산업 현장을 보았다. 그때 박태준은 이제 조국으로 돌아가 만일 경제 분야에서 일하게 되면 지금 보고 들은 모든 것이 자신의 귀중한 재산이 될 것이라는 생각을 했다.

그가 일본에 머무는 동안 그의 아내는 홀로 짐을 꾸려 이사했다. 살던 집의 전세금과 박 대통령의 하사금을 합쳐 북아현동에 처음으로 박태준 소유의 집을 마련했던 것이다. 이후 박태준 가족은 그곳에서 무려 36년을 살았다. 그 집에서 자녀를 낳아 키우고 결혼도 시켰다.

북아현동에 집을 마련하기까지 수없이 이사했어도 새집을 구하러 다닌다거나 이삿짐 꾸리는 일 등은 모두 아내의 몫이었다. 장 여사는, 남편은 자신이 정한 '원'에 전념해야 하는 인물이니 방해하면 안 된다고 생각했다. 이사를 해도 새집이 어딘지 알지 못했던 박태준은 그때마다 퇴근 후 이사한 집 동네의 파출소에 가서 앉아 있었다. 그렇게 얼마간 앉아 있으면 당연한 듯이 장 여사가 모시러 갔고, 아내가 나타나면 그제야 싱긋 웃으며 아이처럼 부스스 자리를 털고 일어났다. 평생 집 주소를 알고자 한 적도 없었고, 휴대 전화도 지녀 본 적이 없으며, 자신이 타고 다니던 자동차 번호도 기억하지 않고 산 삶이었다. 국가와 민족 외에는 아무것도 알고자 하지 않았다.

장 여사는 생전의 박태준에 대해 "그분의 머릿속에는 나라밖에 없었습니다. 국가를 최우선으로 알고 산 인생이었지요"라고 회고했다.

1960년대 중반 무렵이었다. 당시 동대문에 어려운 사람들이 모여 살던 노동자합숙소가 있었다. 이 합숙소에 북아현동 박태준의 집에 가면 뭐든지 다 준다는 소문이 퍼지기 시작했다.

아니 땐 굴뚝에서 연기가 날 턱이 없었다. 몇 차례 도와준 적이 있었기에 그런 소문이 났던 것이다. 그날도 어떤 이가 찾아오자 박태준이 물었다.

"뭐가 필요하십니까?"

"군고구마 장사를 하려는데 드럼통을 구할 돈이 없습니다. 도와주십시오."

박태준이 아내를 불렀다.

"우리 집에 드럼통이 있소?"

장 여사는 두말 않고 어딘가에서 드럼통을 가져왔다. 김치 담그려고 며칠 전에 마련해 둔 것이었다. 보태 주지는 못할망정 애써 마련한 것까지 남에게 줘버린다며 강짜를 부려도 될 만한 상황이었다. 하지만 장 여사는 그러고 싶지 않았다. 되도록 남편을 편하게 해주고, 집안일에는 신경 쓰지 않게 해주고 싶었다. 오랫동안 살던 집을 팔아 전세금만 남기고 아름다운 재단에 기부하자고 했을 때도 장 여사는 차마 거부하지 못했다. 부창부수는 이를 두고 이르는 말일 터이지만, 그 집을 팔았을 때만큼은 병이 날 정도로 마음고생이 심했다고 했다.

2000년, 총리직에서 물러날 때까지 북아현동 집에서 살았으니 한 집에서 참으로 오래도 살았다.

박태준이 맡은 임무를 성공적으로 마치고 귀국한 것은 1964년 가을, 거의 1년 만이었다. 어려운 숙제를 무사히 끝내고 돌아왔다는 생각에 스스로 뿌듯했다. 자신에게 한 며칠 한가로운 시간을 부여해도 무방할 것 같았다. 하지만 그 생각도 잠시, 못 이룬 유학에 대한 꿈이 떠올랐다. 박 대통령이 내준 숙제도 마쳤으니 이제야말로 유학길에 올라도 될 것이라 여겼다. 다만 귀국하자마자 또 떠나야 한다는 사실이 너무 미안해 아내에게 차마 말도 꺼내지 못한 채 차일피일 미루다가 3개월 정도 망설인 끝에 용기를 내어 자신의 계획을 말했을 때 놀랍게도 장 여사는 기꺼이 동의했다. 섭섭한 마음이야 어찌 없었을까만 남편의 꿈을 응원했던 것이다. 아내의 허락이 떨어지자 박태준은 그제야 마음 편히 유학 준비를 서둘렀다.

유학 준비에 몸과 마음이 분주하던 12월, 박태준은 다시 박 대통령의 부름을 받아 청와대에 들어가게 되었다. 이때 박태준은 자신의 유학 계획을 박 대통령에게 알렸다. 하지만 이번에도 박 대통령은 박태준을 놔주지 않았다.

"대한중석을 맡아 주게나."

박태준은 당황했다. 그 순간, 청와대의 부름이 있기 전에 떠났어야 했다는 후회가 밀려왔다. 이전에도 그랬듯이 이번에도 박 대통령의 뜻을 거역할 수 없음을 그는 알고 있었다. 그럼에도 미국 유학의 꿈을 접고 싶지 않았던 박태준은 선뜻 대답하지 않았다. 가타부타 말없이 묵묵부답으로 앉아 있었지만 머릿속으로는 별의별 생각이 다 떠다녔다.

'어떻게 하면 좋단 말인가. 또다시 내 꿈을 미뤄야 한단 말인가!'

박태준은 속으로 한숨을 내쉬었다. 박 대통령이 박태준을 설득하기 시작했다.

"임자도 알다시피 대한중석은 우리나라의 수출을 주도하는 대표적인 국영 기업체 아닌가. 그런데 만성 적자라니 참 큰일이야. 내가 믿고 맡길 사람은 임자뿐이야. 부탁하네."

대한중석은 국내 중석(텅스텐)을 독점 생산하는 회사로, 상공부가 직접 운영하고 있었다. 대한중석은 일제가 1934년에 설립한 고바야시 광업주식회사를 해방 후 정브가 인수한 것이었다. 당시 대한중석의 수출액은 연간 1,000만 달러에서 1,500만 달러 수준으로, 우리나라 총수출액의 약 30퍼센트를 차지하는 매우 중요한 기간산업체였다. 하지만 오랜 기간 경영부실로 적자를 면치 못하고 있었다. 그렇게 된 데는 여러 가지 이유가 있겠지만, 각종 이권 개입이 큰 요인으로 작용하고 있었다.

박태준은 결국 유학길에 오르지 못했다. 정치의 길에 들어서라고 했다면 무슨 수를 써서라도 받아들이지 않았을 테지만 나라 경제를 살리는 일이지 않는가. 자신의 능력으로 기여할 수 있는 일이라면 해야 했다.

대한중석을 흑자로 돌려놓다

1965년 1월 박태준은 대한중석 사장으로 부임했다.

대한중석은 강원도 상동광산과 경북 달성광산에서 세계 최상급 텅스텐을 생산하는 회사였다. 절대 빈곤에 허덕이던 우리에게 달러를 벌어다 주는 알짜 기업이었지만 경영부실로 오래전부터 만성 적자의 늪에서 허덕이고 있었다. 박태준이 청년 장교로 있던 시절, 대한중석은 이른바 '중석불 사건'으로 그의 뇌리에 뿌리 깊게 자리 잡고 있었다.

부임 첫날 박태준은 몇 가지 확고한 원칙을 가지고 대한중석 사장실로 들어갔다. 직원들 앞에서 그가 천명한 경영 원칙은 '철저한 공정 인사'와 '인사 청탁 배격'이었다.

"이것을 어기면 엄청난 불이익을 감수해야 할 것이오."

하지만 직원들은 그 말을 곧이곧대로 믿지 않았다. 아니, 믿을 수 없었다. 신임 사장으로 온 사람들 대부분이 처음에는 다 그렇게 말했지만 그 약속을 지킨 사람을 보지 못했기 때문이다. 처음이야 의욕이 넘쳐 그렇게 말해도, 결국 예전처럼 될 것이라고 직원들은 지레짐작했다.

박태준은 대한중석 부임에 앞서 박 대통령에게 한 가지 부탁을 했다.

"그 누구도 회사 경영에 간섭하지 못하도록 보장해 주십시오."

"약속하겠으니 걱정 말고 소신껏 회사를 운영해 봐."

박 대통령의 약속으로 박태준은 보다 가벼운 마음으로 대한중석을 맡을 수 있었다.

대한중석은 당시 최고 직장이라, 뛰어난 인재들이 많이 포진하고 있었다. 그 인재 가운데 고준식이 있었다. 박태준이 부임했을 때 전무이사로 재직 중이던 그는 박태준과 1956년 국방부에서 처음 만난 사이로, 박태준이 인사과장이었을 때 그는 물동과장이었다. 그를 보자 박태준은 얼마간 마음이 놓였다.

하지만 대한중석은 더 많은 인재를 필요로 했다. 그는 이내 황경노를 떠올렸다. 1954년 육사에서 처음 만났을 때 박태준은 교무처장이었고 황경노는 교무과장이었다. 박태준은 황경노를 대한중석으로 데려오기로 결심하고 기어이 육군 경리 전문 엘리트 장교의 군복을 벗겼다. 황경노는 대한중석으로 오면서 자신의 친구 노중렬도 천거해 두 사람 모두 3년 4개월간 대한중석에서 박태준과 함께 일했다. 그리고 이 두 사람은 후일 고준식과 함께 포철 창업 요원이 되었다. 박태준은 "그들과 한 시절을 보낸 것은 나와 포철과 국가의 복이었다"고 회고했다.

박태준이 대한중석에서 보낸 기간은 포철 건설을 위한 기반 쌓기였다고 봐도 무리가 없을 것이다. 경영 수업을 제대로 받을 수 있는 기회였다.

고준식은 1981년 3월 박태준이 정치에 몸담게 되었을 때 사장 자리를 이어받고, 황경노는 1992년 10월 포철 2대 회장으로 취임하게 된다.

대한중석의 사장으로서 박태준이 제일 먼저 한 일은 현장 방문이었다. 그는 우선 강원도 상동광산을 찾았다. 서울에서 160킬로미터 떨어져 있는 상동광산은 세계 굴지의 텅스텐 광산이라는 명성을 들을 만큼 대단한 규모에다 설비도 엄청났다. 신임 사장이 현장에 직접 내려오자 직원들은 깜짝 놀랐다. 게다가 막장으로 인도하라고 지시하자 더욱 놀라며 손사래를 쳤다.

"안 됩니다, 사장님. 그곳은 위험합니다."

"내가 위험하면 현장 요원도 마찬가지 아니겠는가. 어서 인 도하시오."

박태준은 그들의 안내에 따라 막장에 내려갔다. 별 이상은 없어 보였다. 그만하면 안전에도 큰 문제가 없어 보였다. 막장 에서 나온 뒤 직원들의 사택에도 들렀다. 그런데 너무나 엉망 이었다. 어떻게 이런 곳에서 살 수 있나 싶을 정도로 열악하기 그지없었다.

직원들의 사택에서 박태준은 광부의 부인들과 얘기할 기회 를 가졌다.

"안녕하십니까. 저는 이번에 새로 부임한 사장입니다. 혹시 필요하거나 불편한 사항 있으신지요?"

사장이라고 하니 어려웠던지 부인들은 좀체 입을 열지 않았 다. 박태준이 재차 부탁하자 그제야 한 여인이 입을 열었다.

"빈대약이 필요해요."

"빈대가 많은가요?"

"가려워서 밤잠을 이루지 못할 지경이에요."

박태준은 그 자리에서 약속했다. 빈대약을 나눠 줄 테니 이 젠 걱정하지 말라고 했다. 너무나 마음이 아팠다. 특히 그런 환경에서 자라는 아이들을 생각하니 더욱 마음이 안 좋았다.

박태준은 사무실로 돌아와 관리국장을 불렀다.

"사택의 위생 상태가 너무 엉망이오. 어떻게 그런 곳에서 살수 있단 말이오. 시급히 DDT를 뿌리시오. 그리고 사택을 새로 지어야겠으니 필요한 예산과 절차를 알아보고 보고하시오."

"회사 운영도 어려운데 사택을 새로 짓다니요, 사장님!"

관리국장의 극심한 반대에도 불구하고 박태준은 사택 신축 계획을 마련하라고 단호하게 지시했다.

사장에 취임한 지 며칠 지나지 않아 덜컥 청탁이 들어왔다. 소문으로만 듣던 일을 직접 겪으니 어이가 없었다. 특정 인물을 승진시켜 달라는 청와대 고위 인사의 청탁이었다. 그런 청탁을 들어줄 박태준이 아니었다. 그는 인사위원회를 소집해 그 청탁 대상의 고과를 공정하게 평가해서 올리라고 지시했다. 예상대로 그 사람의 인사 고과는 좋지 않게 나왔다. 괜한 청탁으로 그 사람은 오히려 손해를 보았다. 승진은커녕 권고 사직을 받았기 때문이다.

당시 대한중석은 경영 방식은 물론, 복지 후생 분야 등 총체적으로 부실한 상태였다. 자세히 들여다보면 볼수록 할 일이 많았다.

직원들과 면담도 하고 여러 방면에서 조사해 본 결과 여태까지의 대한중석은 관리자들이 종업원 위에 군림하는 체제로 운영되고 있었다. 그것은 옳지 않았다. 박태준은 권위의식을 버리고 직위 고하를 막론하고 모든 직원에게 마음을 열었다. 이를 지켜보던 관리자들도 사장이 하는 대로 따라 해 더 이상 종업원을 함부로 대하지 않았다. 그러자 당연히 직장 분위기가 좋아졌다. 현장이 즐겁고 활기찬 분위기로 바뀌자 생산성도 높아졌다. 또한 취임 초 약속한 대로 사장직을 수행하는 내내 능력 위주의 인사 원칙을 고수했다.

1년 후, 누구도 믿기 힘든 놀라운 일이 벌어졌다. 만성 적자에 시달리던 대한중석이 신임 사장 취임 1년 만에 흑자로 돌아선 것이다. 이때 박태준이 이룩한 경영 성과는 일종의 경영 혁명으로 간주되었다. 이는 누구도 예상할 수 없었던 기적과도 같은 일이었다.

한편 1965년 6월 22일 한일 기본 조약이 조인되기는 했지만 교수, 종교인, 문학인 등의 시국 성명이 잇따랐고, 예비역 장성 열한 명도 반대 성명을 발표했다. 무상 원조 3억 달러와 유상 원조 2억 달러로 일제가 행한 만행에 대한 청구권에 대차한다는 것은 민족과 역사가 용인할 수 없다는 게 그 이유였다. 당시 우리 사회는 한일 조약 비준을 반대하는 세력과 찬성하는 세력으로 나뉘어 서로 대치하고 있었다.

1965년 여름은 한일 조약의 국회 비준, 위수령 선포, 베트남 파병, 하루가 멀다 하고 일어나는 시위 등으로 나라 사정이 극히 혼란스러웠다. 그러나 한편으로는 박 대통령이 대일 청구권 자금과 베트남 특수라는 두 마리 토끼를 잡은 시기이기도 했다.

그해 가을 어느 날, 박태준과 박 대통령은 청와대에서 마주 앉아 차를 마시고 있었다. 박태준이 이끄는 대한중석이 흑자 체제를 굳힐 즈음으로, 분위기가 자못 화기애애했다. 이런저런 얘기 끝에 박 대통령이 미소를 지으며 박태준을 바라보았다.

"임자, 혹시 김기수라고 알아?"

"권투선수 김기수 말씀이십니까?"

"맞아. 그 김기수가 주니어미들급 동양 챔피언이란 사실 알고 있나?"

"아, 그렇습니까?"

"이 친구가 제법 실력이 있는 모양이야. 잘 키우면 세계 챔피언이 될 수 있는 재목이지. 내년 6월에 세계 챔피언 타이틀 매치가 장충체육관에서 열릴 모양인데 김기수가 세계 챔피언이 되면 우리 국민들의 사기가 얼마나 올라가겠나."

박태준은 금세 대통령의 말을 알아들었다. 요컨대 세계 챔피언 하나 만들어 보라는 얘기였다.

"세계 챔피언이 되는 데 필요한 것이 뭔지 물어보고 도와주게."

이튿날 박태준은 김기수를 회사로 불렀다. 과연 챔피언다운 외모로, 한눈에도 강인해 보였다.

출신을 물어보니 1·4 후퇴 때 함흥에서 내려온 피란민이었다. 복싱은 여수에서 중학교 다닐 때 배우기 시작했으며, 이번에 싸울 상대는 니노 벤베누티라는 이탈리아 선수였다. 몇 마디 나눠 보니 그는 세계 챔피언이 되고야 말겠다는 집념이 매우 강했다. 눈빛에 결연함이 서려 있었다. 대통령의 말대로 뒷바라지만 잘해 준다면 챔피언이 될 수 있는 인물로 보였다.

"그래, 세계 챔피언이 될 자신은 있나?"

박태준의 질문에 김기수가 호기 있게 대답했다.

"한 6개월 연습에만 전념하면 얼마든지 승산이 있습니다."

"혹시 필요한 게 있나?"

"방해받지 않고 연습할 수 있는 권투도장이 있으면 좋겠습니다."

박태준은 김기수가 사는 동네 가까운 곳에 권투체육관을 하나 짓게 했다. 개관식을 앞두고 작명 의뢰가 들어오자 서슴없이 '권일(拳一)'이라고 지어 주었다. '주먹으로 세계 일등이 되라'는 의미였다.

이 체육관에서 연습에 매진한 김기수는 자신의 호언장담대로 주니어미들급 **WBA** 세계타이틀매치에서 번쩍이는 챔피언 벨트를 허리에 차게 되었다. 1966년 6월 25일, 한국 최초의 세계 챔피언은 그렇게 탄생했다. 스포츠 시합에 나가기만 하면 깨져서 돌아오던 그 시절, 김기수의 승리는 국민의 사기를 북돋아 주기에 충분했다. 장충체육관에서 벌어진 이날의 권투 경기를 박 대통령과 박태준은 나란히 앉아서 관전했다.

박태준은 대한중석 사장 시절 실업축구단을 만든 것으로도 잘 알려져 있다. 상동광산 현장에서 대한중석 축구단 소속 축구 선수들을 우연히 본 것이 그 발단이었다. 국가대표팀 감독 한홍기를 비롯하여 국가대표급 선수들이 곡괭이를 들고 광산에서 일하고 있었다. 박태준은 이상한 생각이 들었다.

'어째서 그라운드에 있어야 할 선수들이 곡괭이를 들고 광산에서 일하고 있단 말인가?'

즉시 사정을 알아보니 평소에는 광산에서 일하다가 시합이 다가오면 그제야 합숙 훈련을 한다고 했다. 연간 1억 원 정도가 소요되는 축구단 운영이 어려워지자 시합이' 없을 때는 선수들을 일꾼으로 부려먹고 있었던 것이다. 하나만 알고 둘은 모르는 한심한 처사였다. 그들에게 당장 곡괭이를 내려놓으라고 명령한 뒤 서울로 올려 보냈다.

박태준은 대한중석 축구팀을 제대로 운영할 방안을 찾으라고 지시했다. 그래서 만들어진 것이 대한중석 실업축구단이다. 이 축구단은 뒷날 포철 아톰즈로 전환돼 초창기 국내 프로축구 정착에 이바지하는 등 포스코축구단 창단의 주축을 이루었다. 포철 아톰즈는 1984년 프로 팀인 포항스틸러스로 팀 명칭을 바꾸었다. 이곳을 거쳐 간 감독은 이회택 등 9명이며, 선수로는 황선홍 최순호 홍명보 등 무려 338명에 이른다. 박태준은 이외에도 1990년 국내 최초로 축구 전용 구장과 클럽하우스를 건립하기도 했으니, 한국 프로 축구 발전의 선구자였다고 할 수 있다.

한국 최초로 축구 전용 구장을 만든 사람도 박태준이었다. 포철 사장 시절이었다. 처음 만들 때는 뒷말이 무성했지만 그 구장은 2002년 월드컵을 유치하는 데 일조를 했다. 우리나라에서 유일한 축구 전용 구장이었기 때문에 인프라 시찰을 나온 국제축구연맹(FIFA) 조사단을 데려와 그나마 좋은 점수를 얻을 수 있었던 것이다. 우리 축구팀은 그 월드컵에서 8강을 넘어 4강까지 올랐다. 국민을 대통합으로 묶어 준 잊을 수 없는 경기였다. 월드컵 경기가 끝난 뒤 박태준은 홍명보, 황선홍, 김태영, 김남일, 김병지 등 포철 소속 선수들을 신라호텔로 초청해 채 가시지 않은 기쁨을 함께 나눴다.

박태준은 포항에 이어 1992년 광양에도 축구 전용 구장을 건설했다. 한국의 두 번째 전용 구장이었다. 광양 전용 구장은 전남 드래곤즈의 홈구장으로, 광양제철소 내에 있다.

지난 2013년 5월 26일, 포항스틸러스는 한국 프로 축구 사상 최초로 창단 40주년을 맞이했다. 이날 포항스틸러스는 K리그 클래식 13라운드 대구와의 홈경기에서 창단 기념식을 갖고 창단 구단주인 '고 박태준 명예회장을 기리기 위한 청암존 선포식'을 가진 바 있다. 선포식을 통해 포항스틸러스는 현재의 E석 지역을 박태준의 호를 따서 '청암석'이라고 명명했다.

철강 외교의 시작

1965년 어느 화창한 봄날, 박 대통령이 박태준을 청와대로
불렀다. 박 대통령은 한국의 베트남 파병 결정에 대한 미국 존
슨 대통령의 답례 요청으로 조만간 미국 순방길에 오를 예정이
었다. 박 대통령의 표정이 무척 밝았다. 대한중석 때문이었다.

만성 적자이던 대한중석을 정상 궤도에 올려놓았다고 대통
령은 박태준을 한껏 치하했다. 하지만 박 대통령이 박태준을
부른 것은 그 때문만이 아니었다. 잠시 환담을 나눈 끝에 박
대통령이 한국의 산업화에 대한 이야기로 화제를 돌렸다. 그
는 먼저 제1차 경제 개발 5개년 계획의 성과에 대해 말을 꺼냈
다. 시간이 지남에 따라 대화는 어느덧 종합제철소 건설 문제

로 흘러갔다.

종합제철소 건설은 1962년 확정한 제1차 경제 개발 5개년 계획에서 핵심 사업의 하나로 확정 지었다. 외자 3200만 달러와 내자 2300만 달러를 들여 1966년까지 4년에 걸쳐 건설한다는 계획이었다. 외자는 외자유치위원회가 차관을 끌어오기로 하고, 내자는 부정축재자처리법에 의거해 국고로 들어온 자금을 활용하기로 했다.

"시멘트와 비료 공장, 발전소와 정유 공장 등은 계획대로 순조롭게 건설되고 있는데 제철소 건설 계획은 수도로 돌아가고 말았어."

밝았던 박 대통령의 얼굴이 이내 어두워졌다. 얼마나 실망했으면 저러실까 하는 생각에 박태준은 안타까웠다.

박 대통령은 군사혁명으로 정권을 잡은 만큼 경제 개발을 통해 자신의 행위를 정당화시키고자 했다. 그래서 제철소 건설을 핵심 사업으로 삼고 그 사실을 국민들에게 역설했는데, 그것이 여의치 않아 박 대통령은 걱정이 태산 같았다.

이보다 앞선 1964년 11월, 이미 박 대통령은 장기영 경제기획원 부총리로부터 종합제철소 건설을 연기할 수밖에 없다는 보고를 들은 바 있었다. 원인은 자금 부족 때문이었다. 해외 차관을 거절당한 한국은 새로운 계획을 세울 수밖에 없는 처지였다. 가난한 나라의 냉혹한 현실이었다. 그로부터 한 달 뒤인 12월 4일 열린 경제 장관 회의의 주요 안건도 종합제철소 건설이었다. 회의가 끝난 뒤 박 대통령은 박태준에게 대한중석을 하루속히 정상화시켜 줄 것을 강력하게 요청했다. 대한중석이 정상화되면 박태준에게 종합제철소 건설을 맡길 생각이었다.

"나는 종합제철소 건설 계획을 제1차 경제 개발 5개년 계획의 최우선 사업으로 정하고 심혈을 기울여 왔어. 그것은 임자도 아는 사실이지?"

박태준이 그렇다고 답했다.

"하지만 돈이 없는데 어떻게 건설할 수 있겠나. 외국 은행은 우리를 믿지 못해 차관을 못 주겠다고 해. 철강이 부족하면 아무것도 할 수 없지 않겠나. 철을 직접 생산하지 못하면 우리 경제는 점점 더 어려워질 걸세. 임자 생각은 어떤가?"

"저도 종합제철소 건설은 반드시 필요하다고 생각합니다."

철은 어디에서나 사용되는 가장 중요한 소재이다. 당시에는 종합제철소의 유무가 국력을 상징하는 중요한 척도 가운데 하나였다. 따라서 개발 도상국들은 자립의 상징으로 맨 먼저 제철소 건설을 시도하곤 했다. 그러나 막대한 자금이 필요한 만큼 거의 대부분의 개발 도상국이 제철소 건설에 실패했다. 우리나라 또한 여러 차례 시도했으나 무위에 그치고 말았다.

당시 우리나라에도 저급 철을 생산하는 구식 설비가 몇 개 있긴 했으나 못과 철사 등 원시적인 철강 제품만 만들어 낼 뿐이었다. 생산량도 형편없어 해외 수입에 의존해야 하는 처지였다. 그러다 한국 전쟁이 발발하자 그나마 생산 능력이 뚝 떨어졌다. 제1차 경제 개발 5개년 계획 기간 동안 생산량이 다소 늘긴 했으나 소비량 또한 증가해 철 수요의 약 60퍼센트를 수입에 의존하고 있었다.

"철강이 부족하면 경제 개발 계획을 제대로 진척시킬 수가 없어. 철강 소비는 점점 더 급증하는데 말이야."

"맞는 말씀입니다. 우리 경제가 발전하기 위해서는 우리 손으로 철강을 만들어야 합니다."

"일본은 제2차 세계 대전에서 패배하고도 이처럼 경제를 살려냈는데, 우리도 그게 가능할까?"

"일본은 1880년대에 이미 근대적인 제철소를 세운 걸로 알고 있습니다."

일본은 그때 당시 벌써 종합제철소를 몇 개나 보유해 엄청난 양의 철을 만들어 내고 있었다. 그 가운데 가와사키 제철소는 일본 최고의 제철소로 유명했다.

"임자는 가와사키 제철소 사장이 누군지 알고 있나?"

"니시야마 야타로 사장입니다, 각하."

"그 니시야마 사장을 우리나라로 불러오면 이런저런 유익한 얘기를 들을 수 있을 거야."

일본은 1950년대 당시 조강 생산 능력 세계 6위를 기록했지만 1960년에는 5위로 한 계단 뛰어올랐다. 한국 전쟁 특수 덕이었다. 그리고 4년 뒤인 1964년에는 독일을 제치고 세계 3위의 철강 대국으로 우뚝 섰다. 연산 3900만 톤 규모였다. 이때 남한은 겨우 연산 20만 톤을 채우는 수준이었고, 북한은 남한보다 10배쯤 많은 연산 200만 톤 이상을 생산하고 있었다.

이날 박 대통령과 박태준은 종합제철소의 성공적인 건설을 위해 머리를 맞대고 계획을 세웠다. 일단 각자 역할을 분담했다. 박 대통령은 곧 있을 미국 방문 일정 중에 펜실베이니아주 피츠버그 철강공업지대를 방문해 미국 철강업계 지도자들과 접촉하기로 하고, 박태준은 일본 가와사키 제철소 니시야마 사장의 방한을 성사시키기로 했다.

1965년 5월, 박 대통령은 예정대로 존슨 미국 대통령의 초청으로 워싱턴을 방문했다. 박 대통령은 이 기회에 제2차 경제개발 5개년 계획을 달성하는 데 필요한 원조를 조기에 확정하겠다는 굳은 의지를 품고 미국으로 향했다. 그 목적을 위해 필요하다면 더 많은 군인을 베트남에 파병할 복안까지 갖고 있었다. 한 나라의 대통령으로서, 나라의 경제 발전을 위해 차관을 끌어올 수 있다면 그보다 더한 일도 해야 한다는 심정이었다. 이때의 워싱턴 방문은 성공적으로 이뤄져 박 대통령에 대한 국민들의 신임을 높이는 데 일조를 했다.

당초 예정대로 미국 방문 마지막 일정 때 박 대통령은 세계 철강공업의 메카로 불리는 피츠버그 철강공업지대를 비공식 방문했다. 카네기, 모건, 멜론 등의 세계적인 철강 대기업들이 모두 그곳에 모여 있었다. 제철 공장의 굴뚝에서 피어오르는 연기를 보면서 박 대통령은 언젠가 우리나라도 저렇게 만들리라 결심했다. 당시 철강 회사들은 큰돈을 벌어들이고 있었다. 제철소 노동자들 역시 최고 수준의 임금을 받고 있었다. 박 대통령은 이때 미국 철강업계의 지도자들을 만나 그들의 말을 직접 들으면서 제철소 건설에 대한 결의를 한층 더 굳혔다.

5월 26일, 박 대통령은 세계적인 철강 엔지니어링업체인 코퍼스의 프레드 포이 회장을 만났다. 백악관의 주선으로 이뤄진 만남이었다. 박 대통령은 이날 포이 회장과 점심식사를 함께 하는 자리에서 한국의 종합제철소 건설에 필요한 자금과 기술을 제공해 줄 수 있는 국제적인 컨소시엄을 결성해 볼 의향이 없느냐고 조심스레 운을 뗐다.

사실 포이 회장과 한국의 인연은 그때가 처음이 아니었다.

한국 정부는 2년 6개월 전 울산공업단지에 연산 31만 톤 규모의 종합제철소 건설 계획을 세운 적이 있었다. 당시 포이 회장이 미국 측 투자 공동체 대표로 참여했었다. 그런데 이때 한국과 투자 가계약을 맺는 과정에서 그는 애매한 태도를 취했다.

"대통령 각하, 잘 아시겠지만 종합제철소는 장기적인 투자가 필요합니다. 당연히 거대 자금이 요구됩니다. 시간을 내서 철강업계와 국제 금융 기관 종사자들을 만나 보겠습니다."

포이의 긍정적인 태도에 한결 마음이 가벼워진 박 대통령은 귀국하자마자 박태준을 불렀다.

"가와사키 제철소의 니시야마 사장을 한시라도 빨리 모셔와야겠네."

박 대통령의 요청에 따라 포이 회장이 국제 컨소시엄 구성을 위해 애쓰는 동안 박태준은 니시야마 사장을 초청하기 위한 준비에 들어갔다.

그로부터 며칠 지난 6월 4일, 박태준은 도쿄에 머물고 있었다. 대한중석 사장임에도 대한중석의 일 때문에 방일한 것이 아니라 종합제철소 건설과 관련된 임무를 띠고 온 것이었다. 박태준은 자신에게 호의를 보이는 친한 인사 야스오카를 먼저 만나 보기로 했다. 박태준은 야스오카의 사무실로 찾아가, 가와사키 제철소의 니시야마 사장의 방한 문제를 논의하면서,

도와달라고 요청했다.

"물론 니시야마 사장에게 당신을 도와주라고 말할 수는 있습니다. 하지만 니시야마 사장 혼자 결정할 문제는 아니라고 봅니다. 일본 내 철강업계 대표들은 물론이고 일본 정부로부터도 양해를 구해야 할 것입니다. 내 생각에 이러한 경우는 공식 방문 형식이 되어야 하지 않을까 생각합니다. 한국 정부가 공식 초청장을 보내 준다면 좋겠지요."

야스오카가 말하는 공식 초청장이란 박 대통령이 직접 보내는 초청장을 말하는 것이었다. 공식 초청장을 받으면 니시야마 사장이 일본 정부나 업계 대표들을 설득할 명분도 서고 훨씬 쉬울 거라는 뜻이었다. 일리 있는 말이었다.

박태준이 일본에서 제철소 문제로 애쓰는 동안 한국의 국회 본회의장에서는 장기영 부총리가 '경제 성장을 가속화하기 위해서는 하루빨리 철강 생산을 서둘러야 한다'는 요지의 종합제철소 프로젝트에 대한 박 대통령의 메시지를 설명하고 있었다.

1965년 6월 23일 가와사키 제철소의 사장 니시야마가 청와대를 방문해 박 대통령과 마주 앉았다. 이 자리에 국무총리, 경제기획원 부총리, 대한중석 박태준 사장이 배석했다. 이들은 한국 전통차인 홍삼차를 마시면서 세계 철강업계의 동향과 일본 철강 산업에 대한 얘기를 나눴다. 잠시 후 오찬을 함께

한 다음 한국의 종합제철소 건설 계획에 대해 심도 있는 대화가 오갔다.

이튿날 박태준은 니시야마를 대동하고 제철소 입지로 입에 오르내리는 지역들을 차례차례 둘러보았다. 당시 거론되던 제철소 입지는 인천, 포항, 울산 등 5개 지역이었다. 니시야마와 함께 다니는 동안 박태준은 제철소에 대한 유익한 정보를 많이 들을 수 있었다. 니시야마는 세계적인 추세로 볼 때, 100만 톤부터 출발하는 것이 좋을 것이라는 의견을 제시했다. 그의 말에 박태준은 적이 놀랐다. 자신의 생각이 맞아떨어졌기 때문이었다. 한국은 겨우 30만 톤부터 시작할 계획이었지만 박태준은 박 대통령에게 이미 100만 톤을 건의한 바 있었다. 이는 국내 철강 수요의 추이와 철강 수출에 근거한 것으로, 장차 1970년에 들어서면 매년 100만 톤 이상의 철강 수입이 필요하다는 것이 박태준의 계산이었다. 더 나아가 그는 1970년대 중반쯤에는 500만 톤 규모의 제철소를 갖춰야 할 것으로 내다보고 있었다.

이때의 답사에서 박태준은 니시야마로부터 매우 중요한 사실을 알게 되었다. 바로 '항만 시설'이었다. 항만 시설이 중요한 이유는 한국이 제철 원자재를 모두 외국에서 수입해야 하는 처지였기 때문이다. 그러려면 대형 선박이 자유롭게 드나들 수 있는 곳에 제철소가 들어서야 했다. 박태준은 니시야마와 함께 방문했던 장소들을 머릿속으로 떠올리며 제철소가 들어설 최적의 자리를 내심 결정했다.

며칠 뒤 박태준은 자료를 정리하여 청와대로 들어갔다. 박 대통령은 박태준의 브리핑을 귀담아듣고는 그가 가져온 토고서도 꼼꼼하게 검토했다. 다 읽은 서류를 가만히 덮어 옆에 놓은 후 박 대통령이 할 말이 있는 표정으로 박태준을 바라봤다. 그의 표정이 자못 진지했다.

"임자는 적자에 허덕이던 대한중석을 흑자로 돌려놓았어. 이제부터는 제철소 건설을 맡아 줘야겠네. 계획 단계에서부터 참여해 차질없이 진행되도록 해주게. 이 일에 임자보다 더 적임자는 없다고 생각해."

박태준은 깜짝 놀랐다. 대한중석의 현직 사장인 자신을 박 대통령이 제철소 건설 적임자로 점찍고 있었다는 사실은 전혀 예상치 못한 일이었다. 그간 일본의 제철소 사정을 두루 살펴온 것은 대한민국의 국민으로서 마땅히 대통령의 명을 받들고자 함이었다. 그저 제철소를 향한 대통령의 꿈에 조금이라도 보탬이 되고 싶은 충정에 열과 성의를 다 한 것뿐이었다.

"나는 임자를 믿어. 임자의 능력과 저력을 믿어."

박태준은 갑자기 엄청난 책임감을 양어깨에 짊어지게 되었다.

'종합제철소 건설이라니, 너무도 막중한 임무 아닌가! 건국 이래 가장 큰 공사의 책임을 나더러 맡으라니!'

"나는 고속도로를 관리 감독할 테니 임자는 제철소를 맡아. 고속도로와 제철소만 제대로 되면 우리도 공업 국가의 꿈을 이룩할 수 있을 거야."

박 대통령은 조만간 그 꿈이 이뤄지기라도 하듯 얼굴에 화색이 돌았다. 그러나 청와대를 나서는 박태준의 심정은 복잡했다.

'과연 해낼 수 있을까?'

그는 회사에 도착하자마자 대한중석 부설 금속연료종합연구소 소장을 불러 종합제철소 예비 건설 계획을 작성하도록 지시했다. 난데없는 종합제철소 운운에 소장은 어안이 벙벙한 표정을 지었다.

1965년 9월, 박태준은 박 대통령의 재가를 얻어 일본 정부에 사업 타당성 조사를 위한 철강조사단을 파견해 달라는 공식 요청서를 보냈다. 일본 조사단을 불러들이는 이유는 장차 포이 측이 내놓을 타당성 조사의 정확도를 또 다른 채널로 검증하기 위해서였다.

9월 16일, 일본철강연맹, 해외기술협력단, 6대 고로사의 전문가로 구성된 일본 철강조사단 10명이 내한했다. 이들 조사단은 3주에 걸쳐 기술 및 경제적 타당성을 심층 분석한 다음 한국 측에 보고서를 제출하기로 되어 있었다.

한국 정부는 일본 조사단의 의뢰와 병행하여 세계은행(IBRD)에도 똑같은 내용의 과제를 의뢰해 놓고 있었다. 이로써 청와대와 한국 경제 부처는 종합제철소 건설에 대해 작으나마 희망을 품게 되었다.

2장
영일만 롬멜하우스

'종합제철소'라는 이름의 꿈

국회에서 한일 협정 비준안이 날치기로 통과돼 간신히 한일 국교 정상화의 공식적인 길이 열린 1965년 9월, 대한중석은 순이익 12억 원의 흑자를 내면서 순항하고 있었다. 이 무렵 경제 개발 계획의 효과가 나타나기 시작했다. 전문가들은 한국의 1966년 경제 성장률이 10퍼센트를 넘을 것으로 추정했다.

나라가 지속적인 경제 성장을 이룩하자 박 대통령에 대한 국민들의 신뢰도도 조금씩 높아졌다. 제철소 건설이 애초 계획대로 실행되지 못하고 제2차 경제 개발 5개년 계획(1967~1971)으로 사업이 연기된 점이 아쉽기는 하지만, 이것은 나라가 너무 가난해서 국제 차관을 얻지 못한 것이니 오롯이 정부의 잘못이라고 할 수만은 없었다.

1966년에서 1967년에 이르는 시기에는 한국에 여러 호재가 넘쳐났다. 한일 국교 정상화와 베트남 파병 때문이었다. 일본은 1966년 1차년도 청구권 지불을 시작으로, 2년에 걸쳐 총 1억 850만 달러의 민간 차관을 제공했으며, 대규모 베트남 파병으로 미국의 확고한 지지를 얻었다. 미국이 호의적인 태도를 보이자 서방 국가들도 한국에 대한 상업 차관에 너그러운 태도를 견지했다. 그러므로 한국 정부가 종합제철소 건설을 위한 차관 협상을 시작하기에 가장 적기였다.

한국군의 베트남 파병은 지독히 가난하던 시절 우리의 젊은 이들을 용병으로 전쟁터에 내보내야 했던 기막힌 일이지만, 이들의 희생은 우리나라가 산업화의 길로 들어서는 데 많은 기여를 했다. 베트남 전쟁 당시 한국은 8년간 총 31만 2,853명의 병력을 파견하여 그 가운데 전사자가 약 5천 명, 부상자는 1만 6천 명이었으며, 미국은 55만 3천 명의 군 병력을 파견해 5만 8천 명이 사망했다. 우리나라는 미국 다음으로 많은 군인을 파병한 나라였다.

한국이 베트남 전쟁으로 벌어들인 돈은 무려 2억 360만 달러에 달했다. 기필코 절대 빈곤을 타파하고 경제 부흥을 이룩하겠다는 박 대통령의 굳은 의지는 베트남 전쟁 덕분에 순조롭게 흘러갔다. 그러나 당시 한국의 정치 상황은 민주주의에 대한 억압과 인권 탄압이 날로 심해지고 있었다. 그러나 박태준 개인으로 말하면, 이 시기는 그가 유능한 경제인으로 확고하게 자리 잡아 가던 때라고 할 수 있다.

제1차 경제 개발 5개년 계획 종료를 6개월 정도 앞둔 1966년 6월 22일, 일본 조사단과 세계은행에서 각각 제출한 보고서를 상세히 분석한 경제기획원은 한국에 종합제철소를 세우기 위한 국제 컨소시엄에 참가해 달라는 내용의 공문을 각국의 철강 회사에 보냈다. 미국의 코퍼스를 비롯하여 블로녹스와 웨스팅하우스, 독일의 데마크와 지멘스, 일본의 야하타 지철과 히다치 조선, 미쓰비시 전기 등 8개 회사였다.

공문은 연산 100만 톤 규모의 제철소를 2단계로 나눠 지을 예정이라는 내용을 담고 있었다. 각각 50만 톤 규모로 제1단계는 1966년에, 제2단계는 1970년에 시작한다는 계획이었다. 그러나 이번에도 외국 기업들이 부정적으로 나오면 제철소 건설의 꿈은 또다시 좌절될 판이었다.

10월이 되자 포이 회장이 참가 예정인 철강업체들에게 컨소시엄 결성을 위한 회의를 하자고 연락해 왔다. 그러나 뜻밖에도 일본 철강 회사들이 부정적인 뜻을 표하며 한발 물러서더니 급기야 불참 의사를 공식적으로 통보해 왔다. 종합제철소 사업조사단 파견을 요청한 한국 정부의 제안을 받아들여 성실히 협조했음에도 불구하고 주도권이 미국 측으로 넘어간 것에 대한 반발이었다. 이에 경제기획원은 포이 회장에게 일본을 대체할 만한 국가를 물색해 달라고 부탁했고, 영국과 이탈리아가 긍정적인 반응을 보였다.

그해 12월 10일 미국 피츠버그에서 한국 종합제철소 건설 지원을 위한 국제차관단 구성 회의가 개최되었다. 제외된 일본의 3개사 대신 영국의 엘만, 이탈리아의 임피안티가 참가해 총 4개국 7개사가 참가하게 되었다. 나흘간의 협의 끝에 드디어 대한국제제철차관단(Korea International Steel Associates), KISA가 정식 발족되었다.

KISA는 첫 모임에서 제1단계 공사 자금을 총 1억 2500만 달러로 추정하고 그중 2500만 달러는 내자로, 나머지 1억 달러는 국제 차관으로 충당하기로 합의했다. 또한 포이 회장을 KISA 대표로 선임했다.

몇 차례에 걸친 코퍼스 기술진의 타당성 조사 결과 가장 유력한 제철소 후보지로 삼천포와 울산이 거론되었고, 그 외 포항과 월포, 군산, 보성도 오르내렸다. 그러나 울산은 협소하다는 이유로 곧 제외되었다.

한편 5월 11일 제6대 대통령 선거 결과 박정희 후보가 유효 투표의 51.4퍼센트를 획득하여 윤보선 후보를 이겼고, 6월 8일에는 국회의원 선거가 있었다. 이때 종합제철스 후보지 출신 국회의원 후보들은 저마다 제철소 유치를 주요 공약으로 내걸었다. 그만큼 당시 한국은 제철소 건립이 초미의 관심사였다.

박태준은 오래전부터 포항이 최고의 입지 조건을 갖추고 있다고 생각했지만 대다수 사람들은 그렇게 생각하지 않았다. 경제기획원조차 삼천포를 지목하고 있었다. 이는 제철소 부지 선정 과정에 정치권력이 끼어들고 있다는 얘기였다. 이러한 사태를 가만히 두고 볼 박태준이 아니었다. 그는 제철소는 입지 선정이 곧 제철소 성패와 직결된다는 사실을 누구보다 잘 알고 있던 터라 곧바로 박 대통령을 찾아갔다.

"제철소 적지는 포항밖에 없습니다."

박태준은 그 어느 때보다 강한 어조로 그 이유를 역설했다.

"더 이상 제철소 부지 선정에 정치 논리가 거입되어선 안 됩니다."

이 일로 박태준은 다른 지역을 천거한 각료나 의원들로부터 좋지 않은 소리를 들었지만, 그의 주장이 옳았다는 사실은 후일 여러모로 입증되었다.

6월 21일, 마침내 종합제철소 부지 선정에 대한 용역 결과 보고서가 나왔다. 포항이 1위였다. 부지 조성, 공업 용수, 항만, 전력 등 4개 부문을 집중적으로 검토한 결과물이었다. 그때까지도 박태준은 공식적으로는 여전히 대한중석의 사장이었을 뿐 종합제철소와 관련된 어떠한 직함도 갖지 않은 상태였다.

애초에 정한 착공 시기인 7월이 다 가도록 한국 정부와 KISA는 기본 협정조차 체결하지 못하고 있었다. 가협정 이후 별다른 진척이 없었던 것이다. 초조해진 한국 측은 KISA와의 기본 협정 체결을 위한 실무교섭단을 미국에 급파하기로 했다. 실무교섭단 단장은 황병태 경제기획원 경제협력국장이 맡았다.

8월, 실무교섭단은 미국 방문을 앞두고 청와대에 들어갔다. 이때 박 대통령이 배석한 장관들을 향해 말했다.

"제철소 건은 대한중석에 맡겼으면 합니다. 여러분 의견은 어떻습니까?"

참석자들은 아무런 의견도 내지 않았다.

"여러분이 알다시피 박태준 사장이 경영을 맡은 뒤 대한중석이 흑자로 돌아서지 않았습니까. 따라서 대한중석에는 막대한 자금이 확보되어 있습니다. 대한중석에 맡기자고 하는 이유는 그것입니다."

좌중이 여전히 조용하자 박 대통령이 쐐기를 박듯 다시 말했다.

"게다가 박태준 사장은 이 프로젝트에 반드시 필요한 강한 리더십도 갖추고 있습니다."

마음속으로야 종합제철소 사장으로 박태준을 낙점한 지 오래지만 대외적으로 박 대통령이 속내를 공개한 것은 그때가 처음이었다. 이때 박태준은 대한중석 일로 아시아, 미주, 유럽을 순방 중이었다.

9월 8일, 박태준이 런던 메탈마켓에서 중석 판매 협상을 하고 있을 때 대한중석 고준식 전무가 띄운 한 통의 전문이 도착했다. 대한중석이 종합제철소 건설 사업 책임자로 선정되었으니 즉시 귀국하기 바란다는 내용이었다. 장기영 부총리의 지시로 보낸 전문이었다.

박 대통령이 박태준을 추진위원장으로 선택한 가장 중요한 이유는 그의 뛰어난 능력과 강한 추진력을 높이 샀기 때문이었다. 대한중석을 흑자로 돌려놓은 것도 큰 이유 중 하나지만 장기간 지켜본 결과 박태준이라면 종합제철소 건설을 기필코 완성시킬 것이라는 믿음이 있었던 것이다. 뚝심과 저력, 뚜렷한 소신에다 청렴함까지, 리더가 갖춰야 할 모든 덕목을 갖춘 인물이었다.

전문에는 '첫째, 대한중석은 외국 차관 협상과 교섭 문제를 관장한다. 둘째, 대한중석의 정부 보유 주식에 대한 배당은 제철소 건설 프로젝트로 전용키로 한다. 셋째, 대한중석이 종합 제철소 건설 자금의 내자 충당분을 조달하지 못할 경우, 나머지를 정부의 재정 자금에서 충당키로 한다'는 내용의 세 가지 주요 사항도 함께 들어 있었다.

이미 제철소 건설 준비에 깊숙이 관여하고 있던 박태준은 대통령이 맡긴 이 일을 조국에 대한 자신의 사명으로 여기기로 했다. 박태준은 '수락하겠으나 일이 아직 끝나지 않아 즉시 귀국은 불가능하다'는 내용의 회신을 즉시 보냈다.

한편 미국 피츠버그로 떠났던 실무교섭단의 성과도 가시적으로 나타났다. 9월 25일, 코퍼스의 샌드빅 부사장을 비롯한 KISA 대표 세 명이 기본 계약서 수정안을 들고 내한한 것이다. 이번 수정안은 지난번 것에 비해 다소 진전되긴 했지만 자금 조달의 원천이나 규모, 시기 등에 대해서는 여전히 명확하지 않았다. 그러나 28일 한국 협상 대표는 KISA가 작성한 합의 계약서에 서명했다.

그로부터 이틀 뒤인 9월 30일, 박태준은 귀국하자마자 장기영 부총리실로 향했다. 부총리의 호출이 있었기 때문이다. 포항종합제철 기공식을 사흘 앞둔 날이었다. 마주한 부총리의 표정이 매우 밝았다. 제1차 경제 개발 5개년 계획 수립 단계에서부터 소망해 온 종합제철소 기공식이 드디어 열리게 되었으니 기쁜 것은 당연했다. 그가 박태준에게 KISA와 맺은 합의 계약서를 내밀었다.

"박 사장, 종합제철 건설추진위원장직을 맡은 것을 축하하오. 여기 서명을 부탁합니다."

박태준은 그러나 그 의견에 선뜻 응할 수 없었다. 아무리 KISA 대표와 한국 측 협상 대표가 합의했다고 허도 검토도 하지 않고 무조건 서명할 수는 없는 노릇이었다.

어떻게 얘기해야 오해 없이 자신의 뜻을 전할 수 있을까 고심하던 박태준은 이렇게 말했다.

"죄송합니다. 그럴 수 없습니다."

박태준의 반응은 전혀 예상 밖이었다.

"아니, 왜요? 박 사장은 추진위원장이잖소."

"저는 아직 합의 계약서를 읽어 보지도 못했습니다. 이런 상태에서는 서명할 수 없습니다."

"박 사장도 알다시피 기공식이 사흘 뒤요. 기공식 행사는 예정대로 치러야 하지 않겠습니까. 우선 서명브터 하고 각서 내용은 천천히 검토하는 것이 어떻겠소?"

"제 생각은 다릅니다. 계약서를 검토하는 것이 먼저입니다."

박태준은 끝까지 뜻을 굽히지 않았다. 부총리는 기가 막히다는 듯 화를 냈다. 그래도 박태준은 끝내 서명을 거부했다. 그는 합의 계약서 사본을 들고 부총리 집무실을 나왔다. 박태준은 그길로 미국 변호사 자격증이 있는 김홍한 변호사를 찾아갔다. 같은 시각 기분이 상할 대로 상한 부총리는 청와대로 향하고 있었다.

혹시 몰라 검토를 의뢰하긴 했지만 박태준은 합의 계약서가 완벽하기를 간절히 바랐다. 하지만 변호사의 입에서 흘러나온 얘기는 박태준이 우려한 바 그대로였다.

"무엇보다 중요한 것이 건설 자금 아닙니까. 그런데 이 합의 각서에는 5개국 8개사가 서로 협력한다고만 되어 있지 언제, 얼마만큼 투자한다는 등의 실질적인 사항이 명시되어 있지 않습니다. 책임 소재에 대한 언급도 없고요."

다시 말해 KISA가 마음이 변해 안면몰수한다 해도 한국 측에서는 어떠한 법률적 책임도 물을 수 없는 약정서였다.

"도대체 어떻게 이런 일이 있을 수 있단 말이오?"

정부에서도 합의 계약서에 치명적인 문제가 있다는 걸 알고 있었을 텐데, 어떻게 서명할 수 있었는지 화가 끓어올랐다.

변호사 사무실을 나온 박태준은 내내 기분이 언짢았다. 선진국 기업체에게 우롱당하는 기분이 들었다. 우리 정부의 태도에 대해서도 답답한 마음을 금할 길이 없었다.

기공식 바로 전날이었다. 부총리가 박태준에게 직접 전화를 걸어 왔다.

"내일이 기공식이란 사실은 알고 있으리라 믿소. 박 사장께서 반드시 참석하셔야 합니다."

부총리의 목소리는 사무적이고 딱딱했다. 박태준은 부총리의 입장을 모르지 않으나 온 국민의 열망이 담긴 종합제철소가 실질적인 보장도 없이 기공식만 성대하게 치르는 것은 잘못된 일이며, 그런 줄 알면서도 위원장이라는 이름 때문에 얼굴을 내밀기는 싫었다. 박태준은 에둘러 말했다.

"정식으로 임명받은 입장이 아니니 참석하지 않겠습니다."

"박 사장, 이러지 마시오. 대통령 각하를 생각해서라도 이러시면 안 됩니다."

부총리는 더 이상 어떠한 말도 덧붙이지 않은 채 전화를 끊었다. 그날 오후 대통령이 박태준을 청와대로 불렀다. 박 대통령은 척 보기에도 심경이 불편한 얼굴이었다. 박태준이 들어서도 다른 때와 달리 경직된 표정을 풀지 않았다.

"무슨 일이야?"

박 대통령이 대뜸 박태준을 나무랐다.

"기공식에 참석하지 않겠다고 했다며? 대체 왜 그래?"

박 대통령은 노골적으로 질책했다.

"이것 봐 임자, 무엇 때문에 일을 복잡하게 만드나? 포항으로 내려가. 가서 일단 기공식부터 끝마치고 와."

박태준은 고민에 빠졌다. 기공식을 늦추는 한이 있더라도 이실직고해서 바로잡아야 한다는 생각에는 변함이 없었으나, 그렇게 하면 이 일에 관여한 사람들을 뒤에서 비판하는 꼴이었다.

'그러나 이것이 나라를 위한 일이라면?'

생각이 여기에 이르자 망설이던 마음이 싹 사라졌다. 드디어 그가 입을 열었다.

"포항에 내려가서 기공식에 참석하는 것은 쉬운 일입니다."

"그런데 왜 안 가겠다는 거야?"

"기공식에 참석하여 자리를 지키는 것이 제 원칙을 고수하는 것보다 훨씬 편한 길일 수도 있습니다. 그러나 각하께서는 저를 믿고 이 일을 맡기셨습니다."

"답답하게 굴지 말고 어서 솔직하게 털어놔 봐."

"합의 계약에 중대한 결함이 있습니다. 시작부터 너무 허술하게 진행되고 있습니다. 이래서야 어떻게 우리의 꿈인 제철소를 제대로 지을 수 있겠습니까?"

박태준은 가지고 온 합의 계약서 사본을 들여다보면서 조목조목 허점을 지적했다. 박 대통령의 얼굴빛이 점차 어두워졌다. 그럴 만도 했다. 박 대통령으로선 예측조차 하지 못했을 테니까. 심각해진 얼굴로 박 대통령이 말했다.

"찬찬히 훑어보겠네. 놓고 가게."

박 대통령은 사태의 심각성을 알아차린 듯 더 이상 기공식 참석을 밀어붙이지 않았다.

청와대를 나서는 박태준의 발길은 돌덩이가 매달려 있는 듯 무지근했다. 이 일로 누군가가 옷을 벗게 되면 어쩌나 걱정이 앞섰다. 그 '누군가'가 짐작 가능하기에 더더욱 심란했다.

영일만 롬멜하우스

1967년 10월 3일 개천절 오후 2시, 종합제철소 기공식이 포항시 공설운동장에서 개최되었다. 이날 행사에는 경제기획원 부총리, 건설부 장관, 상공부 장관, 재무부 장관 등 정부 각료들을 비롯하여 코퍼스의 샌드빅 부사장 등 KISA 대표단, 내외 귀빈과 수천 명의 주민이 참석해 성대하게 열렸다. 그러나 박태준은 끝내 나타나지 않았다.

장기영 부총리는 감격에 겨운 표정으로 '하늘이 열리고 땅이 열린 지 4,300년 만에 종합제철 공장을 건설하게 되었습니다'로 시작되는 축사를 했다. 침착한 목소리로 제철소 건설에 대한 감개무량함과 앞으로의 포부를 피력했지만, 그는 기공식장으로 이동하는 길에 자신의 해임 소식을 들어야 했다. 그럼에도 그는 놀라울 정도로 의연하게 행사를 끝까지 성공적으로 이끌었다.

그 시각 박태준은 대한중석 사무실에 앉아 있었다. 부총리 해임 소식 때문에 마음이 편치 않았다. 장기영은 박태준에 대해 고지식한 사람이라고 탓했을 수도 있지만, 박태준의 입장은 달랐다. 그가 소신을 지킬 수 있었던 것은 자신의 영달을 위해서가 아니라 오로지 나라에 대한 충정 때문이었다. 대통령이 자신을 믿고 중책을 맡겼는데 어찌 허술하게 할 수 있단 말인가. 위원장이라는 자리는 대충 서류나 읽고 서명하는 자리가 아니지 않는가.

10월 8일, 대한중석은 KISA와의 기본 협정 체결을 위한 교섭권을 정식으로 위임받았다. 박태준은 우선 새로운 실무 책임자로서 '외국 차관 도입 보장'을 강력하게 피력했다. 절대로 현재의 합의 계약서대로는 기본 계약을 체결하지 않을 생각이었다.

기공식 한 달 뒤인 11월 8일, 박태준은 청와대에서 종합제철 건설추진위원회 위원장으로 공식 임명되었다. 추진위원회는 12명으로 구성되었다. 박태준은 10일 첫 실무 회의를 소집해 종합제철소 건설에 필요한 제반 사항에 관해 논의했다. 우선 항만 시설의 규모에 관한 토론이 진행되었다. 박태준은 처음부터 대규모로 해야 한다고 주장했다.

"10만 톤급 이상의 선박이 접안할 수 있도록 만든 후 향후 25만 톤급 규모까지 확장할 수 있도록 건설해야 합니다."

그러나 건설부 장관의 의견은 달랐다.

"우선 5만 톤급 선박이 접안할 수 있도록 건설하고 나중에 증설이 필요해지면 그때 가서 증설해도 늦지 않아요."

"5만 톤급 규모의 항만 시설은 너무 협소합니다. 나중에 확장하자면 막대한 추가 비용이 들게 됩니다. 경제성 면에서 많이 떨어집니다."

박태준은 종합제철소를 짓게 되면 단순히 수입 대체에만 머물 것이 아니라 국내에서 생산된 철강을 전 세계에 수출하겠다는 포부를 품고 있었다. 또한 세계 어디에 내놔도 뒤지지 않는 수준급 제철소 건설을 꿈꾸고 있었다.

박태준은 자신이 조사한 세계 각국의 제철소 실태에 대해 조목조목 설명한 뒤 자신이 주장하는 10만 톤급 항만 시설 규모에 대해 동의를 구했다. 결국 추진위원들은 박태준의 의견에 모두 동의하였다.

종합제철 회사를 설립하자면 또 하나 결정해야 할 중요한 사항이 있었다. 그것은 어떤 형식으로 설립하는가 하는 문제였다. 박 대통령과 박태준은 종합제철 회사를 특별법에 의한 국영 기업체로 하느냐, 상법상의 주식회사로 하느냐에 대해 논쟁을 벌였다. 박 대통령은 전자를 주장한 반면 박태준은 후자 쪽이었다. 양쪽 다 일장일단이 있어 쉽사리 결정하기 어려웠다. 두 사람은 이 문제로 세 차례나 격렬하게 토론했다. 마침내 손을 든 사람은 박 대통령이었다.

박 대통령을 설득하는 데 성공한 박태준은 이 두 가지 설립 형태에서 장점만 취한 제3의 회사 형태를 고안해 냈다. 상법상 민간 기업 형태로 설립하고 정부가 지배 주주가 되도록 지분을 인수한다는 방식의 새로운 형태의 주식회사였다. 그렇게 되면 정부의 간섭과 통제에서 벗어나면서도 재원 마련에 문제가 없었다. 정부 측의 강력한 반대가 있었지만 박 대통령이 밀어 준 덕분에 이 문제 또한 무사히 통과되었다.

이제 마침내 종합제철소 이름을 결정할 단계였다. '고려종합제철', '한국종합제철', '포항종합제철' 가운데 '포항종합제철'로 최종 결정되었다. 이는 박 대통령이 결정한 상호였다.

박 대통령은 회사명을 정한 다음 이렇게 말했다.

"이름을 거창하게 짓는다고 해서 성공하는 건 아니야."

포항종합제철주식회사(POSCO)는 이렇게 탄생했다. 포항종합제철주식회사의 사무실은 명동 유네스코회관으로 결정되었다. 그전까지는 대한중석 사무실에서 일을 보고 있었다.

1968년 4월 1일 오전 9시 30분, 역사적인 창립식이 거행되었다. 박충훈 신임 부총리가 내외 귀빈을 영접하며 진행된 이 자리에는 박태준을 포함해 39명의 창립 요원이 참석했다. 박태준을 제외하면 용광로라곤 구경조차 한 적 없는 사람들이었다. 이 사람들과 함께 이제 박태준은 무에서 유를 창조해 내야 할 판이었다. 창립 요원 중에는 고준식 전무이사, 황경노 기획관리부장, 노중렬 외국계약부장 등이 포함돼 있었다.

조촐하고 소박한 창립식이었다. 창립사를 하는 박태준 사장의 목소리에는 비장한 결의가 서려 있었다. 그는 대한중석에서 그랬던 것처럼 공정한 인사 정책을 펴나가겠노라 말하면서, 자신은 성실과 정직을 바탕으로 회사를 운영하겠으니 직원들은 모두 단결해 줄 것을 당부했다.

1961년부터 시작하여 수년에 걸쳐 시행착오를 거듭한 종합제철소 건설이 우여곡절 끝에 드디어 법인으로 탄생한 날 박태준은 양어깨에 짊어진 무거운 책임감과 함께 북받치는 감격에 콧등이 시큰했다.

'나의 짧은 일생을 영원한 조국에 바치겠다. 제철보국의 꿈을 이뤄 반드시 조국의 경제 발전에 일익을 담당하리라!'

박태준은 건설 요원들과 함께 사무실에서 곧장 포항으로 출발했다. 그 전날 그는 아내에게 자신의 굳은 각오를 다음과 같이 말했다.

"나는 조국을 위해 한 목숨 기꺼이 바칠 것이오. 이제 '나'라는 사람은 이 세상에 없는 것으로 생각해 주오. 나는 이제부터 포항에서 생활할 것이니 아이들을 잘 부탁하오."

마치 전쟁터에 나가는 군인과도 같은 심정으로 그는 아내에게 자신의 결심을 밝혔다. 그의 각오는 강철과 같이 굳세어 한 번도 휘어 구부러진 적이 없었다.

실제로 그는 종합제철소 완공 때까지 줄곧 포항 효자동 사택에서 독신 생활을 했다. 이때 생긴 별명이 '효자사 주지스님'이다. 장옥자 여사가 지은 것으로, 나중에는 직원들도 그렇게 불렀다.

이 무렵 포항 현지에서는 벌써부터 국유지 11만 8,800평을 포함해 총 232만 6,951평의 포철 부지 매수가 이루어지고 있었다. 부지 매입은 경상북도 주관으로 진행되었다. 조상 대대로 살던 주민들을 설득하여 이주시키는 일은 굉장히 힘들었다. 국가의 기간산업을 위해 선선히 협조해 주는 주민도 있었지만 거세게 저항하는 주민도 있었다. 특히 예수성심수녀회의 신부와 수녀들이 끝까지 협조해 주지 않아 애를 먹었다. 엄청난 숫자의 무덤을 이장시키는 문제도 난관 중 하나였다. 어쨌

든 결국 모두 보상을 받고 그 땅을 떠났다

이처럼 일이 착착 진행되기도 했지만 포철의 미래는 외자 도입을 맡은 KISA의 애매한 태도 때문에 여전히 불확실한 상태였다. 포철1기 건설의 총소요 예상 외자는 약 1억 916만 9천 달러로 확정되었지만, 이 가운데 도입이 확정된 것은 겨우 4300만 달러에 불과했다. 나머지 차관이 무산된다면 확보해 놓은 외자마저 날아갈 판이었다. 박태준은 이 난관을 어떻게 헤치고 나갈지, 깊은 고민에 빠졌다.

1968년 4월 8일, 경제기획원은 KISA 측에 기본 협정상의 권리와 의무를 포철이 승계했음을 통보했다. 박태준은 정부와의 긴밀한 협조 하에 KISA와 꾸준히 접촉하면서 외자 도입 성사를 위해 혼신의 힘을 기울였다. 그러나 KISA의 태도는 좀처럼 달라지지 않았다.

박태준이 포항의 효자동에서 지낸 지 한 달 정도 지난 1968년 5월 1일, 포철 단지 내에 건물 한 채가 지어졌다. 장차 '회사 재산 1호'로 꼽히는 2층짜리 작은 목조 가건물이었다. 단돈 100만 원으로 밤새워 도면을 그려 가며 지은 종합건설 본부였다.

당시 제철소 건설 현장은 끝없는 모래벌판이라 가벼운 바람만 불어도 모래가 날려 온전히 눈을 뜨기 힘든 상황이었다. 모래막이 보안경과 마스크 없이는 활동할 수 없을 정도로 사막과 다를 바 없는 열악한 환경이었다.

이 종합건설 본부는 낮에는 건설 지휘의 사령탑 역할을 했고 밤에는 잠자리로 변했다. 그래서 야전사령부라고 불렸다. 창밖으로 푸른 바닷물이 철썩이고 송림이 펼쳐지는 광경에 혹자는 로맨틱한 상상을 할 수도 있지만, 그곳은 낭만은커녕 고달픈 역사의 현장이었다. 그런데 어느 순간부터 이 작은 건물이 '롬멜하우스'라는 이름으로 불렸다. 누구의 입에서 맨 처음 나왔는지는 정확히 알 수 없지만 모래바람 부는 곳에 세워진 데다 근처에 중장비들까지 서 있다 보니 제2차 세계 대전 당시 사막전에서 영국군을 괴롭혔던 독일의 야전사령관 에르빈 롬멜 장군이 이끌던 전차군단 같다고 해서 붙은 이름이었다. 이곳은 얼마 후 포항사무소로 사용되었다.

6월 24일에는 포철 본사가 유네스코회관에서 YMCA회관으로 이전했다. 7월 8일부터는 롬멜하우스에도 활력이 넘쳤다. 공장 부지 내에 있던 533채의 가옥을 모두 철거하고 숫자를 헤아릴 수조차 없던 수많은 무덤의 이장도 모두 완료해 부지 조성 공사에 착수할 수 있게 된 것이다.

박 대통령이 '롬멜하우스'를 처음 방문한 것은 11월 12일이었다. 헬기를 이용해 현장에 도착한 박 대통령은 폐허나 다름

없는 허허벌판에 충격을 받은 것 같았다. 어느 정도 짐작했을 테지만 차마 이 정도일 거라고는 예상하지 못한 듯했다. 박태준은 대통령 뵙기가 몹시 민망했다. 어디든 편히 앉을 장소로 모셔야 하는데, 일국의 대통령을 모실 장소라곤 가건물인 롬멜하우스밖에 없었다. 박태준이 준비한 브리핑을 다 마쳐도 대통령은 묵묵히 앉아 있을 뿐 아무런 말이 없었다.

"각하, 보고 끝났습니다."

"응? 응, 그래."

그제야 짧게 대답을 한 박 대통령이 무겁게 몸을 일으키더니 바깥으로 나갔다. 두 사람은 나란히 섰다. 착잡하긴 박태준도 마찬가지였다. 가장 시급한 자금 조달이 제대로 진척되지 않으니 어느 것 하나도 착수할 수 없는 형편이었다. 박태준의 심정을 알아차리기라도 하듯 세찬 바람이 한바탕 모래먼지를 일으키더니 저 멀리 달아났다. 늘 보던 익숙한 풍경이었지만 그날따라 어쩌면 그리도 쓸쓸하던지. 이때 박 대통령의 탄식과도 같은 혼잣말이 박태준의 귀를 파고들었다.

"여보게 박 사장, 이거 되겠나? 대를 이어 살던 주민들 다 내쫓고, 제철소가 정말 되기는 하는 거야?"

언제나 자신에 차 있던 대통령이 한숨을 내쉬면서 마음 약한 소리를 하자 박태준의 가슴이 철렁 내려앉았다. 종합제철소에 대한 박 대통령의 강한 집념을 알고 있는 박태준은 그 말이 예사로 들리지 않았다. 이때 그는 속으로 다짐했다.

'무슨 일이 있어도 차관 문제를 성사시켜야 한다. 결단코 이 황량한 벌판에 제철소를 세워야만 한다. 그냥 제철소가 아니라 세계 최고의 종합제철소를 건설하여 이 나라 경제발전에 초석이 되게 하겠다! 목숨을 바쳐서라도 기필코 제철소를 건설해 내겠다!'

이튿날부터 박태준은 군대에서 단련된 '하면 된다, 안 되면 되게 하라'는 정신으로 강하게 밀어붙였다. 롬멜하우스 옥상에 '건설, 증산, 수출'이라는 간판을 큼지막하게 세워 놓고, 하루 종일 현장을 돌아다니며 다그쳤다.

초창기 포철맨들의 애환이 서려 있는 곳이자 일국의 대통령과 포철 사장이 수시로 건설 진척 상황을 토론하던 유서 깊은 롬멜하우스는 지금도 홍보관 뒤뜰 언덕 위에 서 있다.

직원이 먼저다

박 대통령이 현장을 다녀간 뒤, 박태준의 눈앞에는 쓸쓸한 표정을 짓던 박 대통령의 모습이 사라지지 않았다. 너무 미안하고 면목이 없었다. 이때 박태준은 두 가지 중대한 결심을 했다. 첫째는 금주였고, 둘째는 제철보국의 신념을 세우는 일이었다. 애주가로 소문난 그가 '첫 쇳물이 나올 때까지'라는 단서를 붙이긴 했지만 술을 끊기로 하자 모두가 깜짝 놀랐다. 실제로 박태준은 이날부터 제1고로에서 첫 쇳물이 나온 1973년 6월까지 술을 절대로 입에 대지 않았다. 그 강인한 정신력은 바로 국가와 민족이 우선인 애국심에서 나왔다고 할 수 있다.

여전히 차관은 불투명한 상태라 속을 끓였지만, 그럼에도 국내에서 할 수 있는 일은 해야 했다. 공장 부지 매입이 일단락되자 박태준은 대규모 건설 공사에 투입할 사원을 뽑기 시작했다. 유능한 인재들을 황량한 사막과 다름없는 모래밭으로 불러 모으기란 쉽지 않았다. 모집하는 일도 어렵지만 떠나지 않게 만드는 것이 더 중요했다. 사원을 채용하면 그들이 살 집과 자녀들이 다닐 학교가 필요할 터였다. 그 문제가 해결되지 않는다면 사원들을 붙들어 두기 힘들 것이었다.

박태준은 과거 제철소 견학을 위해 몇 차례 유럽을 방문한 적이 있었다. 이때 그는 제철소만 둘러본 것이 아니라 거기 딸려 있는 주택 단지와 학교 시설도 눈여겨보았다. 우리나라로선 상상조차 하기 어려운 좋은 시설을 보면서 박태준은 자신도 직원들에게 저런 환경을 제공해 주고 싶다는 포부를 갖게 되었다.

1968년 당시 포항시는 주택 보급률이 60퍼센트에도 못 미쳤고 초등학교의 학생 수용 능력이 50퍼센트에 불과하여 2부제 수업으로 꾸려 나가는 형편이었다. 길고 넓은 백사장과 깨끗한 바다, 울창한 솔숲 등 자연환경은 좋은 편이지만 하수시설조차 제대로 되어 있지 않은 시가지와 주택 단지에는 온갖 곤충이 들끓었다. 포철 인구의 대거 유입으로 1년 사이 인구가 40퍼센트 급증한 것도 환경 악화에 일익을 담당했다.

포철의 직원이 나날이 늘어나 주택과 학교 시설이 턱없이 모자라 심각한 상황이었다. 남편만 믿고 서울에서 내려온 아내도 고생이었고, 자녀들 역시 이만저만 힘들게 지내는 것이 아니었다. 박태준은 이 같은 사실을 잘 알고 있었지만 언제나 그렇듯이 문제는 자금이었다. 거주하기 좋은 사원 주택을 지어 줘야 했지만 그 일에 대한중석의 돈을 끌어올 수는 없었다. 차일피일 미루는 사이 염려하던 일이 벌어지고 말았다. 대도시로 떠나는 이직자가 늘어나고 있다는 인사부장의 보고를 받은 것이다. 그 이유가 열악한 주거 환경과 교육 시설 때문이라는 보고였다.

　당시 회사 재정은 너무 빠듯했고 수익도 당장은 기대하기 힘들었다. 운영 자금도 바닥나 직원들의 후생 복지는커녕 월급 줄 돈도 마련하지 못해 큰 어려움에 처하자 직원들이 불안해하기 시작했다.

　상황이 급박하다고 느낀 박태준은 무턱대고 은행 문을 두드렸다. 그러나 국책 사업이라고는 하지만 아직까지 그 성사 여부가 불투명하고 담보도 없는 회사에 돈을 빌려 줄 은행은 없었다. 신용 대출을 받고자 해도 난색을 표하면서 고개를 저었다.

　모든 은행에서 거절당한 박태준은 마지막이라 생각하고 한일은행을 찾아갔다. 행장실로 안내되어 인사를 나눈 뒤 하진 수 행장이 먼저 포철의 상황에 대해 물었다. 박태준은 포철의 현재 상황과 진척 사항, 장래 계획 등에 대해 열정적으로 브리핑했다. 그런 후 마지막에 이르러서야 비로소 용건을 꺼냈다.

"하 행장님, 누가 뭐라고 하든 우리 포철은 분명히 한국의 대표 기업으로 성장할 것이라고 저는 확신합니다. 그러나 지금 당장은 운영 자금이 부족한 상황입니다. 아직 국제차관이 확정되지 않았기 때문입니다. 행장님의 도움이 필요합니다."

"담보가 없어서 규정상 대출해 드릴 수 없습니다만……."

여기가 마지막이라 여기고 찾아온 터라 하 행장이 채 말을 마치기도 전에 박태준은 가슴이 철렁 내려앉았다.

"그러나 박 사장님의 열의를 보니 포철의 성공이 점쳐집니다."

절망이 희망으로 바뀌려는 순간이었다. 그는 간절히 기도하는 마음으로 하 행장의 다음 말을 기다렸다.

"규정상 안 되지만, 특별히 20억 원을 대출해 드리겠습니다."

박태준은 의연한 표정을 지었지만, 마음 같아선 하 행장을 꼭 끌어안고 싶었다.

"감사합니다, 행장님."

"박 사장님을 돕게 되어 오히려 제가 기쁩니다. 반드시 성공하시기 바랍니다."

하 행장이 신용 대출을 해준다고 했다. 그것도 박태준의 열의를 담보로 돈을 빌려 준다고 하니, 말할 수 없이 고마운 일이었다. 이런 인연으로 한일은행(현 우리은행)은 포철의 주거래 은행이 되는 반사 이익을 누리게 되었다.

한일은행의 대출은 포철에 가뭄의 단비였다. 막상 돈이 들어오니 박태준은 그 돈을 사원 주택 건설에 사용해도 되는지 잠시 고민했다. 다른 사람들은 회사 자금 사정이 넉넉지 못한 것은 물론이요 국제 차관 도입도 불투명한 상태에서 사원 주택 건설은 사치라는 생각을 할 것임이 분명했다. 깊이 생각한 끝에 박태준은 애초 계획대로 밀고 나가기로 최종 결정했다.

박태준은 사원 주택을 임대 주택이 아닌 자가 주택 방식으로 짓기로 했다. 외국에 비해 유독 내 집 마련에 대한 욕망이 강한 우리 국민성으로 미뤄 봤을 때 자기 이름으로 된 주택을 갖게 되면 더욱 애착을 느낄 것이라는 생각에서였다. 내 집이라고 생각되면 마음이 안정되고 회사 일도 더욱 열심히 할 것 같았다.

포철 부지 조성 당시 소문이 나서 땅 투기가 일어났던 점을 떠올린 박태준은 다시는 그런 일이 생기지 않도록 비밀리에 후보지 물색을 서둘렀다. 출퇴근 거리, 단지 규모, 주거 및 자연 환경, 학교 위치, 교통편, 각종 편의 시설 등을 두루 고려해 최적지를 찾아야 했다. 박태준이 직접 현장 답사에 나섰다. 이렇게 하여 포철은 1968년 9월 10일부터 사원 주택 부지 매입에 착수해 효자지구, 인덕동, 동촌동 등에 땅을 마련했다.

사원 주택 단지에 자기 집을 갖겠다는 직원들에게 회사가 장기 저리로 대출해 주는 좋은 조건을 내걸었다. 예상한 대로 반응이 좋았다. 그러나 국회는 달랐다. 포철이 땅 투기를 한다는 말까지 나돌았다. 이 문제로 그해 국정감사에서 호되게 질책을 당하기도 했다.

박태준은 종업원들의 주거 안정이 유능한 인재들을 확보하는 데 필수적인 요소임을 굳게 믿었다. 박태준은 이번에도 특유의 뚝심으로 밀고 나갔다. 뿐만 아니라 외국 귀빈용 숙소까지 함께 지었다.

효자지구 사원 주택 단지로 불리는 이곳은 후일 아시아 여러 나라들이 주택 개발 사업의 모델로 삼을 만큼 훌륭하게 지었다. 환경 파괴를 최소한으로 줄여 기존의 자연환경을 가능한 한 살리고, 인공 연못과 산책로를 내어 종업원과 가족들의 정서 함양에도 관심을 기울였다. 단독 주택과 아파트를 고루 배치하고 종업원 가족들이 편리하게 살아갈 수 있도록 쇼핑센터를 건립했으며, 아무리 멀리 떨어져 있더라도 문화 생활은 필수적인 삶의 활력소가 된다는 생각에 아트홀도 지었다.

1969년 4월에는 임원 숙소 4동과 내빈 숙소를 신축하고, 6월에는 미혼자 숙소 2동을 건립했다. 그리고 이듬해 7월에는 최초의 기혼자용 사원 아파트 4동을 착공했다. 이들 숙소 덕분에 초기 건설 요원들의 주거를 조기에 안정시킬 수 있었고, 외국인 기술자들의 숙소 문제도 해결했다. 포철 완공 이후 직원이 대폭 늘어나 1978년 말에는 자가 주택 3,611세대, 미혼자 숙소 11동, 임원 숙소 10동, 외국인 숙소 18동의 대단위 사원 주택 단지로 조성되었다.

박태준의 선견지명은 곧바로 현실로 나타났다. 대도시에서 멀리 떨어진 탓에 입사를 망설이던 사람들이 말끔한 주택 단지를 보자 마음을 바꾸기 시작해 인재들이 하나둘 모였다. 서울, 강원도, 전라도, 충청도 등 각 지역의 청장년들이 포항으로 속속 모여들었다. 독신자는 미혼자 아파트에, 가족이 있는 사람은 기혼자 아파트에 들었다. '내 집 마련' 제도는 종업원들에게 자부심을 심어 줬으며 이것은 자연스럽게 애사심으로 직결되었다. 직원들은 자신들이 회사의 배려와 보살핌을 받고 있다는 생각에 직장 생활이 즐거워졌으며 이것은 생산성으로 연결되었다.

융자 조건도 획기적이었다. 회사는 최대한의 대여금(20년 상환 무이자)을 부담하는 한편, 장기 저리 은행 융자를 알선함으로써, 입주자가 전체 금액의 3분의 1만 부담하고 내 집을 마련할 수 있게 했다. 주택 단지의 3분의 2 이상이 숲으로 둘러싸여

쾌적한 환경을 이루고, 단지 내에 교육·의료·문화·생활 편의 시설 등을 모두 갖추어 주거 환경도 최고 수준으로 끌어 올렸다. 박태준의 이러한 결단은 먼저 종업원에게 인간다운 삶의 조건을 갖춰 줘야 한다는 오랜 철학에서 비롯된 것이었다.

직원 주택 단지가 완성되자 방문객들은 박태준의 탁월한 선견지명에 감탄하면서 '스위스의 휴양지'라거나 '낙원 같다'며 감탄사를 연발했다. 후일 1982년부터 시작하는 광양제철소 건설 때도 박태준은 포항의 경험을 그대로 적용했다. 포철 사원 주택 단지가 사원 주택의 모범 사례로 알려지자 많은 사람이 이곳을 다녀갔다.

주택, 교육, 스포츠 및 여가 시설 등 좋은 근무 환경을 먼저 제공한 회사 측에 종업원들은 감동했다. 실내 스포츠를 좋아하는 이들은 퇴근 후 포항 최초로 지어진 실내 체육관을 찾았고, 축구를 좋아하는 이들은 국내 최초의 잔디 구장에서 땀을 흘렸다. 또한 음악 애호가들은 최초의 음악당에서 클래식을 감상하는 호사를 누렸다. 서울의 직장에서도 경험해 보지 못하던 일이었다. 포철에 젊은이들이 유입되어 포항에는 새로운 문화가 형성되었으며, 당시 포철의 노란 제복은 젊은 여성들에게 최고 인기였다.

포철에 양호한 노사 관계가 성립될 수 있었던 이유가 바로 여기에 있다. 우리가 익히 알고 있는 노와 사의 관계가 아니라 애초에 가족의 마음으로 출발했던 박태준의 올바른 지도력과 앞선 시민의식이 거둔 결과였다. 결과적으로 노사 모두가 승자의 자리에 앉는 가장 바람직한 노사 관계였다.

인근에 국내외 내빈이나 외국 기술자들이 머물 만한 숙박 시설이 없는 점을 감안하여 지은 건축물에는 영일대와 청송대, 백록대라는 이름을 붙였다. 이 내빈용 숙박 시설이 결과적으로 포철에 커다란 이익을 가져다주었다.

박태준은 이 무렵 일본 은행에서 자금을 조달하려는 복안을 가지고 있었다. 그러나 개인적으로 일본의 은행장들을 알지 못하니 막역한 사이인 동창생 이나바 히데조를 통해 이를 성사시키고자 했다.

이나바 히데조는 일본 정부가 당시 설립한 일본산업연구소 이사장이면서 일본 정부를 대신하여 점령군(맥아더 사령부) 재산인수인계 위원장직도 겸하던 인물로, 정계와 재계에 두루 영향력이 막강했다. 이나바는 동창인 박태준을 돕고 싶어 했다. 그는 은행장들을 만나 포철에 대한 자금 지원을 부탁했다. 장장 6개월에 걸쳐 노력했지만 반응은 부정적이었다. 심지어 일본의 은행감독원까지 동원해 움직여 보려고 했으나 잘 되지 않았다. 그러자 이나바가 같은 연구소 소장으로 있는 한국인

송준에게 도움을 청했다.

일본 조치 대학교를 졸업한 뒤 도쿄 대학교 신군연구소를 거쳐 일본의 유엔 조직에도 파견 나가는 등 일본 내에서 활발히 활동 중이던 송준은 당시 일본산업연구소 소장으로 재직하면서 대한(對韓) 투자단을 조국에 보내는 일을 하고 있었다.

"당신은 은행에 강의도 자주 나가니 은행장들을 잘 알지 않습니까. 같은 한국인으로서 포철을 도울 방법이 없을까요?"

송준은 자신이 도울 수 있는 일이라면 당연히 돕겠다고 대답했다. 그로부터 얼마 후 이나바의 주선으로 세 사람이 점심식사를 하게 되었다. 그 자리에서 박태준과 송준은 처음으로 만났다. 송준은 박태준에 대해 "첫 대면에서부터 남다른 애국심이 느껴지고 심지가 굳어 보였으며 진솔하고 정직한 인물이었다"고 회고했다.

함께 식사하면서 은행 차관 문제에 대해 의논하던 중 박태준이 자신의 의견을 피력했다.

"처음부터 차관 얘기는 꺼내지 말고, 일본 은형 간부들로 하여금 먼저 우리 포철을 둘러보게 하면 어떻겠습니까? 현장을 직접 보고 자세한 설명도 듣게 하면 좋겠습니다."

당시 일본은 은행에 돈이 넘쳐나고 있었다. 따라서 잘만 하면 투자를 성사시킬 수도 있는 분위기였다. 그럼에도 그들이 포철 투자에 부정적인 태도를 보인 이유는 일본 제철사의 경쟁사가 될 것이기 때문이었다. 말하자면 포철을 경계했던 것이다. 그들로선 당연했다.

송준은 박태준의 당부대로 일본 은행장들에게 자금 얘기는 전혀 꺼내지 않았다. 어느 정도 규모로 짓겠다는 것인지 한번 보기나 하자며 설득하여 그들을 포철로 데려오는 데 성공했다. 도시 은행장들과 한 차례, 지방 은행장들과 한 차례 내한했다. 따로 방문한 이유는 당시 일본은 도시 은행과 지방 은행이 경쟁 구도에 있었기 때문이다. 그런 다음에는 한국이 제철소뿐만 아니라 중화학공업도 육성할 계획이라니, 어떤 방식으로 한다는 것인지 한번 들어 보자며 이번에는 도시 은행장과 지방 은행장을 한데 섞어서 16명의 시찰단을 데리고 다시 방문했다.

당시 한국은 제2차 경제 개발 5개년 계획으로 공장 설립에 박차를 가하고 있었다. 시찰단은 공장 몇 군데를 방문한 뒤 포항으로 갔다. 시찰단과 박태준은 정중한 분위기에서 저녁 식사를 마쳤다. 헤어질 시간이 다가오자 박태준이 물었다.

"숙소는 정하셨는지요?"

"울산에 있는 호텔로 갈 예정입니다."

그러자 박태준이 제의했다.

"시간도 늦었는데 그러지 말고, 포철 영빈관에서 주무시면 어떨까요?"

이리하여 시찰단은 영빈관에 여장을 풀었다. 그런데 놀라운 일이 그들을 기다리고 있었다. 각 방 냉장고마다 파파야니 파인애플이니 바나나, 망고 등의 열대과일이 가득 들어 있었다. 당시만 해도 구경조차 하기 힘든 귀한 과일이었다. 이 사실을 처음 알게 된 시찰단 단장은 처음엔 놀랐으나 이어 큰 감동을 받았다.

"어찌하여 우리에게 이토록 융숭한 대접을 한단 말인가."

단장이 인터폰을 들어 이 방 저 방에 연락을 취했다.

"냉장고를 한번 열어 보시오."

단장과 마찬가지로 다른 은행장들도 몹시 놀랐다.

이 순간부터 박태준에 대한 은행장들의 감정이 급격히 호의적으로 바뀌기 시작했다. 단장이 제의했다.

"우리 이러지 말고 열대과일을 다 들고 모입시다. 기분도 좋은데 과일 파티나 엽시다."

그날 밤, 일본의 은행장들은 단장 방에 모여 새벽 1시까지 파티를 열었다. 그들의 기분은 최고조에 달했다. 낯선 이국 땅에서 더없는 따스함을 맛보고 행복을 느꼈던 것이다.

"박 사장은 사람을 감동시키는 법을 알고 있습니다. 일본문화를 이렇게 잘 아는 사람인데, 우리가 적대시할 이유가 있을까요? 투자합시다, 빌려 줍시다, 포철이 원하는 전액을 밀어 줍시다."

후일 포철 사장이 귀한 열대과일을 밀수했다는 내용의 고발이 들어가는 해프닝이 벌어지기도 했지만, 유년기와 청년기 때 익힌 일본 문화 덕을 톡톡히 보았다고 할 수 있다. 잠깐이지만 누명을 쓰게 되었을 때 박태준은 하도 어이가 없어서 허허 웃고 말았다.

"나는 단 한 알도 입에 대지 않았는데……."

박태준은 거시적인 안목을 지닌 인물이었다. 당연히 회사 경영에서도 장기적인 이익을 항상 먼저 생각했다. 포철의 성공 요인 가운데 하나로 꼽히는 연수 프로그램을 그 한 예로 들 수 있다.

사원용 주택 단지 부지를 매입한 1968년 9월 10일부터 한 달여가 지난 10월 24일에는 연수원 건설에 착공했다. 그리고 얼마 뒤 직원 9명을 가와사키 제철소로 1개월간 연수를 보냈다. 뒤이어 6명이 3개월간 후지 제철소로, 1969년 4월에는 14명이 뒤따랐다. 이렇게 일본, 호주, 독일 등으로 떠난 포철의 기술 연수생은 포항 제1기 공사가 마무리된 1972년까지 600명에 이르렀다. 사원들의 해외 연수 비용이 500만 달러에 달했지만, 박태준은 그 돈이 결코 아깝지 않았다. 분명히 연수 비용브다 훨씬 더 많은 투자 효과를 발휘할 것이라 믿어 의심치 않았다.

박태준은 어려운 여건 속에서도 기술 연수를 계속 진행했다. 다른 나라의 손을 되도록 덜 거치고 우리 손으로 직접 제철소를 만들어야 한다는 신념이 있었기 때문이다. 직접 할 수 없으면 지속적으로 남의 손을 빌려야 하고, 그렇게 되면 자금도 그만큼 낭비될 것이기 때문이었다. 그의 직원 연수에 대한 열정은 대단했다. 해외로 파견할 기술 연수생들에게 강조하는 말은 언제나 '무슨 수를 쓰든 포철을 키워 줄 기술들을 머릿속에 담아 오라'는 것이었다. 여기에는 철에 관한 기술이 제로 상태이던 당시 우리의 절박한 현실이 그대로 담겨 있었다.

잘못하면 산업 스파이로 낙인찍힐 수도 있었다. 그럼에도 연수생들은 하나같이 애국하는 마음으로 제철소 건설에 필요한 자료들을 수집하기 위해 애썼다.

연수를 마치고 돌아온 연수생들은 자신들이 습득한 지식과 기술들을 동료들에게 가르쳐 주도록 했다. 그리고 그들에게 배운 사원들은 또 다른 사원들에게 가르쳐 주는 식으로 회사 전체에 정보 연계 사슬이 형성되었다. 얼마 후 전 직원의 학습 능력이 놀랄 만큼 신장되었다.

세계가 한 목소리로 반대하다

포철의 부지 조성 공사는 순조롭게 진행되었다. 일반 기술 계획서와 장비 구매 리스트의 구체적인 내용도 성공적으로 타결되었다. 그러나 문제는 역시 국제 차관이었다. 제철소가 계획대로 1972년에 완공되려면 늦어도 1969년 1월부터 건설 공사가 시작되어야 했지만 국제 차관이 해결되지 않아 관계자들의 시름이 깊어 갔다.

초조하게 KISA의 처분만 기다리던 한국 정부는 이 무렵 실망스러운 소식을 접했다. 미국수출입은행의 의뢰로 한국 정부의 차관 요청을 심사한 세계은행이 종합제철소 프로젝트의 경제적 타당성에 커다란 의문을 제기했다. 한국의 경제 사정상 원리금 상환이 어려울 것이라는 이유였다. 이어 보고서는 많은 자본과 고도의 기술을 필요로 하는 종합제철소 프로젝트보다는 기계장비 산업에 프로젝트의 우선순위를 두어야 한다고 주장했다. 이 의견이 그대로 채택되면 차관 도입은 무산될 것이 분명했다. 과거 수년에 걸쳐 한국이 상당한 발전을 이룩하기는 했지만 그들의 눈에는 여전히 신용도 낮은 믿지 못할 나라였던 것이다.

미국에서의 차관 도입이 불투명해지자 한국 정부는 서유럽으로 차관선을 돌렸다. 우선 외교 채널을 통하여 차관 문제를 상의한 다음 곧바로 현지 금융 기관과 접촉했다. 불행하게도 결과는 신통치 않았다.

희망적인 일은 일어나지 않는 가운데 KISA 측 인사가 1968년 12월 18일 서울을 방문했다. 이날 박태준과 KISA 측은 연산 조강 60만 톤 규모의 종합제철 공장 건설을 위한 추가 협정서에 서명했다. 이제 KISA의 최종 계약서를 받는 절차만 남았으니 고무적인 일이라고 할 수 있었다. 그럼에도 KISA 측의 태도가 너무 성의 없어 완전히 신뢰할 수는 없었다. 그때까지도 문서에 구체적인 명시를 하지 않았다. 세계은행 보고서도 박태준은 믿기 힘들었다. 최종 계약서를 손에 쥐지 않는 한 추가 협정서니 뭐니 그 무엇도 안심할 일이 아니었다. 그들은 주저하고 있었다. 무한정 시간만 흘려보낼 수는 없었다. 더 늦기 전에 어떤 식으로든 KISA 대표와 담판을 지어야 했다.

1969년 1월 하순 박태준은 KISA 대표들로부터 차관 보장을 받기 위한 장도에 나섰다. 정부 측에서는 경제기획원 차관보 정문보가, 포철에서는 정재봉이 함께 나섰다. 홋카이도의 무로랑 제철소에 파견돼 연수를 받던 최주선은 통역 담당으로 합류했다. 1차 목적지는 피츠버그였고, 2차 목적지는 세계은행과 미국수출입은행이 있는 워싱턴이었다. 박태준은 착잡하고 초조했다.

'과연 그들을 설득할 수 있을 것인가?'

애초부터 허술하게 작성된 계약서였다. 언제든 발을 빼도 책임을 물을 수 없는 계약서였다. 그런데 설상가상으로 한국을 떠나기 전날 박태준은 포이 회장의 다음과 같은 말을 전해 들었다.

"당신들이 직접 나서서 세계은행을 설득하는 것이 좋을 것 같습니다. 우리는 이제부터 더 이상 차관 조달 문제에 관여하지 않기로 결정했습니다."

이 말은 KISA가 한국에 대한 차관 조달에서 사실상 발을 빼겠다는 통보였다. 기어이 우려했던 일이 터지고 말았다는 생각에 맥이 탁 풀렸다. 2년간 추진했던 일들이 하루아침에 물거

품이 된 듯했다. 절망적인 심정이었지만 박태준은 희망의 끈을 놓지 않았다. 박태준 일행은 예정대로 피츠버그를 향해 떠났다.

피츠버그에 도착한 일행은 우선 숙소로 가서 여장을 풀었다. 숙소는 듀케인 클럽에 마련되어 있었다. 박태준은 이틀에 걸쳐 KISA 회원사 대표들을 만나 프로젝트 건설 자금 지원을 요청하면서 활발하게 로비 활동을 펼쳤다. 통역인 최주선을 대동하고 다니면서 입이 아플 정도로 한국의 경제 상황과 종합제철소의 중요성을 설명하며 종합제철소 프로젝트 건설 자금 지원을 약속해 달라고 설득했다. 포이 회장을 만나서도 똑같이 말했다.

"KISA가 포철에 지원하겠다는 결정만 내려주면 세계은행도 차관 제공을 결정할 것입니다."

그러나 포이 회장은 포철 프로젝트의 타당성이 희박하다는 주장만 되풀이할 뿐이었다. 그들은 이미 포철로부터 등을 돌렸다고 봐야 했다. 그러니 어떤 말을 한들 소용없어 보였다. 즉 세계는 한국의 종합제철소 프로젝트는 아직 시기상조라고 규정짓고 있었던 것이다. 한마디로 한국은 믿을 수 없다는 의미였다. 계약서에 명시된 바가 없기 때문에 KISA가 등을 돌린다고 해도 한국으로선 아무런 조치도 취할 수 없는 입장이지만, 도의적인 면에서 보면 책임이 없다고도 할 수 없었다.

파김치가 되어 숙소로 돌아온 박태준은 서글펐다. 가난한 조국이, 세계로부터 불신임받고 있는 한국의 현실이 안타까웠다.

어쨌든 그들은 예비 계약서에 서명하지 않았던가. 그때보다 지금의 한국은 확실히 경제적으로 발전했다. KISA와 맺은 예비 계약서가 없었더라면 한국이 어떻게 감히 초대형 프로젝트를 시작할 엄두를 낼 수 있었을까. 계약서대로 그들이 자본과 기술을 지원해 줄 것이라 철석같이 믿고 이 큰일을 벌인 것이 아니던가.

박태준은 심한 배신감에 잠을 이룰 수 없었다. 자본주의 진영 5대 강대국의 세계적 철강업체 8개사로 구성된 KISA. 그들과 맺은 예비 계약서만 믿고 주민들을 내보냈고, 은행 빚으로 사원 주택 단지를 매입했다. 직원들도 이미 뽑아 놓았고, 없는 돈에 해외 연수까지 시켰다.

다음 목적지는 워싱턴이었다. 날이 밝으면 단체로 비행기를 타고 그곳으로 가야 했다. 거기서 한국 측이 할 일은 세계은행과 미국수출입은행을 설득하는 것이었다. 그러나 희망이 전혀 보이지 않았다. KISA가 포기한 지원을 세계은행이 받아줄 리 없었다. 그들은 불가분의 관계였다.

이런 궁리 저런 궁리 하느라 잠을 청하지 못한 박태준은 자정 무렵 벌떡 일어나 앉았다. 옷을 챙겨 입은 그는 옆방에 투숙하고 있는 최주선에게 갔다. 그가 깜짝 놀랐다.

"사장님, 무슨 일이 생겼습니까?"

"최 부장, 포이 회장에게 전화 좀 해줘."

"네? 이 시간에요?"

"그래, 당장 만나야겠어."

포이 회장도 박태준 일행과 마찬가지로 듀케인 클럽에 머물고 있었다.

박주선이 만류했다.

"너무 늦었습니다. 더구나 그분은 연세가……."

"어떻게 이대로 태평하게 잠을 잘 수 있겠나. 얘기를 더 해봐야겠네."

박태준은 굳은 결의에 차 있었다. 최주선은 박태준을 말릴수 없다는 걸 알았다.

늦은 전화에 포이 회장이 놀랐다.

"회장님, 밤늦게 죄송합니다. 박태준 사장님께서 뵙고 싶어 하십니다."

포이 회장이 교양 있는 말투로 점잖게 말했다.

"지금은 너무 늦었습니다. 내일 워싱턴으로 떠나기 전에 일찍 시간을 내보겠습니다."

최주선이 정중하게 다시 부탁했다.

"박태준 사장님께선 지금 당장 만나고 싶어 하십니다."

포이 회장은 박태준의 애타는 심정을 헤아렸는지 잠시 후 승낙했고, 두 사람은 박태준의 방에서 만났다.

"이렇게 늦은 시각에 뵙자고 해서 죄송하고, 감사합니다."

"제게 하고 싶은 말씀이 무엇입니까?"

"다른 나라들이 한국의 철강 산업에 투자할 의향이 없다는 것은 그렇다 쳐도, 미국은 우리와 혈맹 관계이지 않습니까. 미국이 도와주지 않으면 어느 누가 도와주겠습니까. 바람직한 방향으로 해결될 수 있도록 부디 회원사 대표들을 설득해 주십시오."

애절한 심정으로 인정에 호소했지만 포이 회장은 백전노장이었다. 그의 마음은 이미 닫혀 있었다.

"박 사장님, 세계은행의 보고서에 대해 들으셨지요? 세계은행도 이 프로젝트에 대해 경제성이 없다고 판단하고 있습니다. 그러니 우리라고 별수 있겠어요? 기회는 아직 남아 있으니 내일 워싱턴에 가서 최선을 다하시기 바랍니다."

포이 회장은, 포이 자신을 위시한 KISA 회원국을 설득할 힘을 가진 세계은행을 설득해서 지원을 받으라는 것이지만, 이것은 상대방 듣기 좋으라고 하는 얘기에 불과했다. 박태준은 두 다리에서 힘이 쑥 빠져나가는 느낌이었다.

박태준은 포이 회장을 한 시간 이상 붙잡아 놓고 설득해 보았지만 아무런 성과가 없었다. 그 늦은 밤 포이 회장과의 대화를 통해 박태준은 확실히 인지하게 되었다.

'KISA 회원국은 한국의 종합제철소 프로젝트에 자금을 투자하지 않을 것이다. 또한 미국수출입은행도 포철이 신청한 차관 융자를 지원하지 않을 것이다!'

이제 모든 것이 확실했다. 최후 통첩을 받아 든 박태준은 망연자실했다. 제철소를 짓는다고 남의 집까지 허물어 놓은 상황에서 약속을 깨다니. 그러면 포철은 이대로 쓰러져야 하는가! 박태준은 뜬 눈으로 밤을 지새울 수밖에 없었다. 잠 한숨 못 자 초췌해진 얼굴로 박태준이 최주선에게 통보하듯이 말했다.

"워싱턴 일정은 취소하겠네."

최주선은 깜짝 놀랐다.

"사장님, 대표단과 함께 우리도 가야 하는 것 아닙니까?"

"이미 끝난 일이야. 이제 확실히 알았네. 동업자가 도와주지 않겠다는데 은행인들 도와주겠어? 괜한 시간 낭비할 것 없이 한국으로 돌아가야겠네."

박태준이 짐을 꾸리고 있을 때 포이 회장이 박태준을 찾아왔다.

"워싱턴 일이 잘되길 바랍니다. 더 이상 도와드리지 못해 유감입니다."

점잖기 그지없는 포이 회장이 예의 바르게 악수를 청했다. 사업상 도와주지는 못하지만 인간적으로 미안했던 모양이다. 박태준이 포이 회장의 주름진 손을 맞잡았다.

"감사합니다, 회장님. 그런데 저는 워싱턴에 가지 않기로 했습니다."

"아! 그렇게 결정하셨군요."

"우리 정부 대표단은 가겠지만, 저는 시간을 낭비하고 싶지 않습니다."

포이 회장은 이 말에 놀라지도 않았다. 잠시 측은한 눈길을 보내더니 의외의 제안을 했다.

"박 사장님, 하와이 해변가에 우리 부사장의 콘도가 있습니다. 많이 지쳐 보이는데 그곳에서 잠시 쉬었다 가시면 어떨까요. 혹시 의향이 있으시면 지금 당장이라도 필요한 조처를 취해 놓겠습니다."

워싱턴에 가봐야 아무 소용 없다는 걸 포이 회장도 인정한 셈이었다. 휴식을 제안하는 포이 회장의 목소리는 한없이 부드러웠다. 박태준은 그 호의를 정중히 받아들였다. 아닌 게 아니라 애간장을 졸이면서 하루 18시간 이상 매달렸더니 심신이 지칠 대로 지친 상태였다. 머리도 꽉 막혀 아무 생각도 할 수 없었다. 하와이에서 조용히 시간을 보내다 보면 혹시 좋은 방도가 생길 수도 있지 않을까?

조상의 피맺힌 돈으로

하와이행 비행기에 탑승한 박태준은 내내 등받이에 깊숙이 몸을 묻고 생각에 잠겼다.

포철 사장이라면 마땅히 회사를 살리고 제철보국으로서의 위상을 굳건히 세워 나라의 경제 발전에 보탬이 되어야 하는데, 지금 자신의 처지는 어떠한가. 박태준은 너무도 가슴이 아팠다. 그는 두 눈을 질끈 감고 말았다. 선진국으로부터 제대로 된 대접조차 받지 못하는 조국의 현실. 그 앞에서 무기력하기만 한 자신······.

'이렇게 내 마음이 간절하거늘, 정말 이대로 끝이란 말인가?'

박태준은 청년 시절 인생의 좌표로 삼은 이후 한 번도 바뀐 적이 없는 좌우명을 새삼 되새겨 보았다.

'짧은 일생을 영원한 조국에!'

잠시 힘이 솟는 듯했으나 실망할 포철 직원들의 면면을 떠올리자 다시금 스르르 무너져 내렸다. 사장인 자신을, 또한 포철을 믿고 모래벌판에 온 그들을 이제 어떻게 할 것인가. 무슨 염치로 이 사실을 말할 수 있단 말인가.

'정녕 제철소는 세울 수 없는 것인가?'

박태준은 자신이 할 수 있는 일이 더 이상 남아 있지 않은 것 같아 울컥 슬픔이 밀려왔다.

워싱턴으로 떠난 우리 대표단에게는 더 이상 기대할 것이 없었다. 어젯밤 포이 회장과의 대화를 통해 돌아가는 상황을 직시하게 되었다. KISA의 배신, 세계은행의 차관 거부 앞에 포철은 무기력했다. 종합제철소 프로젝트가 가동된 이래 처음으로 박태준의 신념이 흔들렸다.

'제철소 프로젝트는 실패 직전이다. 회사는 곧 없어질 위기에 처해 있다. 나에게 회사를 구해 낼 방도는 없는 것일까? 끝내 국민을 실망시키고 대통령 각하를 낙담하게 만들어야 하나? 아아, 1억 달러! 어디서 1억 달러를 구한단 말인가?'

박태준이 홀로 괴로워하며 고민하고 있을 때, 한국 대표단과 5명의 KISA 대표들은 코퍼스의 회사 전용기를 타고 워싱턴으로 향했다. 차관 협상 대표인 정문보 차관보와 KISA 프로젝트의 재정 및 구매를 담당하는 포철 정재봉 상무가 그 비행기에 탑승했다. 정문보가 세계은행과 미국수출입은행 관계자 앞에서 한국의 경제 상황과 프로젝트의 타당성에 대해 발표할 예정이었다.

자신이 불참해 기운이 빠져 있을 한국 대표단의 모습을 상상하니 박태준은 너무나 괴로웠다. 사실 워싱턴 방문은 별다른 성과를 기대할 수 없는 요식 행사에 불과했지만 그렇다고 한국 측에서 아무도 안 갈 수는 없는 상황이었다. KISA 대표들이 동행하긴 하지만 그들은 세계은행에 대해 어떠한 보증도 하지 않을 것이기 때문에 한국은 혼자 힘으로 세계은행을 설득할 수밖에 없었다. 한국이 미국수출입은행으로부터 제철소 프로젝트에 대한 융자를 받기 위해서는 세계은행의 보증이 필요했지만, 세계은행의 보증은 KISA의 도움 없이는 또한 받을 수 없을 것이었다.

와이키키에 위치한 콘도는 한눈에도 최고급으로 보였다. 안내된 방 또한 전망이 더할 수 없이 좋았다. 너른 창을 통해 해변의 광경이 한눈에 내다보였다. 햇빛에 반짝이는 모래사장과 눈이 시리도록 푸른 바다, 그리고 하얀 포말을 일으키며 철썩이는 파도, 풍광이야 더할 나위 없이 아름다웠지만 마음이 심란한 박태준의 눈길을 사로잡지는 못했다. 박태준의 관심사는 오직 하나, 어떻게 하면 계획대로 종합제철소를 세울 수 있을까에만 쏠려 있었다.

해변으로 나가 신발을 벗어 들고 맨발로 해변을 거닐었다. 달궈진 모래 때문에 발바닥이 따가웠다. 10여 년 전에도 이곳에 온 적이 있었다. 그때는 현역 군인 신분이었다. 강산이 한 번 변하는 세월을 거쳐 다시 이곳에 왔지만 조국은 그때나 지금이나 가난했고, 세계인들로부터 업신여김당하고 있다. 한국을 믿을 수 없어 차관을 해줄 수 없다고 한다.

박태준은 푸른 바다를 하염없이 바라보다가 맥없이 백사장에 주저앉았다. 드넓은 바다에는 요트들이 한가로이 떠다니고 해변에는 선남선녀들이 삼삼오오 누워서 선탠을 하며 휴가를 즐기고 있었다. 그곳에서 불행한 사람은 오직 자신뿐인 것만 같았다.

'목숨까지 내놓겠다는 각오로 일했는데, 결과가 너무 허망하구나. 대체 어디서 1억 달러를 구한단 말이냐! 그동안 몇 번이나 무산되었는데 또다시 좌절된다면 언제 제철소를 건설할 수 있단 말인가. 우리나라는 영원히 가난의 굴레를 벗어나지 못할 운명인가. 내가 사랑하는 대한민국! 내 조국은 대체 언제까지 철을 생산해 내지 못한 채 수입에만 의존해야 하는가. 이제까지 내가, 우리 모두가 노력한 것이 정녕 수포로 돌아가 버리는 것인가. 직원 연수 교육은? 사원 주택은?'

박태준은 눈을 질끈 감았다. 그때 언뜻 그의 뇌리를 스치는 생각이 있었다. '일본에 가서 돈을 구해 올 방도는 없을까?' KISA와 일을 추진한 이후에는 일본을 떠올린 적이 없었다. 일본은 이미 한국의 제철소 건설과 아무 상관 없는 나라였다.

박태준은 피식 웃으며 혼잣말처럼 중얼거렸다.

"내가 왜 이러지? 갑자기 웬 일본?"

그러나 이와 동시에 불현듯 머리를 강타한 생각이 있었다. 그것은 '대일 청구권 자금'이었다. 박태준은 벌떡 일어섰다. 그 바람에 엉덩이에 붙어 있던 모래가 화르르 떨어져 내렸다.

"대일 청구권 자금이다!"

한일 국교 정상화 협약에서 일본이 배상금으로 한국에 지불하기로 체결한 대일 청구권 자금! 그때 그 자리에서 전깃불이 켜지듯 반짝 떠오른 그 아이디어를 박태준은 서슴없이 '영감(靈感)'이라고 불렀다.

"급한 대로 그 돈을 갖다 쓰는 거야."

대일 청구권이란 제2차 세계 대전에 따른 일본의 배상 문제

로, 우리나라의 청구권 문제는 1952년 '대일 청구권 요강'의
세목에 제시되어 있으며 그 내용은 다음과 같다.

1. 1909~1945년까지 조선은행을 통해 일본으로 반출된 지금
   (地金) 249톤, 지은(地銀) 67톤
2. 조선총독부가 한국 국민에게 반제(返濟)해야 될 각종 체신
   국의 저금·보험금·연금
3. 일본인이 한국의 각 은행으로부터 인출해 간 저금액
4. 재한(在韓) 금융 기관을 통해 한국으로부터 대체 또는 송금
   된 금품, 한국에 본사 및 주 사무소가 있는 한국 법인의 재일
   재산
5. 징병·징용을 당한 한국인의 급료·수당과 보상금
6. 종전 당시 한국 법인이나 자연인이 소유하고 있던 일본 법
   인의 주식, 각종 유가증권 및 은행권

그러나 이는 법적 근거를 가진 최소한의 청구 내역이었을 뿐
36년간 일제 치하에서 우리 국민이 당한 정신적·물질적 피해
에 대한 보상은 전혀 포함되어 있지 않았다.

이른바 '피맺힌 돈'으로 불리는 이 청구권 자금은 1966년부
터 1975년까지 10년간에 걸쳐 균등 분할로 무상 지급되는 3억

달러와 유상 자금인 대외경제협력기금(OECF) 2억 달러를 포함하고 있었다.

이 대일 청구권 문제는 한일 회담의 주요 의제로서, 우리가 요구하는 8억 달러와 일본이 제시한 최고액 7천만 달러의 차이가 좀처럼 좁혀지지 않아 난항을 거듭하다 1962년 11월 12일 김종필 특사와 오히라 마사요시 일본 외상의 비밀회담 끝에 가까스로 합의가 이루어졌다. 이때 합의된 내용은 무상 공여 3억 달러, 재정 차관 2억 달러, 상업 차관 1억 달러였다. 이 '김·오히라 메모'를 근거로 1965년 6월 22일 한일 기본 조약이 체결되었다. 동시에 '재산과 청구권에 관한 문제 해결과 경제 협력에 관한 협정'이 정식 조인되어 오랜 세월 동안 논란이 되던 대일 청구권 문제가 일단락되었다.

무상 자금이나 유상 자금인 대외경제협력기금은 아직 여유가 있을 터였다. 대외경제협력기금은 거치 기간 7년을 포함해 상환 기간 20년의 장기 차관으로 확정 금리가 연 3.5퍼센트에 불과했다. 이에 비해 미국수출입은행의 차관은 거치 기간 2년을 포함 상환 기간 10년으로 확정 금리가 연 6.2퍼센트였다. 그러므로 자금 전용이 성사된다면 국가적으로도 큰 이익을 볼 수 있었다.

선진국으로부터 업신여김을 당하며 약소국가의 국민으로서

서러움을 가득 안고 좌절하던 박태준이 이국의 해변에서 우연히 떠올린 이 아이디어는 뒷날 '하와이 구상'으로 불리며, 꿈에도 그리던 제철소 건설을 향한 원동력이 되었다.

박태준은 과거 한일 국교 정상화의 막후 교섭에 깊숙이 개입했다. 그런 전력이 없었더라면 이때 대일 청구권 자금이 떠올랐을 리 없었다. 박태준을 한일 국교 정상화 막후 교섭자로 임명한 박 대통령의 선견지명을 칭송해야 할지, 제철소 건설이 무위로 끝날 막다른 골목에서 대일 청구권 자금을 떠올린 박태준의 아이디어를 높이 사야 할지 모르겠지만, 어쨌든 박태준과 박 대통령, 두 사람의 궁합은 그야말로 환상적이라 할 수 있었다.

조금 전과 달리 환한 얼굴로 박태준은 최주선에게 자신의 계획을 말했다. 그러나 최주선은 자금의 용도가 이미 정해져 있으니 불가능한 일이라며 부정적인 견해를 보였다. 최주선의 우려는 지극히 타당했다. 대일 청구권 자금은 농림수산업의 개발과 발전을 위해 사용하도록 한일 양국 간에 이미 결정되어 있었기 때문이다.

"그것은 제철소 프로젝트 이전에 결정된 일 아닌가. 필요한 절차를 거치고 양국이 양해한다면 불가능한 일도 아니지."

어차피 나라를 위해 쓸 돈이다. 더욱 중요하고 시급한 곳에 사용한다면 그것보다 더 좋은 일이 어디 있을 것인가.

"그 돈의 사용처를 바꿀 방법이 반드시 있을 거야. 이제부터 그 방법을 강구해야겠어."

악몽과도 같았던 지난 이틀의 시간은 박태준에게 이미 사라지고 없었다. 아직 아무것도 결정된 것은 없었지만 강한 자신감이 박태준을 지배했다. 세상에 불가능이 어디 있단 말인가. 최우선적으로 박 대통령의 재가를 받아야 할 것이며, 박 대통령의 의견도 같다면 그다음 수순으로 일본을 설득해야 한다. 물론 쉽지 않겠지만 세상에 노력해서 안 되는 일이 어디 있겠는가.

박태준은 즉시 청와대로 전화를 걸었다. 마침 박 대통령도 피츠버그에서의 소식이 궁금하던 터라 반갑게 전화를 받았다. 박 대통령은 박태준이 워싱턴에 가지 않은 걸 아직 모르고 있었다. 회담 결과에 속이 탈 대로 탄 박 대통령이 먼저 재촉했다.

"어찌 되었나?"

"각하, 저는 워싱턴이 아니라 하와이에 와 있습니다."

"하와이라고? 워싱턴이 아니고?"

"워싱턴에는 우리 협상 대표단이 가 있습니다. 저는 가지 않았습니다. KISA가 완전히 등을 돌린 상태라 세계은행도 미국 수출입은행도 다 소용없게 되었습니다."

박태준은 KISA와의 협상 결렬 전말을 보고했다.

"그럼 우리 제철소는 어떻게 되는 것인가?"

박 대통령의 긴 한숨 소리가 송수화기를 통해 탁태준의 귀에 파고들었다.

박태준은 자신이 어째서 하와이에 있는지 설명한 다음 자신의 새로운 아이디어에 대해 얘기했다.

"대일 청구권 자금을 전용하자는 것이군."

대통령은 단박에 찬성했다.

"좋은 생각을 해냈어. 내가 알기로 1억 달러 정도 남아 있어."

박 대통령의 긍정적인 반응에 박태준은 가슴을 쓸어내렸다. 이렇게 즉각적으로 받아들여질 줄이야. 두 사람은 어떻게 해서든지 그 돈을 영일만으로 끌어오기 위한 방법에 대해 의논했다. 두 사람 다 현실의 장벽이 만만치 않을 것임을 예상했다. 그러나 일단 노력해 보기로 의견을 모았다.

당장 넘어야 할 벽은 일본 내각과 의회, 일본 철강업계였다. 일본은 자금을 제공하기로 하면서 비준 문서에 돈의 용처까지 명시해 뒀으니 그것을 바꿀 방법을 찾아내야 했다. 농림수산업에 지원하기로 한 자금을 제철소 건설 비용으로 돌릴 경우 반대할 것은 불을 보듯 뻔한 상황이었다. 한국의 국회를 설득하는 문제는 그 이후에 걱정해도 늦지 않았다.

"문제는 일본이야."

"네, 저도 그렇게 생각합니다. 당장 짐을 꾸려서 일본으로 가겠습니다."

직접 부딪쳐 보는 수밖에는 다른 도리가 없었다. 절망 끝에 겨우 건져 올린 희망이기에 박태준은 박 대통령과 대화하는 순간에도 누구를 만나 어떻게 대처할지 머릿속으로 헤아려 보았다.

'야스오카! 그분이라면 우리 편에 서줄 것이다.'

박 대통령과 통화를 끝낸 박태준은 곧바로 도쿄의 박철언에게 전화를 걸었다.

은밀하게 진행된 '하와이 구상'

1969년 2월 12일 오전 8시 45분, 박태준과 최주선은 도쿄행 팬암항공 001편에 올랐다. 대일 청구권의 전용을 합의하는 난관 외에도 일본 측의 반응을 낙관적으로 볼 수 없는 이유가 하나 더 있었다. KISA가 서방 국가 중심으로 결성되어 일본이 제철소 프로젝트에서 손을 뗐기 때문이다. 그 과정에서 일본의 심기가 불편했을 것이다. 조심스럽게 접근하지 않으면 안 되었다. 물론 한국 사정도 만만치 않았다. 우선 청구권 자금을 받기로 되어 있는 농림부의 반대를 극복하지 않으면 안 되는 난제가 있었다.

도쿄에 도착한 박태준은 도쿄 프린스 호텔에 여장을 푼 뒤,

욕조 안에 몸을 담그고 잠깐 생각을 정리했다. 아무것도 낙관할 수 없었지만 피츠버그 듀케인 클럽에서 묵었을 때에 비하면 훨씬 더 편안했다.

박태준은 박철언의 안내로 일본 거물 지식인 야스오카를 찾아갔다. 박태준의 계획을 완벽하게 도와줄 수 있는 인물로 야스오카만큼 적합한 사람은 없다는 생각이었다.

박태준이 도착하자 야스오카는 직접 응접실 앞까지 나와서 맞아 주었다.

"선생님, 건강하신지요. 또 뵙게 되어 반갑습니다."

"오랜만이오, 박태준 사장님."

야스오카가 손을 내밀어 악수를 청했다. 박태준은 그의 주름진 손을 맞잡았다. 박태준에 대한 호감도를 나타내는 듯 그의 손은 따스했다. 박태준은 불현듯 20년 연상의 이 노신사가 정답게 여겨지면서 용기가 솟았다. 흉금을 털어놓고 솔직히 얘기해도 될 것 같았다.

"우리는 제철소 프로젝트에 필요한 차관을 얻는 데 성공하지 못했습니다."

"순조롭게 진행되는 줄 알았는데요?"

"최선을 다했지만 결과가 좋지 않았습니다."

"그거 안타까운 일이군요."

크게 실망한 표정을 짓고 있는 한국의 젊은이에게 야스으카는 안쓰러운 시선을 보냈다. 박태준은 야스오카에게, 한국이 시급히 종합체철소를 건설해야 하는 당위성에 대해 설명한 후 믿었던 KISA의 배신에 대해 토로했다. 불행하게도 KISA는 한국에 확신을 갖고 있지 않고, 한국의 종합제철 프로젝트가 위험 부담이 크다는 세계은행의 의견에 KISA 측이 전적으로 따르고 있어, 이 때문에 자신은 지금 크나큰 배신감을 느끼고 있다고 허심탄회하게 이야기했다. 박태준이 이렇게 심경을 솔직하게 드러낸 것은 야스오카의 따스한 마음 때문이었다.

"차관 조달에 협조하겠다고 가협정까지 체결했던 KISA가 이제 와서 왜 발뺌하는지 알 수가 없습니다."

이 말을 끝으로 박태준은 한숨을 내쉬었다.

처음 만났을 때부터 호의적이었던 야스오카는 박태준의 말이 끝나자 조용히 말했다.

"그들이 당신의 가치를 잘 모르고 있군요."

야스오카의 호의 어린 말에 박태준은 깊이 감사했다.

"그래서 저는 이 문제를 곰곰이 생각해 보았습니다. 한국이 제철소를 짓는 데 필요한 자금을 얻을 수 있는 길은 딱 하나밖에 없다는 게 제 생각입니다."

박태준은 잠시 말을 끊고 결연한 눈빛으로 야스오카를 쳐다봤다. 이제부터 정말 중요한 얘기를 해야 하는데, 제발 좋은 결과가 있기를 마음속 깊이 염원했다.

"일본의 도움이 필요합니다."

"그런가요? 구체적으로 어떤 도움이 필요한지요?"

"저는 일본이 한국 측에 지급하기로 되어 있는 청구권 자금 가운데 미지급분을 제철소 프로젝트로 전용해 사용하려는 구상을 가지고 왔습니다. 대강 1억 달러 정도 남아 있는 것으로 알고 있습니다."

"그것의 사용처는 정해져 있는 것으로 압니다만."

"농림수산업 용도로 이미 지정되었기 때문에 사용처를 변경해야 하는 어려움이 있겠지요. 그 일은 결코 수월하지 않을 것입니다. 그러나 그 외에는 다른 방도가 없다는 것이 제 생각입니다."

야스오카는 찻잔을 들어 입에 가져갔다가 내려놓았다. 그는 시종일관 진지한 태도로 박태준의 말을 경청했다.

"대일 청구권 자금을 전용하기 위해서는 일본 내각을 설득해야겠지요. 그러자면 먼저 일본 철강업계의 확고한 지지를 얻어야 할 것입니다. 그래서 선생님의 도움이 절실히 필요합니다."

박태준의 말에 고개를 두 어 번 끄덕이던 야스오카는 뭔가 깊이 생각하는 듯했다. 잠시 후 그가 전화기를 들었다.

"안녕하십니까, 이나야마 사장님?"

박태준은 이나야마 사장에 대해 익히 들어서 알고 있었다. 그는 일본철강연맹 회장이자 일본 최대제철소인 야하타 제철소 사장으로 일본 재계의 거물이었다.

"지금 제 사무실에 한국 포항제철의 박태준 사장님이 와 계십니다. 시간 되시면 박 사장님을 만나 주십시오."

"무슨 일인지요?"

"한국의 종합제철소 건설에 관한 일입니다. 박 사장에게 직접 얘기를 들어 보신 뒤 도움을 주시면 좋겠습니다."

이나야마는 야스오카가 전화했다는 사실 자체에 크게 기뻐하며 화답했다.

"선생님 같은 훌륭한 분을 도와드리게 되어 큰 영광입니다. 박 사장님을 한번 만나 보고 싶군요."

일은 일사천리로 진행되었다.

야스오카와 친교를 맺은 것은 박태준에게 일생일대의 행운이었다. 이것은 곧 대한민국의 행운이었다. 위기에 처할 때마다 그의 도움으로 어려움을 해결했기 때문이다. 두 사람의 우정은 1983년 야스오카가 세상을 뜨는 날까지 이어졌다. 박태준은 그의 장례식에 참석해 읽은 조사에서 "선생님의 천금과 같은 말씀으로 포철이 태어날 수 있었다"며 그의 은공에 대해 고마움을 표했다.

야하타 제철소 본사는 야스오카의 사무실과 가까운 거리에 있었다. 야스오카 덕분이겠지만 이나야마 사장은 박태준에게 깍듯이 예의를 차렸다. 박태준은 초면의 이나야마에게 호감을 느꼈다.

"야스오카 선생님에게서 상황은 전해 들었습니다. 우리가 어떻게 도와드리면 좋겠습니까?"

박태준은 이나야마의 따뜻하고 친절한 말에 감동을 받았다. 벼랑 끝에 매달려 있다가 갑자기 구원을 받은 느낌이었다.

박태준은 포철 프로젝트가 최근에 처한 곤란한 상황에 대해 자세히, 성실하고 진지한 태도로 설명했다. 십수 년 연상인 이나야마는 시종일관 온화한 표정으로 박태준의 이야기를 묵묵히 다 듣고 난 뒤 충분히 이해한다는 표정을 지었다. 박태준은 자신이 현재 구상하고 있는 대일 청구권 전용 문제에 대해서도 언급했다.

"이나야마 사장님, 저희에게 대일 청구권 자금이 약 1억 달러 남아 있습니다. 그런데 그 자금을 전용하기 위해서는 양국 정부의 동의를 얻어야 합니다. 제가 찾아온 이유는 일본철강 연맹의 도움을 받고 싶어서입니다."

"복잡한 일이긴 하지만 좋은 생각입니다."

"도와주실 수 있으신지요?"

"저 혼자 결정할 문제가 아닙니다. 연맹 회원분들과 상의해 보고 결과를 알려 드리겠습니다."

박태준은 말이 나온 김에 한국의 제철소 건설에 필요한 기술을 일본이 지원할 수 있는지도 타진해 보았다. 이나야마는 큰 관심을 보이면서, 만일 일본이 지원하면 양국 모두에게 큰 이익이 될 것이라고 말했다.

"우리는 서로 이웃이니 서양보다는 유리한 점이 많을 것입니다. 적극 협력해 드리도록 하지요."

그의 입에서 협력이라는 단어가 튀어나오는 순간, 박태준은 너무도 기뻤다. 아무리 야스오카의 소개라고는 하지만 첫 만남에서 이처럼 사려 깊고 적극적인 관심을 보여 주다니! 박태준은 이나야마가 참으로 고마웠다. 얼마 전까지만 해도 서양의 부유한 나라로부터 설움을 당했던 터라 감사의 마음은 더했다. 이나야마는 박태준의 구상이 실현 가능하다고 여기는 것 같았다. 이나야마와의 면담은 한 시간 이상 지속될 정도로 좋은 분위기에서 이뤄졌다.

"후지 제철의 나가노 시게오 사장을 만나 보시겠습니까? 필경 도움이 될 것입니다. 원하시면 주선해 드리지요."

박태준은 그에게 깊이 고개 숙여 감사 인사를 했다.

"사장님 덕분에 용기가 생겼습니다. 이렇게 도와주시니 포항제철의 밝은 미래가 벌써부터 눈앞에 어른거립니다."

그 후 이나야마 사장은 포철의 큰 은인이 되어 필요할 때마다 도움을 아끼지 않았다.

이나야마와 헤어져 호텔로 돌아온 박태준은 오랜만에 기분이 가벼웠다. 희망이 솟았다. 일이 잘 풀릴 것만 같았다. 그동안 힘들었던 것을 보상받는 기분이었다.

다음 날 박태준을 만난 나가노 시게오도 이나야마와 마찬가지로 호의를 보였다. 물론 여러 사람에게서 전해 들은 박태준에 대한 선의의 평가가 작용했을 테지만, 한눈에 보기에도 성실함과 투철함을 느끼게 하는 박태준 특유의 이미지가 일조했을 것이다.

박태준은 이번에도 한국의 입장과 제철소 건립에 따른 그동안의 사정, 일본을 찾아온 이유에 대해 한 마디 한 마디 최선을 다해 설명했다. 시종일관 진지한 태도로 귀를 기울이던 나가노도 이나야마와 마찬가지로 긍정적인 반응을 보였다.

일본 철강업계 두 거물의 긍정적인 반응에 한껏 고무된 박태준은 그들의 지원을 받을 수 있다는 기대를 더욱 키웠다. 박태준은 기쁜 마음으로 귀국했다. 오랜만에 보는 고국이었다.

비록 미국이나 일본보다는 세련되지 못했지만, 그쾌도 박태준은 한국이 제일 좋았다. 박태준은 그리웠던 냄새를 듬뿍 들여마시면서 공항에서 곧장 청와대로 들어갔다. 우선 김학렬 경제수석을 만나 그간의 일을 브리핑했다. 이야기를 다 듣고 난 그는 대일 청구 자금 전용에 대해 회의적인 반응을 보였다. 심지어 박 대통령에게 보고해 달라는 제안도 받아들이지 않으려고 했다. 김학렬 경제수석은 힘들게 얻은 박태준의 아이디어가 쓸데없다고 생각하고 있었던 것이다. 하는 수 없이 공식 라인을 거치지 않고 대통령을 직접 만날 수밖에 없었다.

박 대통령을 만난 자리에서 박태준은 피츠버그에서의 일과 일본에서 있었던 일을 장시간에 걸쳐 자세히 보고했다. 박태준의 설명을 다 듣고 난 대통령이 김 수석을 불렀다.

"대일 청구권 자금이 현재 얼마나 남아 있나?"

"8천만 달러 정도 남아 있습니다."

"즉시 동결하시오. 그 돈을 포철 프로젝트로 전용해야겠소."

김 수석은 도저히 믿을 수 없다는 표정으로 박 대통령을 바라봤다. 대통령은 김 수석에게 이 일은 당분간 절대 비밀이니 발설하지 말 것을 명령했다.

박 대통령은 차분한 어조로 박태준에게도 당부했다.

"국회 동의는 내가 책임지고 받아내겠네. 임자는 일본의 지지를 이끌어 내게. 물론 전면에는 정부가 나서겠지만 막후 역할은 임자 몫이야."

박 대통령의 박태준에 대한 절대적인 믿음과 전폭적인 신뢰가 없었더라면 박 대통령도 선뜻 그 중대한 결정을 할 수 없었을 것이다.

한편 세계은행의 최종 보고서가 1969년 3월 발간되었다. 예상했던 대로 한국의 제철소 프로젝트는 경제적 타당성이 없다는 내용을 담고 있었다. 세계은행의 보고서에 따르면, 한국은 차관의 원리금을 충분히 상환할 만큼 경제 상태나 국제 수지가 건전하지 못하므로 철강 산업보다 자본 및 기술 집약도가 낮은 기계 산업을 육성해야 한다는 것이었다.

이른바 박태준의 '하와이 구상'이 은밀하게 진행되는 동안 정부는 별도의 채널을 통해 다른 자금원을 찾는 일도 게을리 하지 않았다. 1969년 4월 파리에서 개최된 제3차 대한국제경제협의체(IECOK) 연차 총회가 그중 하나였다. IECOK는 한국의 경제 개방을 돕기 위해 주요 서방 선진국과 일본으로 구성된 국제 기구다. 정부는 박충훈 부총리를 프랑스로 직접 보내 포철 프로젝트를 포함해 24개 프로젝트에 대한 금융 지원을 공식적으로 요청했다. 그러나 세계은행은 이번에도 한국이 1970년대에 차관 원금과 이자를 제대로 갚을 수 있을지 우려된다면서, 포철 프로젝트의 경제적 타당성에 의문을 제기했다. 차관의 70퍼센트가 1970년대에 만기가 도래하기 때문에 한국의 외채 상환 능력이 곧 한계에 도달한다는 의견이었다. IECOK는 '한국의 종합제철소 건설은 성공 가능성이 희박하다'는 입장을 분명히 했다.

5월 7일, 완전히 좌절감에 빠져 귀국한 박충훈 부총리는 언론과의 인터뷰에서 '포철 프로젝트를 전면 재검토해야 할지도 모른다'는 내용의 말을 했다. 이 성급한 발언에 박 대통령의 심기가 불편해졌다. 설상가상으로 이튿날 모 일간지에 '차라리 제철소를 짓지 말고 철을 수입하라'는 내용의 사설까지 실리자, 박 대통령은 급기야 진노했다.

박충훈 부총리의 발언은 포철 프로젝트가 백지화될 수도 있다는 점을 암시한 것이나 다름없었다. 이 의견은 또 한 차례 제철소 건설의 찬반 논쟁에 불을 붙였다. '철강 수입 금액이 거의 1억 달러에 육박하므로 종합제철소를 가져야만 경제 자립을 이룩할 수 있다'는 주장과 '1억 달러 외자 도입도 문제지만 철강 생산 단가가 너무 높을 수 있어 오히려 수입하는 게 보다 경제적'이라고 주장하는 의견이 대립했다.

박 대통령은 '종합제철 재검토 발언'에 대한 문책으로 6월 2

일 박충훈 부총리를 경질하고 후임에 김학렬 경제수석을 경제기획원 장관 겸 부총리에 임명했다. 장기영에 이어 종합제철이 또 한 차례 부총리를 낙마시킨 셈이었다.

박 대통령은 신임 부총리에게 일본 정부와의 청구권 자금 전용 협상을 준비하라는 첫 지시를 내렸다. 그는 6월 7일 경제기획원 내에 '종합제철 건설 전담반'을 구성했다.

'대일 청구권 자금 전용'이라는 비밀의 패를 손에 쥐고 있던 박태준은 비난의 글을 써대는 언론이나 무성한 소문에도 꿈쩍하지 않았다. 포철은 반드시 성공한다며 자신감을 내비쳤다. 직원들 가운데 일부는 무성한 소문에 굴복해, 포철을 믿을 수 없다며 회사를 떠나기도 했다.

박태준은 수시로 일본을 왕래하면서 이나야마 사장과 나가노 사장이 주선하는 인맥을 통해 일본 철강업계 사람들과 교제를 넓혀 나갔다. 그러던 중 일본철강연맹으로부터 '일본 정부가 제철소 프로젝트로 청구권 자금 전용을 허락한다면 연맹도 한국의 제철소 건설을 도와주겠다'는 내용의 통지문을 받았다.

일본 열도를 설득하라

그 누구도 포철의 미래를 장담하기 힘들던 그때, 박 대통령은 국민투표를 통해 3선 허용 개헌안에 대한 국민의 신임을 묻겠다는 특별 담화를 발표했다. 이 문제로 온 나라가 들끓었다. 나라가 어수선하니 국민은 국민대로 불안하고, 정치권은 정치권대로 여야 갈등이 극에 달했다. 같은 여당 안에서도 파가 갈렸다.

그러던 어느 날 김형욱 중앙정보부장이 '3선 개헌 지지 성명서'에 박태준의 서명을 받기 위해 은밀히 포항으로 사람을 보냈다. 박태준은 그 자리에서 단호히 거절했다. 생각하고 말고 할 것도 없었다.

대통령과의 관계를 생각해서라도 그러면 안 된다고 생각했던 이들은 박 대통령을 만난 자리에서 박태준을 맹비난했다. 그러나 정작 박 대통령은 아무렇지 않은 듯했다. 오히려 박태준은 제철소 일에만 전념할 수 있게 앞으로는 건드리지 말라고 지시했다.

한편 농림부의 반발이 거셌지만 한국 정부는 대일 청구권 자금을 전용하여 종합제철소 건설에 사용하기로 결정했다. 그러나 일본 정부는 생각이 달랐다. 1965년 청구권 자금에 관해 양국 간에 결정한 대로 따라야 한다는 주장이었다.

이제부터는 문제 해결의 키를 쥐고 있는 일본을 공략해야 했다. 일본 정부가 제철소 프로젝트로 청구권 자금의 전용을 허락한다면 일본철강연맹이 도와주겠다고 했으니, 그것만으로도 아주 절망적인 상황은 아니었다. 외교적 노력을 총동원해서 일본 정부의 입장을 바꾸도록 하는 것은 박태준의 몫이었다. 지난번 일본에서 돌아와 그간의 상황을 보고할 때 박 대통령은 "막후 역할은 임자 몫이야"라고 말했었다.

박태준은 다시 도쿄행 비행기에 올랐다. 8월 26일에 열릴 제3차 한일 각료 회담 사전 준비 작업차 가는 길이었다. 지난 수년 동안 한일 양국은 1년에 네 번씩 정기적으로 각료 회담을 개최해 왔다. 이번 회담에서 우리 정부는 '대일 청구권 자금 전용'에 대한 합의를 이끌어 낸다는 결정을 내린 바 있었다.

일본 정부가 한국의 제안을 받아들이게 만들려면, 무엇보다 일본철강연맹이 한국의 제철소 건설에 기술 협력을 해준다는 의사 표시를 확보해 둬야 했다. 떠나기 전 박태준에게 박 대통령이 말했다.

"임자를 개인 특사로 임명하겠네. 일본철강연맹 사람들을 설득해 봐!"

박태준은 박 대통령의 절대적 신임이 영광스러웠지만 한편으로는 엄청난 책임감에 양어깨가 무거웠다.

박태준은 도쿄에 도착하자마자 박철언과 함께 야스오카를 찾아갔다. 언제나처럼 그는 온화한 미소로 박태준을 맞이했다. 이번에도 박태준은 그간의 진척 상황을 성의껏 조목조목 얘기했다. 박태준의 태도는 더없이 진솔해 누구라도 그의 말에 귀를 기울일 수밖에 없었다. 박태준은 그런 능력을 타고난 사람이었다. 박태준은 장시간 야스오카와 이야기를 나눴다. 일본의 주요 철강 회사들이 기술 지원 의지를 피력할 수 있도록 도와달라는 것이었다.

박태준의 말을 다 듣고 난 야스오카는 이번에도 이나야마 사장에게 전화를 걸었다. 그리고 박태준의 계획과 의도를 설명하면서 한 번 더 박태준을 만나 보는 것이 어떻겠냐고 조언

했다. 이나야마는 지금 당장 방문해도 괜찮다고 화답했다. 이나야마와 같은 재계의 큰 인물은 사전 약속이 없으면 좀체 만날 수 없지만 야스오카 덕분에 박태준은 손쉽게 면담을 할 수 있었다.

박태준은 일본에 머물면서 기시 조부스게, 가야 오키노리, 치바 사부로, 이치마다 나오토 등의 정계 인물과 해외경제협력기금 총재 다카스기 신이치, 경단련 회장 우에무라 코고로 등 재계 인물을 만나 한국 정부의 뜻을 전했다. 물론 야스오카의 주선으로 성사된 자리였다. 야스오카는 이외에 내각 총리대신 이케다 하야토, 관방장관 기무라 도시오, 외무성 장관 아이치, 대장성 장관 후쿠다 다케오, 통산성 장관 오히라 마사요시 등과의 만남도 주선해 주었다.

박태준이 일일이 그들을 만난 이유는 일본의 정·재계 인사들 사이에서 포철 프로젝트에 대한 우호적인 분위기를 조성해 한일 각료 회담을 성공적으로 이끌어 내기 위해서였다. 박태준이 만난 인물들은 당시 일본 내에서 '그 무게와 권위가 하늘을 찌르고도 남을' 쟁쟁한 사람들이었다.

1969년 8월 15일, 아이치 외무성 장관은 기자 회견을 통해, 외무성·대장성·통산성 관계자들이 모여 수차례 논의한 결과, 포철 프로젝트에 대해 긍정적인 방향으로 검토가 이루어졌으며, 최종 결정은 22일에 내려질 것이라고 발표했다. 그는 대일 청구권 자금의 전용을 적극 지지하는 쪽이었다. 박태준을 비롯한 우리 정부는 이제 거의 다 된 일이라 생각하며 가슴을 쓸어내렸다. 그런데 복병은 통산성 장관 오히라 장관이었다. 그는 다른 각료들과 달리 비협조적이었다. '아직은 검토 단계에 있으며, 최종 결정을 내리기에는 시간이 좀 더 필요하다'는 요지의 성명을 발표해, 아이치 외무성 장관의 발표를 무색케 했다. 한국은 다시 비상이 걸렸다.

한일 각료 회의가 열리기까지 열흘 남짓밖에 남지 않은 상황에서 오히라의 마음을 바꿔 놓아야 했다. 이번에도 야스오카의 도움을 받아 오히라와 단독 면담을 하게 되었다.

집무실에서 만난 오히라는 무슨 생각을 하는지 도무지 알수 없는 사람이었다. 눈동자가 보이지 않을 정도로 작은 눈 때문이기도 했다.

그와 마주앉은 박태준은 다른 사람들에게 했던 것처럼 한국 정부의 입장을 설명하면서 제철소 건립의 필요성을 역설했다. 그러나 오히라는 상대의 말을 들으려고 하지 않았다. 자기주장이 매우 강한 인물이었다. 그는 경제 원칙에 입각하여 자신의 생각을 털어놓았다.

"지금의 한국은 농업에 투자해야 할 때입니다. 산업호의 첫 단계는 농업 자립화입니다. 그러므로 제철소가 아니라 비료 공장, 농기계 공장을 세워 농업부터 발전시켜야 합니다. 제철소 건설은 그다음 일이지요."

오히라의 이론은 개발 도상국의 경제 성장 정책에 대해 대부분의 학자들이 가지고 있는 보편적인 생각이었다. 박태준도 알고 있었다.

두 번째 만남 때도 오히라는 자신의 생각을 굽히지 않았다. 그날도 아무런 소득 없이 물러나야 했다.

박태준의 심정을 누구보다 잘 알고 있던 야스오카가 나서서 면담을 다시 한 번 주선해 주었다. 세 번째였다. 의례적인 인사가 오간 뒤 박태준이 단도직입적으로 말을 꺼냈다.

"제가 조사한 바에 따르면, 일본은 청일 전쟁을 통해 제철소의 필요성을 절감하여 전쟁 직후 제철소를 세웠습니다. 그것이 바로 야하타 제철소입니다. 그러니까 일본의 경우 안보적 차원에서 제철소를 건설했던 것이지요."

박태준이 말을 마치자 잠시 어색한 침묵이 흘렀다. 두 사람은 각각 자신의 찻잔을 들었다 놓았다.

"장관님도 아시다시피 한국은 지금 준전시 상태입니다. 북한은 총력을 기울이며 군비를 확장하고 있습니다. 소련이 도움을 주고 있지요. 그들은 남한보다 5배나 많은 철강을 생산하고 그것으로 무기를 만들고 있습니다. 한국의 안보가 불안하면 일본도 안심할 수 없는 처지입니다. 한국이 제철소를 지어야 하는 이유 역시 일본처럼 안보까지 고려한 일입니다."

오히라는 별다른 대응 없이 박태준의 말을 듣기만 했다.

"과거 일본이 제철소를 건설할 당시 1인당 GNP는 100달러도 안 됐습니다. 그런데 한국의 현재 1인당 GNP는 200달러에 육박하고 있습니다. 이런 상황인데도 장관님께서는 한국의 제철소 건설이 시기상조라고 생각하시나요?"

오히라의 표정에 약간의 변화 조짐이 비쳤다. 박태준은 틈을 주지 않고 계속 공략했다. 마지막 난관인 그를 지금 설득하지 않으면 여태까지의 수고가 모두 수포로 돌아갈 수 있었다. 자신이 알고 있는 지식을 총동원해 절박한 심정으로 박태준은 한국의 1인당 철강 소비량과 연평균 소비 증가율로부터 제1차 및 2차 경제 개발 5개년 계획의 괄목할 만한 성과 등을 예로 들어 가면서 포철 프로젝트의 타당성에 대해 역설했다.

그런데 박태준의 이야기를 가만히 듣고 있던 오히라가 갑자기 제철소와 상관없는 이야기를 꺼냈다.

"박 사장님, 사실 저와 한국은 전혀 인연이 없는 게 아닙니다. 제 아저씨가 포항에 사신 적이 있습니다. 경상북도 영일군 대송면에 있는 한 초등학교에서 교장으로 봉직했지요."

"그렇습니까? 그곳이 바로 우리 공장이 들어설 자리입니다."

"아! 그렇습니까?"

두 사람은 보다 가벼워진 마음으로 껄껄 웃음을 터뜨렸다. 오히라가 이렇게 사적인 얘기를 불쑥 꺼낸 이유가 무엇이겠는가. 마음을 바꾸었다는 또 다른 표현이었다. 박태준의 열정과 애국심이 마침내 오히라의 마음을 돌린 것이다.

오히라 장관은 헤어지는 자리에서 분명히 말했다.

"한국의 제철소 건설을 지원하겠소."

1969년 8월 22일, 일본철강연맹은 '한국제철소건설, 협력위원회'를 구성했다. 일본의 8개 철강 회사와 종합 상사들로 구성된 이 위원회가 앞으로 할 일은 한국의 제철소 건설에 필요한 소요 기자재 선정을 비롯해 기계 설계 등의 기술 지원이었다.

같은 날 일본 정부는 한일 각료 회담의 의제를 검토하기 위한 각의를 소집했다. 이날 각의의 핵심적인 의제는 한국의 포철 프로젝트였다. 그렇게 애태우던 오히라 장관을 포함한 각료 전원이 이 안건에 지지를 표명했다. 이 일의 숨은 공로자는 누가 뭐라고 해도 야스오카와 이나야마였다. 박태준은 그들에게 마음 깊이 감사했다.

23일, 박태준은 야하타, 후지, 니혼 강관 대표의 이름으로 된 '포항종합제철 계획의 검토에 관한 건'이라는 공문을 받았다. 그 소중한 공문을 서류 가방에 넣고, 박태준은 가벼운 발걸음으로 호텔을 나섰다.

그해 여름, 일본은 내 집이었다

　임무를 성공적으로 마치고 귀국한 박태준은 가벼운 마음으로 김학렬 부총리를 방문했다. 박태준은 그간의 상황을 간단히 설명한 뒤 '포항종합제철 계획의 검토에 관한 건' 공문을 건넸다. 부총리는 꼼꼼하게 공문을 읽어 내려갔다.

　"수고하셨습니다. 일본 정부가 청구권 자금 전용 문제에 동의하긴 했지만 양국 각료 회담에서 기술 협력에 대해 까다롭게 나올 우려가 있어요. 일본 철강 회사들이 기술 지원을 해주겠다는 내용을 담은 문서가 있어야 하지 않을까요?"

　"말씀드렸다시피 일본철강연맹은 '한국제철소건설협력위원회'를 구성했습니다. 8개 철강 회사와 종합 상사들로 구성된

위원회가 한국의 제철소에 기술 협력을 하기 위해 모인 곳입니다. 그리고 이처럼 공문서도 가지고 왔지 않습니까. 그걸로 된 것 아닙니까?"

"아니요."

"제 생각은 다릅니다. 그 정도로도 충분합니다."

"안심할 수 없는 일입니다. 일본 3대 철강 회사 사장들의 서명이 들어 있는 기술 협약 문서를 받아 주셔야 할 것 같습니다."

일본 문화를 누구보다 잘 알고 있는 박태준은 이 같은 요청이 일본에 자칫 실례로 비칠 수 있다는 생각에 거듭 부총리의 의견에 반대했으나, 부총리는 자신의 뜻을 굽히지 않았다.

"이건 매우 중요한 일입니다. 조금의 오차도 있어선 안 됩니다. 기술 지원을 하겠다고 정확하게 명시된 문서를 세 회사 대표 공동 서명으로 받아 오십시오."

"당신네 말을 믿지 못하겠으니 정확성을 기하기 위해 문서를 작성해 주시오, 이렇게 말하라는 겁니까?"

박태준은 낭패감과 수치심에 얼굴이 달아올랐다.

다행히 이나야마 사장은 도쿄 본사에 있었다. 마침 여름휴가철이라 휴가를 떠났으면 어떡하나 걱정하던 참이라 그를 보니 반가웠다. 그러나 한편으로는 마음이 무거웠다. 박태준은 이나야마 사장에게 한국 정부의 입장을 설명한 다음 도움을 요청했다. 이나야마 사장이 뜻밖이라는 표정을 짓자 박태준은 너무나 미안했다.

"결례인 줄 잘 알면서도 이처럼 번거롭게 하는 것은 보다 정확성을 기하기 위함이니 이해해 주시리라 믿습니다. 부디 한국 정부의 입장을 헤아려 주십시오."

"기술 협약 문서를 만들자면 공동 서명이 필요하겠군요. 나가노 사장과 아카사카 사장도 기꺼이 서명해 줄 겁니다. 너무 심려하지 마십시오. 두 분 사장과 이야기를 나눈 다음 내일 연락드리지요."

그의 목소리가 그날따라 유난히 나지막하게 들리는 듯했다. 미안한 마음을 가눌 길 없었지만 박태준은 다시 한 번 아쉬운 소리를 하지 않으면 안 되었다.

"정말 죄송합니다만, 오늘 안으로 불가능할까요?"

사실 내일이면 늦었다. 그날 안으로 서명이 있는 문서를 확보해야만 했다. 박태준은 염치불구하고 다시 한 번 간곡히 부탁했다.

"이나야마 사장님, 세 분 사장님의 서명을 받아 오늘 중으로 돌아간다 해도 시일이 촉박합니다. 부탁드립니다."

박태준은 전에 없이 노심초사하고 있었다. 이나야마 사장은 그 심정을 십분 이해한다는 듯 고개를 끄덕였다.

"그렇다면 대기실에서 잠시 기다려 주시겠습니까? 두 분 사장님께 전화를 해보겠습니다."

대기실로 나온 박태준은 착잡한 마음에 자리에 앉지도 못한 채 창가에서 서성였다. 그날 그 시간에 무엇을 눈에 담았는지 박태준은 아무것도 생각해 내지 못했다. 만에 하나 일을 그르치면 어쩌나 걱정했던 마음만 기억할 뿐이었다.

어느 정도 시간이 흘렀을까. 이윽고 이나야마의 집무실 문이 열렸다.

"박 사장님, 행운의 여신은 당신 편인 것 같습니다. 나가노 사장과 아카사카 사장 모두 마침 사무실에 계십니다. 얘기해 놓았으니 서두르십시오."

이나야마 사장은 자신의 서명이 들어 있는 서류를 박태준에게 건넸다. 몹시도 더웠던 그해 여름, 박태준은 그곳을 나오자마자 우선 목을 조이고 있던 넥타이부터 느슨하게 풀었다.

나머지 두 사람의 서명까지 다 받은 다음 부랴부랴 호텔에 돌아온 박태준은 의자에 앉을 겨를도 없이 가방을 챙겨 하네다 공항으로 달렸다.

오후 5시발 서울행 노스웨스트 오리엔트 항공기에 탑승했을 때, 박태준은 그날 하루의 일과가 비현실적으로 여겨졌다. 아슬

아슬하긴 했지만 하루 만에 모두 마칠 수 있어서 얼마나 다행인가! 박태준은 시트에 몸을 깊숙이 묻고 눈을 감았다.

이튿날 아침 일찍 박태준은 부총리를 방문했다. 그는 한결 가벼워진 마음으로 부총리에게 서류를 전달했다. 그런데 서류를 읽어 내려가던 부총리의 얼굴이 다시 굳어졌다. 또 뭐가 잘못되었단 말인가? 가슴이 철렁 내려앉았다. 부총리는 서류에 있는 문구 중 '1백만 톤 규모의 포항제철소 건설 계획을 검토한 결과 일응(一應) 타당성이 있다고 판단되며, 추후 자세한 검토가……'라는 구절에서 '일응 타당성이 있다'는 부분을 지적했다.

"이 '일응'이라는 단어는 여차하면 마음이 바뀔 수도 있다는 의미로 해석할 수 있지 않겠어요? '일응'이라는 단어는 빼고 '타당성이 있다'로 수정해서 가져오셔야겠습니다. 아직 하루 여유가 있으니 한 번 더 다녀오시기 바랍니다."

박태준은 치밀어 오르는 분노를 꾹 눌러 앉히고 물러났다.

그러나 이나야마 사장은 이제 도쿄에 없었다. 박태준이 전화했을 때 비서는 자기네 사장은 휴가차 하코네에 가 있다고 말했다. 후지 제철의 나가노 사장은 고향에, 니혼 강관의 아카사카 사장도 도쿄에서 560킬로미터 떨어진 히로시마로 떠난 상태였다. 모두 여름휴가를 즐기는 중이었다.

'모처럼 가족들과 함께 휴가를 보내는 사람들에게 이런 말을 해야 하다니. 아, 미안해서 어떡하지……'

하지만 어쩔 수 없었다. 박태준은 염치불구하고 이나야마의 집무실로 가서 비서에게 사장과 통화하게 해달라고 부탁했다. 그러나 정중히 거절당했다. 수치심에 얼굴이 화끈 달아올랐다. 방법은 야스오카에게 부탁하는 수밖에 없었다.

서명까지 되어 있는 서류의 어구를 고쳐 달라는 요청이었다. 그들이 어떻게 생각할지, 오히려 일이 잘못되는 것은 아닌지, 박태준은 속이 타들어 갔다. 운 나쁘면 이번에는 아무 소득 없이 귀국길에 올라야 할지도 모른다는 최악의 생각까지 하게 되었다.

야스오카도 이번만큼은 곤란하다는 표정을 지었다. 박태준의 낯빛이 파리해졌다. 박태준은 간곡한 표정으로 야스오카를 쳐다봤다. 그 얼굴을 보고 어쩔 수 없었는지 야스오카가 마음을 바꿨다. 그러나 아무리 야스오카라도 휴가 중인 당사자에게 직접 전화하기는 난처했던지 비서를 설득했다.

야스오카의 부탁에는 어쩔 수 없었던지 비서는 이나야마 사장에게 연락을 취해 박태준이 다시 찾아온 전후 사정을 전했다. 이나야마는 즉각 박태준이 원하는 대로 해주라고 지시했다. 박태준은 이나야마의 인품에 다시 한 번 감동했다.

이나야마의 비서가 문서를 다시 작성해 주었다. 그동안 이나야마 사장은 나머지 두 사장에게 전화를 걸어 한국의 사정에 대해 얘기한 뒤 협조해 주기를 당부했다. '일응'을 뺀 문서를 손에 쥐자마자 박태준은 세 명이 가 있는 각각의 휴양지로 떠나 무사히 서명 날인을 받았다. 꼬박 하루 반이 걸린 여정이었다.

서울에 도착한 박태준은 부총리를 만나 수정한 서류를 전달했다. 몸은 녹초가 되었지만 마음은 더없이 평안했다. 자신의 수고가 국가 발전의 밑거름이 된다면 열 번인들 스무 번인들 못할 까닭이 없다고 박태준은 생각했다.

제3차 한일 각료 회담이 1969년 8월 26일 오후 도쿄에서 개최되었다. 김학렬 부총리가 이끄는 한국 대표단은 외무부 장관 최규하, 재무부 장관 황종률, 농림부 장관 조시형, 상공부 장관 김정렴, 교통부 장관 강서룡 등으로 구성되었다.

포항종합제철소 프로젝트는 회담 사흘째 되는 날 의제로 상정되었다. 당일 일본 정부는, 원칙적으로 그 프로젝트에 찬성하지만 일본 철강업계와 상의한 뒤 자세히 검토하겠다는 입장을 밝혔다. 이때 김학렬 부총리가 일본의 3대 철강 회사들이 기술 협력을 약속한 협조 각서를 꺼내 들었다. 더 이상의 설명은 필요 없었다.

회담 말미에 양국 정부는 각서에 서명했다. 이튿날인 8월 28일, 일본 정부는 포철 프로젝트를 지원하기로 했다고 발표했다. 이어서 조만간 한국으로 대표단을 파견해, 최종 합의서를 마무리 짓겠다는 내용의 공동 성명서를 발표했다.

8월 29일에는 야하타 제철, 후지 제철, 니혼 강관의 사장들이 내한해 부총리를 방문했다. 그들은 이날 화기애애한 분위기에서 기술 협력에 대해 심도 있는 의견을 교환했다.

제철소 건설이 국가의 중요한 사업임에는 틀림없지만 모든 국민이 찬성한 것은 아니었다. 반대 세력도 만만치 않았다.

"지금 우리나라 경제 사정이 얼마나 어려운데, 막대한 자금이 투입되는 제철소 건설을 진행하다니!"

"수입하는 것보다 더 많은 생산비가 든다고 들었다. 정말 이익이 남을 것으로 생각하는가?"

"이건 경제적으로 따져 볼 때 아주 비효율적인 일이다. 다시 생각해야 한다."

"농림수산업에만 쓰기로 했던 대일 청구권 자금을 이렇게 용도 변경해 사용해도 되는 것인가?"

여기저기서 반대 의견을 내놓았으나 박태준은 흔들리지 않았다. 오히려 "미래를 보십시오. 이 나라의 미래가 지금과 똑같기를 바랍니까?"라는 말로 자신감을 내보였다.

이 땅에 종합제철소를 건설하고자 대한민국 정부가 노력했던 세월은 자그마치 10년. 자금도 없고 기술력도 없었기에 열매를 맺지 못한 안타까운 세월이었다. 이제 대일 청구권 자금 전용 문제가 해결되었고, 포철 프로젝트를 일본 정부에서 지원하겠다는 합의 각서도 받아냈다. 그렇다면 이제 다 된 것인가?

결론부터 말하자면, 그렇지 않았다. 완전히 안심할 단계는 아니었다. 각서의 내용대로 일본 대표단이 한국을 방문하여 제철소 건설 타당성 여부를 진단한 뒤 보고서를 작성하기로 되어 있었다. 그 보고서가 어떤 평가를 내리느냐에 따라 제철소 건설이 진행되느냐 마느냐 결정될 것이었다.

"일본은 대한민국의 종합제철소 건설에 협력하기로 약속합니다."

이는 한국 정부가 일본 정부로부터 최종적으로 들어야 할 말이었다. 그 약속을 온전히 받아 낼 때까지는 피 말리는 시간이 아닐 수 없었다.

실패하면 '우향우'

1969년 가을, 한일 양국은 종합제철소 프로젝트에 관한 기본 협약서 최종 서명만 남겨 놓고 있었다.

한일 각료 회담에서 합의된 대로 일본철강연맹조사단이 서울에 도착했다. 이들의 임무 가운데 가장 중요한 것은 포철 프로젝트의 타당성 여부를 진단하는 일이었다. 거기에 더하여 기술과 설비 사양, 건설 비용 등을 구체적으로 검토하게 되어 있었다. 9월 17일과 22일 두 차례 내한한 조사단이 제출하는 보고서 내용에 따라 일본의 지원 여부가 결정될 것이었다.

한편 이보다 보름 앞선 8월 26일, 한국은 KISA로부터 통지문 하나를 받았다. '한국과 KISA의 기본 계약은 9월 2일자로 무효화된다'는 내용이었다. 이것을 받은 한국 정부는 이를 후 계약 종료를 인정했다. 이로써 포철의 운명은 꼼짝없이 일본 조사단에 맡겨졌지만, 지지부진하게 시간을 끌면서 애태우던 KISA 측과의 일을 돌이켜보면 차라리 속 시원할 지경이었다. 세계 철강업체들은 자기네들이 한국에 비협조적인 태도를 취한 일은 젖혀 두고 일본이 포철 프로젝트를 도맡은 것에 대해 불만스럽다는 의견을 덧붙였다.

여기서 한 가지 의문을 가지지 않을 수 없는 것은, 과거 일본 철강업체가 왜 KISA에 참여하지 않고 발을 뺐을까 하는 문제였다. 당시 일본 측은 '취약한 한국 경제' 때문이라는 이유를 들었지만, 전문가들은 복합적인 이유가 있다고 진단했다. 첫째는 자신들이 포철 프로젝트를 주도해야 한다고 여겼기 때문에 구미 회사들에게 끌려다니는 것이 마음에 들지 않았을 것이고, 둘째는 KISA가 다국적 컨소시엄 형태라 진행 과정이 수월하지 않으리라고 판단해 지레 빠졌을 것이라는 의견이었다. 어쨌거나 이제 포철의 운명은 일본의 손에 달려 있었다.

20명으로 구성된 일본 조사단의 단장은 당시 일본 경제기획청 조정국장인 아카자와 쇼이치였다. 그는 도쿄 대학교 법학부를 졸업하고 상공성에서 관료 생활을 한 뒤 일본무역진흥회 이사장도 역임한 화려한 경력의 소유자였다.

조사단의 방한 일정 중에는 포항 현지 시찰도 포함되어 있었다. 당초 전세기를 이용해 현지에 가기로 했으나 호우 때문에 비행기가 뜨지 못했다. 날이 개기를 기다리다가는 현장 방문을 다음 기회로 미뤄야 할 상황이었다. 하루가 급한 마당이라 무슨 수를 쓰지 않으면 안 되었다. 이에 경제기획원이 전격적으로 객차 3량으로 편성된 논스톱 특별 열차를 제공했다.

포항에 도착하기까지 다섯 시간 동안 박태준과 아카자와 단장은 내내 대화를 나누었다. 이때 아카자와는 박태준에게 매료되었다. 아카자와는 박태준에 대해 "참으로 솔직하며 제철 산업의 발전을 위해서라면 목숨도 아끼지 않을 만큼 박력 있는 사람으로 보였다"고 평가했다. 그 다섯 시간은 아카자와로 하여금 박태준이라면 제철소 건립을 성공적으로 해낼 수 있을 것이라는 확신을 갖게 한 소중한 시간이었다. 사실 아카자와 쇼이치도 다른 일본 각료들과 마찬가지로 한국의 종합제철소 설립에 회의적인 시각을 갖고 있었다. 하지만 박태준과 대화하는 동안 그는 건설 현장을 보기도 전에 이미 박태준의 인품에 반했고, 제철소 건립에 대한 순수한 그의 열정에 무한한 신뢰를 가지게 되었다. 그날의 호우는 한국에 행운을 가져다준 셈이었다.

일단 경주에서 하룻밤 묵은 일본 조사단은 이튿날 버스를 이용해 영일만에 닿았다. 말이 좋아 현장 시찰이지 그곳은 황무지에 불과했다. 허허벌판 모래밭에 '롬멜하우스'라 불리는 목조 건물 하나뿐이었고, 브리핑용으로 포철 측이 준비한 것이라곤 공장 조감도가 다였다. 일본 조사단 일행은 너무 놀라 한숨과 같은 탄식을 내뱉었다. 그들의 탄식은 '이곳에다 제철소를 지을 수는 없어!'라는 부정적인 생각을 표현한 것이지만 아카자와만큼은 달랐다.

'이 일은 일본 정부가 꼭 협력해야 한다.'

참으로 이상한 일이었다. 그는 자신도 모르게 그렇게 생각하고 있었다. 이유는 단 하나, 박태준이란 인물에 대한 강한 신뢰 때문이었다. 아카자와의 표현을 그대로 옮기자면 "박태준은 반하지 않고는 견딜 수 없을 만큼 훌륭한 인품을 가진 인물"이었던 것이다.

일정을 마친 조사단은 일본으로 돌아갔다.

박태준은 어쩐지 좋은 결과가 나올 것 같은 느낌이었다. 긴 시간 함께하진 못했으나 아카자와는 훌륭한 인물이었다. 앞으로 돈독한 사이가 될 것 같은 예감이 들었다.

'아카자와는 귀국 후 곧바로 보고서를 작성할 것이다. 그 보고서는 우호적인 내용을 담고 있을 것이다. 보고서가 완성되면 한일 양국이 종합제철소 프로젝트에 관한 기본 협약서에

서명할 테고, 그때부터 제철소 건설은 순풍에 돛을 단 듯 일사천리로 진행될 것이다.'

영일만에 뜨거운 쇳물이 흐르는 상상을 하자 박태준은 가슴이 두근거렸다.

박태준의 예상은 들어맞았다. 조사를 마치고 일본에 돌아간 아카자와는 매우 긍정적인 내용의 보고서를 제출했다.

1969년 12월 3일, 한일 양국의 고위 관료와 경영자들이 김학렬 부총리 방에 모였다. 부총리와 가네야마 마사히데 주한 일본 대사는 건설 자금과 기술 원조 내용이 포함된 포항종합제철 프로젝트 기본 협정에 서명 날인했다. 드디어 한일 기본 협약이 조인된 것이다.

이날 맺은 기본 협정의 핵심 내용은 다음과 같다.

−제철소의 규모, 설비 구성 및 건설 공정은 한국 측이 계획한 연산 103만 톤에 준거하되 일본 측이 필요하다고 생각하면 수정할 수 있다.

−일본은 설비 선정과 설치 및 공장 설계에 필요한 기술을 제공하기로 한다.

−일본은 대일 청구권 자금을 제철소 건설로 전용하는 데 동의하며 3080만 달러의 무상 공여와 일본대외경제협력기금의

무이자 차관 4290만 달러를 제공하기로 한다. 또한 일본수출입은행의 장기저리불금융 5천만 달러를 제공하기로 하며 총 융자 금액은 1억 2370만 달러로 한다.

영일만에 세워지는 제1고로를 포철은 '아카자와 고로'라고 명명했다. 아카자와에 대한 감사의 의미였다. 박태준과 아카자와는 그로부터 16년이 흐른 1985년 4월 다시 만나게 되었다. 경주에서 열린 한일 민간합동경제위원회 자리였다. 박태준은 한국 측 회장으로 손님을 맞이하는 입장이었고, 아카자와는 민간 경제인 자격으로 참석했다. 두 사람은 옛날을 떠올리며 반가움에 서로 얼싸안았다.

대한민국은 이제 종합제철소 건설의 출발선에 확실히 서게 되었다. 이날이 오기까지 수없이 많은 난관이 있었다. 박태준의 뇌리에 그 일들이 주마등처럼 스쳐 지나갔다. KISA의 배반에 마음 졸이던 나날, 뼈아팠던 약소국의 설움, 이른바 '하와이 구상'으로 일컬어지는 대일 청구권 자금의 전용 계획, 사정없이 내리쬐는 뙤약볕 아래 땀 뻘뻘 흘리며 일본 철강 회사 대표와 각료들을 찾아다니던 일들이 머릿속을 빠르게 훑고 지나갔다. 돌이켜 보면 어떻게 여기까지 왔나 싶고, 꿈만 같았다.

드디어 제철소 건설을 시작할 수 있게 되었다. 박태준은 하와이 구상을 실현하게 되었으며, 박 대통령은 국민에게 약속한 대로 제2차 경제 개발 5개년 계획을 달성할 수 있게 되었다.

한일 간 기본 협정 체결로 포철 직원들의 사기가 올라가자 건설 현장 분위기가 급변했다. 포철 직원들은 제철소 착공을 손꼽아 기다렸다. 제철소 건설에 관심이 많은 국민들도 언론을 통해 이 소식을 접하자 하루빨리 공사가 시작되기를 기다렸다.

그로부터 며칠 후 세찬 모래바람이 휘몰아치던 한겨울 새벽 4시에 박태준은 허허벌판에 직원들을 집합시켰다. 비상 소집된 포항제철 건설 요원들의 얼굴에는 긴장한 표정이 역력했다. 결의를 다지기 위한 자리라는 걸 알고 있는 만큼 불평하는 이는 아무도 없었다.

컴컴한 벌판에 우뚝 서서 박태준이 큰 소리로 외쳤다.

"모두들 알다시피 우리 조상의 피맺힌 돈으로 짓는 소중한 제철소입니다. 실패하면 우리 모두 '우향우'해서 영일만 바다에 빠져 죽을 각오로 건설에 임해야 합니다."

사원들의 얼굴에 비장함이 묻어났다. 얼굴을 때리는 새벽 칼바람에 피부가 얼얼했지만 험한 길을 함께 걸어온 창립 요원 중에는 눈물을 훔치는 이도 있었다. 적어도 그 순간만큼은 모두 애국자였다. 조상님들의 희생 값으로 하는 일이니 이 한 몸 부서져라 일해서 반드시 제철소를 완성하겠노라, 저마다 맹세했다.

박태준 사장은 실패하면 '우향우'해서 영일만 바다에 투신하자고 말했다. 그 정도로 각오를 굳게 다지자는 얘기였으나, 이 '우향우' 정신은 사원들의 가슴에 애국심을 심어 주었고, 종래는 '포철 정신'으로 정착했다.

종이 마패, 그리고 소통령

박태준은 다가올 1970년대에 거는 기대가 그 누구보다 컸다. 포항 제1기 공사가 1973년 7월에 완공될 예정이었기 때문이다. 우뚝 솟은 제철소의 위용을 상상하는 것만으로도 가슴이 뛰었다. 공사 기간을 앞당기지는 못하더라도 절대 늦추진 않겠다고 몇 번이나 다짐했다. 가장 커다란 장애물은 거대한 국가 자금에 따라붙기 마련인 부패 세력이었다.

포철1기 건설을 위한 설비 구매 업무는 1970년 1월 막이 올랐다. 그런데 이 설비 구매 과정이 상당히 복잡했다. 설비 구입 자금의 일부는 대일 청구권 자금에서, 다른 일부는 일본 정부가 보증한 상업 차관에서 나오게 되어 있었다. 그런데 대일 청구권 자금은 정부 간 협정이어서 포철이 직접 사용할 수 없게 규정되어 있었다. 상업 차관에 의한 설비 구매도 그 주체가 포철이 아니라 한국 정부여서 계약 당사자 간 합의를 거친 뒤 일일이 정부의 승인을 받도록 되어 있었다. 이렇다 보니 절차가 복잡한 데다 시간 낭비도 많아 상당히 비효율적이었다.

당시 도쿄에는 정부 기관인 '주일 구매 사무소'가 있었다. 포철의 설비 구매는 모두 이 구매 사무소 소장을 통해 체결하도록 되어 있었다. 이러한 과정에서 투명하지 못한 일들이 일어나기 시작했다. 고위층에 상납하고서라도 선정되고 싶어 하는 공급업체가 나오는가 하면, 특정 업체를 뽑아 주고 대신 리베이트를 받아내려는 정치인들도 나타났다. 문제는 주일 구매 사무소가 이런 일들에 깊숙이 연루되어 있다는 것이었다.

구매 사무소의 결정을 신뢰할 수 없었던 박태준은 구매 사무소 측에서 다른 업체를 추천해도 귀 기울이지 않고 포철 구매 팀이 선정한 공급업자만 고집했다. 그러자 이에 불만을 품은 이들이 박태준을 비난하고 나섰다.

그동안 박태준은 구매 절차에 대한 전권을 포철로 넘겨 달라고 수차례 정부를 설득했다. 그러나 쇠귀에 경 읽기였다. 더 큰 일이 벌어지기 전에 결단을 내려야만 했다. 최후 수단을 강구할 수밖에 없었다. 박 대통령을 만나 그간의 일을 다 털어놓

고 도움을 청하는 것이 박태준이 생각하고 있는 '최후의 수단'
이었다. 쉽지 않은 일임은 알고 있었지만 제철소 건립의 공기
를 맞추려면 어쩔 수 없었다.

1970년 2월 2일, 박태준은 청와대에 들어갔다. 포철의 공사
진척 상황도 보고하고 자신이 지고 있는 무거운 짐도 벗을 요
량이었다.

박태준이 브리핑하려고 챙겨 온 자료를 펼쳤을 때 박 대통령
은 배석했던 비서실장과 수석비서관들을 내보냈다. 그리고 박
태준이 보고를 시작하려고 하자 손을 들어 저지했다.

"보고는 무슨 보고. 완벽주의자가 어련히 알아서 잘하고 있
겠나."

박 대통령은 박태준이 들어설 때부터 이미 그가 평소와 다
르다는 사실을 눈치챘음에 틀림없었다.

"일은 잘되어 가는 거야?"

"무슨 수를 써서라도 반드시 제때 완공해 놓겠습니다."

"힘든 점은?"

박태준은 망설이지 않고 그동안 자신이 생각한 문제점을 꺼
내 놓았다.

"구매 절차가 말썽입니다."

"구체적으로 말해 보게."

"구매 체제가 너무 복잡해 공사가 제대로 진척되지 못하고 있습니다. 구매 창구를 포철로 일원화해 주시고, 설비 자금의 운영 절차도 간소하게 해주십시오."

박태준은 포철이 직면하고 있는 난관을 보다 자세히 설명한 뒤 개선 방안을 건의했다.

"그러니까 정부의 간섭 없이 포철이 구매 재량권을 갖고 싶다는 것이군."

"그렇습니다."

"그럼, 임자가 생각하고 있는 사항들을 간략히 적어 봐."

박 대통령은 탁자 위에 놓여 있던 메모지를 내밀었다. 박태준은 생각나는 대로 하나하나 적어 나갔다.

일본기술용역단에서 제기한 문제를 한국 측의 이익을 최대한 보장할 수 있도록 하는 고려 하에 사전에 결정해 두어야 할 청원 방식에 관하여 아래와 같이 건의함.

구매 방법 결정에 고려될 사항

1. 양국 정부 간에 합의된 금융 범위를 가능한 한 준수한다.
2. 성능 보장에 관하여 기술 협력 회사나 기계 공급 회사가 책

임지도록 한다.

3. 공기, 공정을 가능한 한 이행할 수 있도록 한다.

4. 청구·자금 운용 절차를 간소화할 수 있는 범위 내에서 최대한 간편한 방법을 고려한다.

위와 같은 요소에 의거, 다음과 같이 행정 절차를 취할 수 있도록 한다.

1. 포항종합제철이 일본 기술 협력 회사와 협의하여 기계 제작 및 공급업자를 수의대로 선정 가능하도록 한다.

2. 경우에 따라서는 설계 제작 등 부분적으로 사전 시행을 가능토록 하는 간편 계약을 시행했을 시 정부에서 이를 브증해 준다.

3. 이러한 방식으로 추진해 나가기 위해 양국 정부 간에 추가적인 협의 문서가 교환될 필요가 있다면 정부에서 이를 추진한다.

1970년 2월 2일

생각하고 있던 바를 종이에 옮겨 적은 박태준은 박 대통령에게 메모지를 넘겼다. 박 대통령은 그 메모를 꼼꼼하게 다 읽은 뒤 메모지 좌측 상단 모서리 빈 공간에 친필 서명을 하더니 메모지를 박태준에게 돌려주었다. 친필 서명을 했다는 것은 박 대통령이 자신의 권한을 박태준에게 위임한다는 의미였다. 박태준은 무척 놀랐다.

"내 생각에 임자에게는 이게 필요할 것 같아."

박 대통령이 자신의 서명을 가리키면서 말했다.

"설비 구매 시 이걸 보여 주면 보다 수월하게 해결될 거야."

박태준은 박 대통령의 속 깊은 배려에 감동했다.

"감사합니다, 각하!"

"이런 일 아니더라도 고생이 많을 텐데, 내가 임자를 도와야 하지 않겠어. 소신대로 밀고 나가라는 뜻이네."

박 대통령의 목소리는 자못 따뜻했다. 이에 박태준의 마음에도 따스한 기운이 번졌다. 박 대통령의 마음 씀씀이가 너무도 감사했다. 전폭적인 신임과 지지였다. 이날 이후 포철은 설비 구매의 주체로 나설 수 있었다. 후일 박태준은 제철소 건설에 있어서 박 대통령의 '무한한 신뢰'가 가장 큰 힘이 됐다고 회고했다.

박태준의 또 다른 숨은 조력자로 호암 이병철 삼성그룹 창업자를 빼놓을 수 없다. 이 회장과 박태준이 처음 만난 것은 1961년 6월, 5·16 군사 정권이 '사회악 해소' 명목으로 기업들을 부정 축재 혐의로 몰아가던 시절이었다. 한 사람은 한국 최고의 기업인이었고, 그보다 17년 아래의 또 한 사람은 최고 권력자의 비서실장 신분이었다. 비록 좋지 않은 상황에서 만났지만 두 사람은 서로에 대해 호감을 갖게 되었다.

이후 이 회장은 박태준이 곤경에 처할 때마다 적극적으로 도와주었다. 포철 문제로 불편하게 헤어진 장기영 전 부총리와 화해의 자리를 만들어 준 사람도 이 회장이었다. 1977년 4월 초순, 이 회장이 박태준을 안양의 골프장으로 초대했다. 그 자리에는 뜻밖에도 당시 한국일보 사장으로 있던 장기영 전 부총리가 함께 있었다. 10년 만에 보는 얼굴이었다. 두 사람은 포철 문제로 안 좋게 헤어진 처지라 처음에는 서먹했다. 그러나 골프를 치는 동안 자연스레 회포를 풀었다. 안 그래도 항상 미안한 마음을 가지고 있던 터라 돌아오는 발걸음이 더없이 가벼웠다. 그런데 안타깝게도 그로부터 며칠 뒤 장기영은 세상을 뜨고 말았다. 이 회장이 그때 화해의 자리를 마련하지 않았더라면 박태준은 내내 마음이 무거웠을 것이다.

또한 포철에서 광양 제2제철소를 지을 때 기술 협력을 거부하던 일본을 설득할 수 있었던 것도 이 회장 덕이었다. 그가 이나야마 회장과 박태준의 독대 자리를 만들어 준 덕분에 일이 잘 풀렸던 것이다.

박태준이 백지 위임장을 받았다는 소문은 삽시간에 퍼졌고, 그 메모지는 '종이 마패'라고 불렸다. 종이 마패는 설비 구매를 맡은 포철 임원들에게 든든한 배경으로 작용했다. 그러나 박태준이 그것을 실제로 내보인 적은 한 번도 없었다. 만약을 위해 양복 안쪽 주머니 깊숙이 넣고 다니기만 했다. 이 종이 마패가 대중에게 공개된 것은 박 대통령 서거 후였다. 대통령과의 돈독했던 관계를 자랑하고 싶어서가 아니었다. 제철을 통해 나라를 굳건하게 키우려 했던 박 대통령의 집념을 국민들에게 상기시키고 싶었기 때문이다.

구매 절차가 간소화되기는 했으나 리베이트나 상납을 통해 정치 헌금을 내라는 압력은 여전했다. 하지만 예전보다 그런 요구들을 묵살하거나 거절하기가 수월해졌다.

당시 한국에서는 정치 헌금이 횡행했다. 특히 정부가 발주하는 공사에 대해서는 정부나 여당 실세가 리베이트를 요구하는 것이 당연한 관례로 여겨질 정도였다. 대통령 선거가 임박해 오던 1971년 4월, 도쿄에서 첫 번째 설비 입찰이 실시되기 약 한 달 전이었다. 공화당의 김성곤 재정위원장이 박태준을 집으로 불렀다. 무슨 일인지 알 것 같았다. 정치 헌금을 요구하는 호출이었다.

박태준이 김성곤의 집에 도착했을 때, 거실에는 이미 많은 경제인들이 앉아 있었다. 모두 여당에 정치 헌금을 내기 위해서 온 사람들이었다. 자발적으로 온 사람도 있었지만 차마 거절할 수 없어서 온 사람들도 있었다.

재정위원장의 역할 가운데 가장 중요한 것이 정치 자금 확보였다. 그는 다가오는 대통령 선거와 국회의원 선거에서 여당 후보를 지원하기 위한 자금을 모으는 중이었다. 재정위원장이라는 자리는 당의 돈줄이었다. 당시 한국은 선거 자금의 액수에 따라 당락이 좌우된다고 해도 과언이 아닐 정도로 금권 선거가 판을 치고 있었다. 김성곤은 그 시절 정·재계에서 가장 힘 있는 사람 가운데 하나였다. 그는 기업인들에게 정치 헌금을 거둬들이고 그 대가로 정부가 추진하는 일을 그들에게 알선했다.

차례가 되어 박태준은 김성곤의 방으로 안내되었다. 가벼운 인사를 주고받은 뒤 김성곤이 먼저 말문을 열었다.

"오랜만입니다. 박 사장께서도 협조해 주시면 감사하겠습니다."

"각하께서 포철만은 정치 헌금에서 예외라고 말씀하셨을 텐데요."

"잘 알고 있습니다. 다음 달 도쿄에서 포철의 설비 입찰이 있지요? 마루베니로 낙찰해 주시면 됩니다."

마루베니에게 특혜를 주라는 부탁이었다.

"포철은 어떤 정치 자금 조성에도 관여하지 않습니다. 이는 각하의 의견이기도 합니다."

"잘 알고 있다니까요. 어렵게 생각하지 마세요. 마루베니로 낙찰만 해주시면 되는 일입니다."

"그런 일로 포철이 제때 완공되지 못하면 누가 책임지는 겁니까?"

단호함이 묻어나는 말투였다.

"박 사장, 마루베니를 밀어 주셔야 합니다. 그것이 박 사장 본인과 포철을 위하는 길입니다. 제 뜻을 따라 주시리라 믿습니다."

박태준은 눈 하나 깜짝하지 않았다.

"규정대로 최저 입찰자가 선정될 것입니다."

박태준은 되도록 정중하게 자신의 의도를 설명하려고 노력했다.

"마루베니가 최저 입찰자라면 부탁하지 않으셔도 당연히 낙찰되겠지요."

김성곤의 입가에서 웃음기가 싹 가셨다. 그러나 그는 자신의 역할을 포기하지 않고 끈기 있게 박태준을 설득하고자 했다.

"박 사장님의 뜻은 저도 잘 알고 있습니다. 마음먹기에 달린

거잖소. 믿고 있겠습니다."

몇 달 뒤 첫 번째 입찰에서 마루베니는 선정되지 않았다. 박태준은 즉각 호출을 받고 김성곤의 집으로 불려갔다.

"박 사장, 다음 입찰에서는 꼭 마루베니를 밀어 주십시오."

김성곤은 점잖지만 강한 어조로 말했다. 박태준은 왜 마루베니가 낙찰받지 못했는지 설명하려고 했으나, 김성곤은 그런 것은 전혀 중요하지 않다는 뜻으로 손을 내저었다. 이렇게도 융통성이 없다니! 하는 얼굴로 그가 박태준을 바라봤다.

"설명할 필요 없습니다. 다음에는 마루베니를 낙찰시켜 주십시오."

다음 입찰에도 마루베니는 낙찰받지 못했다. 최저 입찰가보다 20퍼센트나 높게 써냈기 때문이다. 그런 마르베니를 선택한다는 것은 포철에게 손해를 입히겠다는 의미였다.

"참 딱하십니다그려. 각하가 선거에서 이겨야 우리도 제자리를 지킬 수 있지 않겠습니까. 다음번에는 무조건 마루베니를 밀어 주십시오."

그 후로도 마루베니는 번번이 입찰에서 떨어졌다. 그때마다 박태준은 김성곤의 집으로 불려갔다. 그와 같은 일이 무려 다섯 차례나 반복되었다. 박태준도 김성곤도 둘 다 끈질겼다. 마루베니의 응찰 가격은 다섯 차례 모두 최저 입찰가보다 20퍼센트 높았다. 그 20퍼센트가 바로 정치 자금으로 흘러들어가기로 되어 있었던 것이다.

드디어 포철의 설비 입찰이 모두 끝났을 때 박태준은 또다시 그에게 불려갔다.

"결국 한 차례도 제 뜻을 받아들이지 않았더군요."

"허허, 미안하게 되었소. 하지만 우리에게도 원칙이란 게 있지 않소."

"박 사장의 제철보국 정신은 훌륭하오. 그러나 나도 박 사장만큼 애국자요. 나는 내 역할에 충실했을 뿐입니다. 알다시피 내 일이란 게 우리 당이 계속해서 집권할 수 있도록 자금을 모으는 일 아니오. 1년 반에 걸쳐 그렇게 부탁했는데 단 한 번도 협조하지 않았소. 너무하잖소. 혹시 당신이 소통령이라도 된다고 생각하는 거요?"

이후로 박태준은 이따금 '소통령'이라는 별명을 들었다. 그러나 그 말이 그다지 싫지 않았다. 정치 자금과 관련한 모든 압력을 물리쳤다는 뜻이니, 차라리 영광스럽기까지 했다.

포철을 세우는 동안 박태준은 권력자들로부터 수차례 압력을 받았다. 하지만 정치 헌금에 대한 그의 고집을 꺾은 사람은 없었다. 사실 당시 사회상으로 봤을 때, 권력자가 요구하는 헌금을 거부하는 것은 회사를 망하게 만들겠다는 의미와도 같았다. 그러나 그는 특유의 뚝심과 소신으로 한 푼의 정치 자금도 내지 않았다. 그리고 회사를 망해 먹지도 않았다.

많은 시간이 지난 뒤 박태준은 인사 청탁이나 정치 헌금과 관련된 일들에 대해 이렇게 회상했다.

"권력을 잡은 실세들의 청탁을 거절했기 때문에 나는 수십 번 곤경에 빠졌습니다. 하지만 선조들이 흘린 고귀한 피의 대가로 세운 회사 아닙니까. 막강한 영향력을 가진 정부 관료나 정치인들의 청탁을 거절하기가 몹시 힘들었지만 어쩔 도리가 없었습니다. 무엇보다 회사의 이익이 우선이었습니다."

그는 청탁을 거절당한 사람들이 뒤에서 무슨 말을 하고 다니건 무시하고 자신의 일만 했다고 술회했다.

3장

포철이 한다면 하는 겁니다

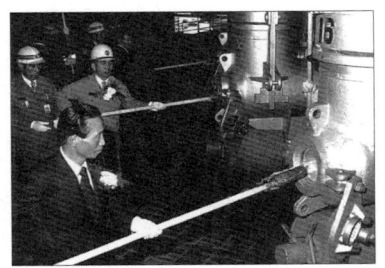

영일만을 뒤흔든 파일항타

포철 제1기 공사는 공기 38개월로 1973년 7월까지 완공하기로 되어 있었다. 한국은 종합제철소 건설 경험과 지식이 백지 상태였다. 설계와 엔지니어링, 설비 구입과 설치, 공정 관리와 건설 엔지니어링, 품질 검사와 교육 훈련 등 전 분야에 걸쳐 기술과 노하우를 외국에서 도입하고 축적해야 하는 입장이었다.

한국은 1970년 3월 8일 '본 기술 용역 계약'을 위한 1차 협상단을 일본으로 파견해, 3대 철강 회사인 야하타 제철, 후지 제철, 니혼 강관 등과 협상을 벌였다. 협상 도중 야하타 제철과 후지 제철이 합병하여 '신일본제철'로 재출범하였다. 따라서 새로이 출범한 신일본제철과 니혼 강관 두 회사가 기술 자문단을 조직해서 포철에 전문가들을 파견하게 되었다. 일본 기술 자문단은 포철의 사업 타당성을 총체적으로 검토해 3월 말 그 결과를 내놓았다.

그들이 초안한 '공장 배치 계획도'가 박태준의 손으로 넘어왔다. 그 계획도는 박태준이 마음속으로 그리던 것과 너무 달랐다. 박태준은 1천만 톤 생산이라는 커다란 비전을 마음속에 그리고 있었으나 막상 받아 든 공장 배치 계획도는 겨우 200~300만 톤 규모에 불과했다. 박태준은 자존심이 상했다. '너희는 기껏 해봐야 그 정도밖에 할 수 없으니 이걸로 만족하라'는 업신여김으로 여겨졌다. 화가 머리끝까지 치민 박태준은 책임자를 불러 계획도가 잘못되었음을 질책했다. 그럼에도 결국 300만 톤 규모로 건설하게 되었다.

1970년 4월 1일 오후 3시, 포항종합제철소 착공식이 공식적으로 거행되었다. 우리 역사에 길이 남을 날이었다. 박정희 대통령, 김학렬 부총리, 박태준 사장, 이렇게 세 사람이 파일항타의 버튼을 누르자, 엄청난 폭발음과 함께 착공식의 막이 올랐다. 귀를 때리는 굉음에 참석자들은 자신도 모르게 벌떡 일어나 힘껏 박수를 쳤다. 누구라고 할 것도 없이 참석자들 모두 얼굴 한가득 감격이 넘쳐흘렀다. 박 대통령은 이날 '공업 국가 건설에 선행돼야 할 가장 중요한 기간산업이 철강'이라는 요지의 축사를 하면서 종합제철소 착공을 무척이나 기뻐했다.

파일항타 방식의 착공식을 처음 본 국내 인사들은 모두 그 장엄함에 놀랐다. 당시만 해도 착공식이라면 모두 일렬로 늘어선 주빈들이 삽으로 모래를 퍼 던지는 방식이 대세였기 때문이다.

이날 박태준은 '민족 중흥의 기틀'이라는 제목으로 연설했다.

종합제철 건설은 바로 우리가 비축했던 민족 역량의 결정일 뿐만 아니라 강력한 국민 의지의 발현이며 우리의 오랜 꿈을 현실화하는 가교가 될 것입니다.

훌륭한 공장을 최소 비용으로 건설하고 완벽한 조업 준비 자세로서 공장 가동 시점에서 바로 정상 조업에 돌입해야 하며, 보장된 품질의 철강재를 원활히 공급해야 합니다.

포철은 한국 철강 산업의 산실로 조국의 산업화를 이끌어 갈 것입니다. 또한 우리나라는 이제 철강을 수입하지 않고도 자동차를 만들고, 선박을 건조하며, 건설할 것입니다.

공장 부지 232만 7천 평에 연관 단지 부지를 합하면 389만 평. 화려한 파일항타와 함께 착공식을 지켜본 국내 언론은 종전의 태도를 버리고 일제히 호의적인 태도를 보이기 시작했다. 막대한 자금이 투입되는 제철소를 직접 짓기보다는 철강을 수입하는 것이 경제적이라며 포철 건설을 반대했던 언론들이었다.

종합제철소를 건설하는 방식은 크게 전방 방식과 후방 방식이 있다. 전방 방식은 제선－제강－압연 공장 순으로 건설해 나간다. 철이 만들어지는 과정과 같다. 이에 비해 후방 방식은 국제 철강 시장으로부터 반제품인 슬래브를 구입하여 완제품을 생산하는 방식으로 압연－제강－제선 공장 순으로 건설해 나간다. 후방 방식은 철강 공급과 회사 수익을 훨씬 앞당길 수 있다는 장점이 있다. 박태준은 포철의 건설 방식을 당대 다른 제철소들의 건설 방식대로 하기로 했다. 후방 방식이었다. 철 생산이 시급하던 국내 사정을 감안했을 때 조기에 완제품을 생산하여 시장에 판매하겠다는 것은 현명한 결정이었다.

그러나 후방 방식으로 하려면 수입한 슬래브를 완제품으로 가공하는 과정을 추가해야 했다. 이를 위해서는 중후판 공장을 추가로 건설해야 하므로 별도의 자금이 필요했다. 여유 자금이 없는 포철은 깊은 고민에 빠졌다.

중후판은 제강 공장에서 나온 굵은 철판을 조선소 납품용으로 넓고 두껍게 가공한 철판을 말한다. 이 공장은 당초 일본 아사히 제철이 짓기로 했으나 국제 브로커들의 방해공작으로 무산된 상태였다. 따라서 포철은 적당한 업체를 새로 선정해야 했다. 박태준의 머릿속에 오스트리아의 푀스트사가 떠올랐다. 푀스트의 실력은 완벽하기로 널리 알려져 있었다.

박태준은 오스트리아행 비행기에 몸을 실었다. 푀스트의 아팔터 사장에게는 공장 설비와 기술 지원을 부탁할 요량이었고, 소요 자금 조달을 위해 오스트리아국립은행의 헬무트 하세크 총재를 만나 볼 작정이었다.

박태준은 일단 이 두 사람을 만나 안면부터 튼 뒤 본격적인 공략에 돌입했다. 처음에는 두 사람 다 귀를 기울이지 않았다. 아무리 설명해도 소용없었고, 대한민국 정부가 보증을 선다고 해도 꿈쩍하지 않았다. 그도 그럴 것이 자그마치 5300만 달러가 걸린 일이었다. 그들로서는 한국을 믿을 수 없었을 것이다. 자칫하면 떼일 수도 있었다.

박태준이 할 수 있는 일이라곤 지치지 않고 꾸준히 설득하면서 매달리는 것뿐이었다. 형편없는 국력에다 국가 신용도도 낮은 나라 백성의 비애였다.

마침내 그들이 결단을 내렸다. 박태준의 대국심과 확신에 찬 자신감, 그리고 진솔함에 마음이 움직인 것이다. 다시 한 번 박태준의 뚝심과 저력이 결실을 거두는 순간이었다.

일에 임할 때는 엄격하고 무서울 정도로 정확했지만 마음 깊숙한 곳에 자리 잡고 있는 휴머니티와 진정성, 그것이 박태준의 크나큰 무기이자 장점이었다. 이 남다른 점이 포철을 위기 때마다 구했다. 포철의 성공 이면에는 박태준의 이러한 성품이 큰 역할을 했다. 결국 일은 사람이 하는 것이기 때문이다.

아팔터 사장과 헬무트 하세크 총재의 도움으로 중후판 공장은 1972년 6월 완공되었다. 영일만의 공장 중 가장 먼저 완공되었다. 박태준은 포철의 수많은 공장 가운데 가장 먼저 제품을 생산하고 가장 먼저 수익을 올려 준 이 중후판 공장에 제일 애착이 많았다. 중후판 공장이 완공되었을 때 아팔터 사장은 빈에서 영일만까지 직접 날아와 축하해 주었다. 이후 두 사람은 막역한 사이가 되어 오래도록 우정을 나눴다.

포철의 중후판 공장에 처음부터 관심을 가진 기업인은 현대 그룹의 정주영 회장이었다. 1971년 어느 날, 그가 은밀히 박태준을 찾아왔다.

"나는 장차 조선소를 세울 계획입니다. 박 사장 생각에 어디가 좋겠습니까?"

박태준은 정주영의 선견지명에 깜짝 놀랐다.

"조선소 건설은 훌륭한 생각이십니다. 물류 원가를 줄이자면 아무래도 포항에서 가까운 장소가 낫겠지요. 울산이 어떨까요?"

울산은 포항에서 멀지 않아 포철의 중후판을 바지선을 통해 값싸게 실어 나를 수 있는 적지였다. 이렇게 하여 정주영은 울산에 현대중공업 공장을 세웠다.

1974년 현대자동차 공장을 만들 때도 정주영이 상의해 왔다. 박태준은 이때도 즉각적으로 울산을 추천했다. 오늘날 현대그룹의 핵심 산업인 자동차 및 중공업 공장은 모두 울산에 밀집해 있다. 포철과 현대는 이때부터 지속적으로 서로 도우면서 함께 성공가도를 달리게 되었다.

230만 평이 넘는 부지에는 장차 소결 공장, 석회소성 공장, 제선 공장, 코크스 공장, 주조 공장, 제강 공장, 빌레트 공장, 열연 공장, 후판 공장, 블룸과 슬래브 공장 등 1킬로미터에 이르는 건물을 포함한 22개의 대형 건물이 차례차례 지어질 채비를 하고 있었다.

포철 건설은 한국 역사상 가장 큰 규모의 공사였으며, 총 공사비가 인프라를 포함해 3억 달러에 이르렀다. 그중에는 2년에 걸쳐 설치한 1억 7800만 달러어치의 설비 수천 개도 포함되어 있었다. 그러나 경험이 부족한 신설 회사로서는 외부의 도움을 받지 않으면 공장 건립 자체가 불가능했다. 성공적으로 제철소를 완공하기 위해 포철이 제일 먼저 할 일은 공급업자 선정이었다. 이를 위해 포철은 구매 업무의 모든 것을 총괄적으로 담당할 구매위원회를 구성했다.

박태준이 포철 설비 구매단과 일본 기술 자문단 측에 제시한 설비 구매 원칙은 가장 낮은 가격으로 가장 높은 품질을 구매하는 것이었다. 입찰에 적극적으로 관심을 보인 업체들은 대부분 미쓰비시, 미쓰이, 이토츠, 스미토모와 같은 일본의 종합 무역 상사들이었다.

1970년 9월, 포철은 미쓰비시 상사와 3664만 8천 달러 상당의 열연 설비 구매 계약을 체결했다. 11월에는 도멘과 1205만 달러의 전력 설비 구매 계약을 맺었다. 푀스트와 계약한 압연 설비를 제외한 나머지 모두를 일본 공급업체들에게 발주했다. 미쓰비시가 5건, 미쓰이가 6건, 도멘이 3건, 이토츠와 마루베니가 각각 1건의 계약을 수주했다. 구매 총액은 무려 1억 7765만 1천 달러에 달했다. 공장 설비들은 1972년 3월부터 포철 건설 현장에 도착하기로 약정되었다.

때마침 국제 철강 시장이 침체기였기 때문에 포철은 좋은 품질의 설비를 비교적 저렴한 가격으로 구입할 수 있었다. 포철에게는 행운이었다. 게다가 다른 때에 비해 제철소 건설이 많지 않아 공급이 수요보다 많았다. 따라서 업체 간 경쟁이 치열해 포철은 유리한 협상 위치를 점할 수 있었다.

위기의 순간

포항에서 착공식을 거행하던 1970년 3월 하순에는 비트남 전쟁이 한창이었다. 베트남 전쟁에서 미국을 돕는 한국과 대만에 불만이 많았던 중국 수상 저우언라이는 다음과 같이 네 가지 원칙을 전격적으로 공표하면서, 이같이 행동하는 외국 기업과는 경제 협력이나 거래를 단절하겠다고 했다.

1. 한국 또는 대만과 경제 협력이나 거래 관계를 맺고 있는 기업
2. 한국이나 대만에 투자하는 기업
3. 베트남 전쟁에서 미국을 지원하는 무기를 제조하거나 판매 하는 기업

4. 미국 기업이나 이들 기업의 자회사와 합작을 맺은 기업

한국과 대만에 불이익을 주고 일본에도 타격을 입히겠다는 의도였다. 아울러 북한과 북베트남을 지원하겠다는 의지를 만천하에 공표한 것이기도 했다. 미국·한국과의 거래를 이유로 스미토모 화학과 미쓰비시 중공업이 첫 번째로 타격을 입었다. 전격적인 단절에 깜짝 놀란 일본 기업들이 하나둘 중국의 요구에 굴복하기 시작했다. 미쓰비시와 미쓰이에 이어 도요타 자동차도 한국과 거래를 끊었다.

포철에 비상이 걸렸다. 신일본제철마저 중국의 입김에 흔들리자 박태준은 바짝 긴장해 즉시 도쿄로 날아갔다. 그들이 저우언라이의 말에 굴복한다면 포철은 일본으로부터 기술적인 지원을 받을 수 없을 것이고, 그렇게 되면 제철소 건설은 개점 휴업 상태가 될 것임이 분명했다. 이후의 일은 생각하는 것조차 끔찍했다. 한마디로 포철로서는 최대 위기였다.

위기의 순간마다 박태준은 머릿속에 야스오카 선생이 떠올랐다. 박태준은 야스오카와 신일본제철 사장 이나야마 등을 비롯해 일본 내 주요 인사들을 접촉하기 시작했다. 이들 친한(親韓) 인사들의 성원에 힘입어 한국은 약 한 달에 걸쳐 정부 간 혹은 민간 차원에서 긴밀한 협상을 성사시킬 수 있었다.

다행히 이나야마 사장은 즉각 '기술 지원은 무역 거래도, 경제 협력도 아니기 때문에 중국의 새 정책과 무관하다'는 내용의 발표를 했다. 신일본제철의 이러한 입장 표명에도 불구하고 중국은 계속해서 신일본제철 측에 포철과의 관계를 끊으라고 종용했다. 그럼에도 이나야마 사장은 이를 묵살한 채 포철을 계속 지원하겠다고 선언했다.

"중국은 신일본제철이 한일협력위원회 및 일화(일본·더만) 협력위원회에서 손을 떼겠다는 성명을 요구했으나 우리는 그와 같은 일을 할 수 없으며, 이들 협력위원회의 참석은 거래 관계상 당연하다. 중국 측의 요구에 응할 수 없다."

이나야마의 용기 있는 결단은 포철을 위기에서 벗어나게 했다.

이나야마는 훌륭한 인품의 소유자였다. 이로부터 몇 년 뒤 이나야마 사장은 중국 사상 최대 규모의 보산제철소를 건설할 때 지원했다. 그는 개도국의 철강 산업을 지원함으로써 이들 국민들이 보다 나은 삶을 누리기를 순수하게 바랐다. 이나야마와 저우언라이 역시 그와 박태준의 관계처럼 후일 절친 관계로 발전했다.

저우언라이 사태를 해결하기 위해 박태준이 도쿄에 머무는 동안 국내의 정치 상황은 예측불허의 소용돌이 속으로 휘말려 들어가고 있었다. 3선 개헌의 후폭풍이 밀어닥치고 있었다. 박정희 정권의 인권 탄압이 나아질 기미가 없자, 한국과 미국의 관계가 악화되기 시작했다.

1971년 새해가 밝았다. 영일만에 하나둘씩 거대한 철골 구조물이 모습을 드러내기 시작했다. 박태준이 영일만에서 제철소 건설에 힘을 쏟고 있을 때 바깥세상의 이슈는 온통 대통령 선거였다. 3선 개헌을 통과시킨 박 대통령이 공화당 후보로 정해져 있었고, 신민당은 김대중을 후보로 내세웠다. 당시 박 대통령은 마흔다섯, 김대중은 마흔여덟이었다. 4월 27일 치러진 제7대 대통령 선거 결과는 박정희 후보의 승리였다. 대선이 끝나고 한 달가량 지난 5월 25일에는 제8대 국회의원 선거가 있었고, 선거 후 박 대통령은 김종필을 국무총리에 임명했다.

대통령 선거와 국회의원 선거가 치러진 1971년 봄, 박태준은 작업복과 작업화와 안전모로 무장한 지휘관으로서 변함없이 거대한 건설 현장을 누비고 다녔다. 성공하지 못하면 곧바로 '우향우'해서 영일만에 빠져 죽겠다는 각오도 변함없었고, 조상의 피맺힌 자금으로 제철소를 짓는다는 사실 또한 한시도 잊은 적이 없었다.

리베이트로 세운 장학재단

1970년 가을, 난데없이 6천만 원이라는 거금이 포철에 생겼다. 포철은 당시 매우 비싼 보험에 가입되어 있었다. 혹시라도 생길지 모르는 산업 재해나 직원들의 복지를 위해 들어 둔 보험이었다. 그러나 별다른 사고가 생기지 않자 보험 회사가 포항제철에 사례비로 준 것이었다. 당시 한국에서는 이런 형태의 리베이트는 통상적으로 사장이 알아서 쓰는 것이 관례였다.

박태준은 임원들과 논의 끝에 박 대통령에게 통치 자금으로 드리는 게 좋겠다는 결론을 내렸다. 단 한 번도 정치 헌금을 낸 적이 없으니 굴러 들어온 공돈을 사용하기에 딱 좋겠다 싶었다.

청와대에 들어간 박태준이 박 대통령 앞에 수표를 내밀었다.

"기부금입니다, 각하."

박 대통령이 웃으면서 말했다.

"무슨 돈인가?"

박태준이 그 돈이 들어온 경위를 설명하자 대통령은 알아들었다는 뜻으로 고개를 끄덕였다. 하지만 봉투는 도로 돌려줬다.

"돈 들어갈 일이 얼마나 많겠나. 요긴하게 쓰지그래."

박태준이 선뜻 받지 않고 망설이자 대통령이 이렇게 덧붙였다.

"부담스러우면 포철에 주는 내 선물이라고 생각해."

박 대통령 입장에서는 정치 자금이 많으면 많을수록 좋았을 것이다. 그러나 대통령은 박태준과의 관계에서만큼은 그 모든 것을 떠나 깨끗한 관계이길 희망했던 것이다. 그렇지 않고서야 거액의 정치 자금을 거절할 까닭이 없었다.

그런데 어느 순간, 박태준의 시선과 마주친 박 대통령의 눈빛이 날카롭게 번뜩였다. 박태준은 가슴이 덜컥 내려앉았다. 그 눈빛이 뜻하는 바를 즉시 알아차렸기 때문이다. 박태준의 짐작은 맞아떨어졌다.

"포철에 이런 돈이 절로 들어왔다면, 다른 국영 기업체에도 이런 일이 있어 왔다는 얘기 아닌가?"

박태준은 곤혹스러웠다. 아니라고 부정하면 거짓말이 되는 것이고, 고개를 끄덕이자니 고자질하는 꼴이 될 판국이었다. 결국 아무 말도 하지 못한 채 그 자리를 물러날 수밖에 없었다. 별일 없기만 바랄 뿐 달리 방도가 없었다. 들어올 때는 기쁜 마음이었지만 청와대를 나설 때는 결코 그렇지 않았다.

포철로 돌아오는 차 안에서 박태준은 돌려받은 봉투에 대해 생각했다. 여러 가지가 머릿속에 맴돌았다. 사실 쓰려고 들면 쓸 데가 없겠는가. 하지만 이 돈만큼은 보람 있게 사용하고 싶었다. 자동차 뒷자리에 앉은 박태준은 눈을 감고 깊이 생각에 잠겼다. 순간 섬광과 같이 '장학재단 설립'이라는 기막힌 생각이 떠올랐다.

포항에 도착하자마자 그는 즉시 임원 회의를 소집했다. 박태준은 자신의 마음은 드러내지 않은 채 6천만 원을 어떻게 사용할지 다른 사람들의 의견을 경청했다.

"이 돈은 이제부터 더 이상 리베이트가 아닌 대통령께서 주신 선물이오. 그러니 의미 있는 일에 써야 할 것이오."

박태준은 이윽고 자신의 생각을 털어놓았다.

"나는 장학재단을 설립하면 좋겠다는 생각을 갖고 있지만, 여러분의 의견을 듣고 싶소."

그 자리에 있던 사람들 모두 그 의견에 기뻐하며 찬성했다.

박태준은 바로 장학재단 설립을 위한 준비 작업에 들어갔다. 일은 일사천리로 진행되었다. 미래의 인재를 키우는 일이라니! 제철소 건설과는 또 다른 차원에서 참으로 신나는 일이 아닐 수 없었다.

'재단법인 제철장학회'는 1970년 11월 5일 설립되었다. 그 자리에서 박태준은 자신의 포부를 밝혔다.

"우리는 장학재단 이름을 제철장학회라고 지었습니다. 제철장학회는 장차 우리 사원들에게 최고의 교육 시설과 장학 혜택을 제공할 것입니다."

그런데 박태준이 염려하던 일이 터지고 말았다. 몇몇 국영 기업체 사장들이 청와대로 불려가 혼쭐이 난 것이다. 들리는 바로는 한국전력과 석탄공사 등도 포함되어 있었다. 한바탕 소동을 치르면서 국영 기업체들은 대체 왜 이런 일이 생겼는지 알아보기 시작했고, 결국 포철의 박태준이 진원지로 지목되었다. 의도한 바는 아니었지만 그들에게 미안했다.

그러나 이 일이 박태준 본인은 물론이려니와 임원들에 대한 뒷조사로까지 이어지자 화가 치밀었다. 어느 날 예고도 없이 중앙정보부 요원들이 포철로 들이닥쳤다. 그들은 비서실로 들어오자마자 그간 포철이 맺었던 계약서를 검토하기 시작했다. 박태준이 막대한 리베이트를 챙겨 놓고 청렴한 척하느라 6천만 원만 들고 청와대에 들어갔다는 투서에 대한 조사였다. 한 달 보름간에 걸친 조사였다. 물론 불법적인 내용은 나오지 않았다.

"진심으로 박태준 사장님을 존경합니다. 그 말씀을 꼭 전해 주십시오. 공무원으로서 우리 지도자 중에 사장님과 같은 분이 있다는 것을 알게 되어 안심입니다."

조사가 끝난 후 중앙정보부의 한 요원이 박태준의 비서에게 했던 말이다.

이러저러한 사유로 포철은 이후에도 수차례 감사를 받았다. 박태준은 종합제철소 건설을 성공시켜 한국의 철강 부족 현상을 해소하는 데 기여했지만 음해 세력은 시시때때로 그를 괴롭혔다. 모든 게 불굴의 소신 때문에 벌어진 일이었다. 그러나 어찌 보면 이런 정밀 감사로 인해 포철은 세세한 부분까지 기록하는 문화를 갖게 되었으니, 결과적으로 포철로선 얻은 것도 있었다.

리베이트로 시작된 장학재단은 장차 포철의 교육적 모태가 되었다. 제철장학회가 설립된 후, 1971년 9월 효자제철유치원이 제일 먼저 포항 주택단지에 문을 열었다. 당시로선 드물게 훌륭한 시설을 갖춘 유치원이었다. 포철은 이후로도 차례차례 학교를 세워 나갔다.

이때의 경험이 발판이 되어 후일 포항의 직원들이 대거 옮겨 가는 광양제철도 유치원부터 고등학교까지 거의 동시에 세웠다. 강철처럼 오래가는 교육을 위한 박태준의 선견지명은 이미 40여 년 전에 시작되었던 것이다. 제철장학회는 '명품 공교육'이라는 찬사를 받으며 최고의 인재를 양성하는 롤 모델로 자리매김하게 되었다.

1977년 6월, 삼성그룹 이병철 회장이 포철을 방문했을 때의 일이다. 시설을 여기저기 둘러본 이 회장이 박태준의 등을 툭툭 두드리며 수고했다고 치하했다,

"박 사장, 내가 뭐 도와줄 일은 없겠나?"

"장학 자금이나 보태 주십시오, 회장님."

이 회장은 이때 1천만 원을 쾌척해 포철의 장학재단 재원 마련에 일조했다.

1985년에는 대학 설립의 꿈을 실현하고자 대학설립추진 팀을 구성했다. 대학설립추진 팀은 박태준의 지시에 따라 미국의 MIT 공대와 버클리 공대를 비롯하여 오스트리아 레호벤 공대, 스위스 취리히 공대, 독일 아헨 공대와 베를린 공대, 영국 임페리얼 공대와 버밍엄 공대, 셰필드 공대 등 각국의 명문 공대에 대한 장단점을 비교하는 조사·분석에 들어갔다. 추진 팀은 캘리포니아 공대인 칼텍이 모델로 적합하다는 결과를 내

놓았다.

포항공대의 모델이 정해지자 박태준은 직접 칼텍을 방문해 부총장과 심도 있는 대화를 나눴다. 칼텍은 연구 중심 대학으로, 산·학·연 협조 체제가 모범적으로 이뤄지고 있었다. 박태준은 칼텍이 포항 공대가 모델로 삼기에 합당한 학교라고 최종 결론을 내렸다. 초대 총장으로는 김호길 박사를 모셨다.

포항제철은 포철 직원의 자녀 두 명까지는 전액 장학금을 지급하도록 규정했다. 직급·직책에 관계없는 무조건적인 지원이었다. 정원사로 일하던 어떤 이는 "내가 포철에 다니지 않았더라면 무슨 수로 내 아이들을 대학에 보낼 수 있었겠는가"라며 회사에 대한 자긍심과 함께 감사의 마음을 표했다. 그러나 정작 박태준의 자제들은 아무도 장학금 혜택을 받을 수 없었다. 박태준이 그렇게 정했기 때문이다.

제철장학회는 2002년에는 '학교법인 포스코교육재단'으로, 2005년에는 지금의 '포스코청암재단'으로 명칭을 바꿨다.

2013년 현재 포철은 포항과 광양에 포항제철공고와 자립형 사립 고등학교를 비롯하여 유치원과 초·중·고등학교를 운영하고 있으며, 한국 최고의 교육 환경과 교육 시스템을 구축해 놓았다. 이들 학교는 누구나 가고 싶어 하는 명문 학교로 손꼽히고 있다. 기초 과학과 공학 분야의 고급 인재를 양성하고 있는 국내 최초의 연구 중심 대학인 포스텍도 물론 여기에 포함된다. 등록금의 54.2퍼센트를 장학금으로 환원하여 재학생 전원에게 장학금을 지급함으로써 학구열을 높였고, 학생 전원이 기숙사 생활을 하게 만들었다. 거의 모든 사학이 학교 운영 자금의 일정 부문 이상을 국고에서 지원받는 것과 달리 포철의 출연금만으로 모든 학교를 운영하는 시스템을 정착시켰다.

포철을 건설하면서 '제철보국'을 부르짖었듯이, 박태준은 학교를 설립하면서 '교육보국'의 기치를 내걸었다. 교육은 천하의 공업(公業)이며 만인의 정성으로 이루어진다고 믿은 그의 교육관은 20세기 한국 교육계에 새 지평을 열었다.

험난했던 원료 구매 계약 과정

철강은 자동차나 가전, 식기류 등에 이르기까지 거의 모든 제품에 사용되며, 종합제철소에서는 실보다 가는 철선에서부터 초고층 건물에 쓰이는 두꺼운 빔에 이르기까지 매우 다양한 제품의 철을 생산한다. 철강은 30여 개의 상이한 원재료를 가공하여 만드는데, 그중 가장 중요한 원료는 철광석, 유연탄, 석회석이다. 1백만 톤의 철강 제품을 만들기 위해서는 170만 톤의 철광석과 70만 톤의 유연탄이 필요하다. 제철 산업에 대해 흔히 '철을 먹고 철을 낳는다'는 표현을 쓰는 이유는 이 때문이다. 우리나라의 경우는 원료의 거의 대부분을 수입해야 하는 형편이었다.

1971년 여름, 제선, 제강, 분괴, 코크스, 소결 등 1기 설비 구매 계약은 거의 완료되었지만 원료 구매 계약은 아직 이루어지지 않은 상태였다.

　세계 주요 철강업체들은 막대한 구매 물량과 탄탄한 거래 관계를 바탕으로 포철 같은 신설 기업에 비해 유리한 조건으로 철강 원료들을 확보하고 있었다. 박태준은 포철이 국제적으로 경쟁력 높은 철강 제품을 생산하려면 일본 철강업체들과 동등하거나 유사한 가격과 조건으로 원료를 조달해야 한다고 생각했다. 그러자면 세계 주요 원료 공급업체들과 직접 접촉해야 하지만 아직 제철소조차 지어 놓지 못한 형편이어서 매우 불리했다. 그러한 사정을 잘 알고 있는 일본의 대형 종합무역 상사들은 서로 포철의 원료 구매 대행을 독점하고 싶어 했다.

　미쓰비시 상사는 '포철이 직접 원료를 구입하는 것은 불가능하다'며 자기네에게 위탁 판매를 맡기라고 제안했다. 그러자면 합당한 수수료를 지불해야 했다. 박태준은 그럴 마음이 추호도 없었다. 다른 방법을 알아보던 박태준은 신일본제철 원료 구매 담당부장에게 신일본제철이 구매한 원료의 일부를 한국에 되팔 의향이 없느냐고 조심스럽게 제안했다. 그러나 합의를 도출하지 못했다.

신일본제철과의 협상이 무산되자 박태준은 포철의 원료 구매 담당 임직원들을 호주와 인도로 보냈다. 일본 측에 원료를 공급하는 나라의 철광석 회사들과 직거래하기 위해서였다. 하지만 구매 담당 팀은 문전박대를 당하고 아무 성과 없이 귀국했다. 하나같이 포철을, 아니 한국을 믿지 못하겠다는 이유였다.

박태준은 자신이 직접 나서기로 결심했다. 1971년 7월 28일, 그는 가방 하나를 들고 호주행 비행기에 몸을 실었다.

시드니에 도착한 박태준은 원료부장 주영석과 함께 호주의 대표 광산업체인 해머슬리를 비롯해 마운트 뉴먼, 벨람비 등을 차례로 방문했다. 박태준의 목적은 '생산에 필요한 양을 낮은 가격에 장기적으로 공급받는 것'이었다. 그러나 박태준이 내밀 협상 카드란 사진 앨범과 슬라이드뿐이었다. 허허벌판에다 영문으로 큼지막하게 쓴 Blast Furnace(제선 공장), Steel Making Plant(제강 공장), Hot Strip Mill(열연 공장) 등의 간판을 세워서 촬영한 사진들이었다.

당시 포철은 열연 공장 기초 공사에서부터 허덕이던 터라 제1고로도 설계도로만 존재할 뿐 번듯한 공장 사진 하나 준비할 수 없었다. 세계적인 광산업체들에게 비웃음당하더라도 딱히 내밀 게 없는 답답한 상황이었다. 그러나 어느 나라도 갖고 있지 않은 귀중한 자산 하나가 있었다. 그것은 바로 신념과 열정과 확신에 차 있는 박태준이라는 '철의 사나이'였다.

그들은 "당신을 어떻게 믿느냐? 신설 제철소와 일해서 계약대로 이행된 예가 없다. 개발 도상국의 제철소 건설은 지체되기 일쑤다"라는 말만 되풀이했다. 그럼에도 박태준은 개의치 않았다. 그들이 어떤 태도로 나오건 열성적으로 설명하고 진지한 태도를 견지했다.

"우리는 연산 1백만 톤 규모의 종합제철소를 건설하고 있습니다. 여러분이 걱정하는 바를 잘 알고 있습니다. 일이 잘못되면 엄청난 손실을 입겠지요. 실제로 다수의 광산주들이 이런 이유로 도산했다는 사실도 알고 있습니다. 그러나 우리 포철은 다릅니다. 공기 지연도 없을 것이고, 반드시 이익을 낼 것입니다. 당신들은 돈을 벌 수 있을 것입니다. 저는 확신합니다."

그러나 광산주들은 어떠한 말도 귀 기울여 들으려 하지 않고, 협상 테이블에조차 나와 주지 않았다. 이미 일본과 10~15년 장기 공급 계약을 체결했기 때문에 그들로서는 아쉬울 것이 없었다. 박태준은 절망 속에서도 희망의 끈을 놓지 않았지만 아무래도 혼자 힘으로는 안 될 것 같았다. 서울의 호주대사관에 도움을 요청하자, 대사는 케리 상무관을 시드니로 급파했다. 시드니에 도착한 케리는 호텔에 여장을 풀자마자 곧바로 호주탄광협회를 찾아갔다. 그가 협회 관계자들과 협상을 벌이는 동안 시드니 주재 한국대사관도 분주하게 움직였다.

한국 측의 열의에 광산주들의 태도가 조금씩 긍정적으로 바뀌기 시작했다. 무려 3주일이 걸리긴 했으나 마침내 벨람비 석탄 회사로부터 포철 가동 첫해에 필요한 원료 공급에 원칙적으로 동의한다는 의향서를 받아냈다. 허허벌판에 공장 간판을 세워 놓고 찍은 사진이 전부였으며 터 닦기에도 바쁘던 포철이, 1년에 1억 톤의 철강을 생산해 내는 일본과 동일한 조건으로 원료 장기 구매 계약을 한 것이었다.

박태준은 흡족한 마음으로 귀국했다.

그러나 며칠 후, 벨람비가 일본 철강업체에 주는 공급가보다 더 높은 가격을 요구해 왔다.

"약속이 다르지 않습니까? 왜 그러는지 이유를 알고 싶습니다."

"이미 1억 톤의 철강을 생산하는 일본 제철소에 비혀 포철의 규모는 1백만 톤에 불과하지 않소."

즉 물량이 적으면 단가가 비싼 게 당연하다는 얘기였다. 박태준은 벨람비의 뜻에 동의할 생각이 전혀 없었다. 1퍼센트라도 높게 지불하면 생산 원가에 영향을 미치는 것은 물론 일본보다 더 높은 가격에 사들였다는 전례를 남길 터였다. 박태준은 더 이상 사정하지 않고, 미련 없이 계약서를 돌려보냈다.

박태준은 미국과 인도 등 다른 나라에서 원료를 공급받을 수 있는지 백방으로 알아보기 시작했다. 그러자 이 소식을 접한 호주 업체가 조바심을 내기 시작했다. 전세가 역전되었다. 그들로서는 원료가 무진장 매장되어 있으니 못 파는 것보다야 싸게라도 파는 것이 이익이라는 생각을 하게 된 것이다. 결국 포철은, 벨람비로부터 물량에 관계없이 일본과 동일한 가격으로 원료를 공급해 주겠다는 약속을 받아냈다. 박태준의 전략이 먹혀 든 것이다.

　박태준이 물러서지 않은 덕에 포철은 다른 원료 공급업체들과도 이와 유사한 조건으로 계약을 체결할 수 있었다. 뿐만 아니라 포철은 이로 인해 이중으로 덕을 보았다. 포철이 공장을 가동한 지 넉 달도 채 지나지 않아 세계를 강타한 제1차 석유 파동 때문이었다. 석유 파동으로 원료값이 폭등하고 원료 구입 자체가 불가능해지는 사태가 벌어졌지만, 포철은 그 이전에 이미 장기 공급 계약을 맺은 덕분에 정해진 가격과 물량으로 원료를 공급받을 수 있었다. 박태준 또한 호주 업체와 했던 애초의 약속대로 공기 지연 없이 공장을 완공해, 호주 업체의 원료를 제때 인수해 갈 수 있었다.

포철이 한다면 하는 겁니다

후방 건설 방식을 채택한 포철은 가장 먼저 열연 공장을 건설하기로 했다. 1970년 10월 1일 착공해서 1972년 10월 31일 완공한다는 계획이었다. 공장 대지 1만 5천 평, 건물 면적 1만 4천 평으로, 지상과 지하에 초중량 기계들과 설비들을 정밀하게 설치해야 했다. 기초 공사에 사용될 콘크리트 총량만 9만 6천 세제곱미터에 이를 정도로 거대한 공사였다.

그런데 1971년 4월부터 시작된 콘크리트 기초 공사가 3개월 만에 늦어지기 시작했다. 원인을 조사해 보니 한두 가지가 아니었다. 설계 변경에 따른 지연에다, 건설업체의 자재와 장비 부족, 인원 부족까지 겹쳐 있었다. 총체적 난국이었다. 그중에서도 특히 심각한 것이 인력 문제였다. 대부분의 유능한 기능공들이 서울에 몰려 있었기 때문이다. 제철소 하나를 짓자면 목수, 용접공, 크레인 운전기사 및 기타 중장비 기술자 등 많은 분야의 인력이 필요했다. 그들을 대거 데려와야 하지만 서울과 포항은 너무 멀었다. 생활 근거지가 서울인 그들을 데려오려면 급여를 많이 주는 등 좋은 조건을 제시해야만 했다.

열연 설비 공급업체였던 미쓰비시 상사는 포철의 기초 공사가 3개월 정도 늦어질 것으로 점치고 있었다. 첫 번째 공사가 늦어지면 연쇄적으로 다음 공사에도 영향을 미칠 게 당연했다. 공기가 지연되면 생산 원가가 높아질 것이고, 그렇게 되면 가격 경쟁에서 뒤처지므로 치명적인 문제가 아닐 수 없었다.

'용납할 수 없다! 회사의 미래가 걸려 있다!'

공기 지연 문제는 시급한 사안이라 당장 대책을 강구해야 하지만 박태준은 이미 원료 구매 계약을 위해 호주 방문 일정이 잡혀 있었다. 호주로 떠나면서 실무진들에게 무슨 수를 쓰든 공기를 당겨 놓으라고 엄포를 놓긴 했으나 그 명령이 가당치 않다는 것을 그도 알고 있었다.

우여곡절 끝에 원료 구매 계약을 성공적으로 마친 박태준은 귀국길에 일본에 들렀다. 그는 곧바로 미쓰비시 상사를 방문해 설비 공급 상황을 점검했다. 그 자리에서 박태준은 호주 벨람비와 맺은 계약에 대해 언급했다. 미쓰비시 상사는 자기네들을 통하지 않고서는 원료 구매가 불가능할 거라고 주장했던 터라 깜짝 놀라는 눈치였다. 박태준은 그들 앞에서 기분이 썩 좋았다.

다음으로 박태준은 우츠미 기요시 중공업 담당부장과 공기 지연에 관해 상의했다. 그는 한번 지연된 공기를 간회할 방법은 없다고 냉정하게 잘라 말했다. 워낙 단호하게 못을 박는 바람에 박태준의 안색이 순간 창백하게 변했다. 잠시 말을 잃은 박태준은 깊은 생각에 빠졌다가 결연한 표정으로 한 마디 한 마디 힘주어 말했다.

"우리는 계획대로 해낼 것입니다. 기필코 공기를 만회할 것이오."

우츠미가 고개를 절레절레 내저었다.

"현실적으로 그런 일은 일어날 수 없습니다. 설비 인수 날짜를 늦춰야 할 것입니다. 이대로 배에 실었다가 제때 인수하지 못하면 그에 대한 비용도 발생할 테니 포철로서는 많은 손해를 감수해야 할 것입니다."

이에 박태준은 우츠미보다 더 확고한 어조로 말했다.

"원래 계획대로 설비를 인도해 주시오. 포철이 한다면 하는 겁니다. 반드시 공기를 만회하겠소, 우츠미 부장."

"공기를 단축시킬 수 있다면 그건 기적일 것입니다."

박태준은 호주 벨람비 석탄 회사에 공기를 맞출 수 있노라 호언장담했었다. 그들이 염려한 것 가운데 하나가 공기 지연이었으니, 그 자리에서 자신만만하게 말하지 않고서는 장기 공급 계약을 체결할 수 없었다. 혼신의 힘을 다하여 어렵사리 체결한 터라 공기가 늦춰지면 계약 자체가 위태로워질 것이 뻔했다.

'약속은 지키라고 있는 것이다. 나는 내가 뱉은 말에 책임을 져야 한다. 무슨 수를 쓰든 날짜를 맞추리라.'

급한 마음에 서둘러 포항으로 돌아온 박태준은 착잡한 심정으로 건설 현장을 둘러보았다. 임직원들은 그새 풀이 많이 죽어 있었다.

1971년 8월 20일, 박태준은 임원간담회를 소집했다. 다들 낙담한 표정으로 하나둘 모여들었다.

"공사 진도표를 좀 봅시다."

그는 한 임원이 내민 공사 진도표를 면밀히 검토했다. 임원들은 숨소리조차 제대로 내지 못한 채 사장만 주시했다. 공사 진도표를 한참 들여다보던 박태준이 느닷없이 진도표 맨 위에 붉은 글씨로 뭔가 쓰기 시작했다.

9월 — 하루 700㎥

박태준이 비장한 어조로 임원들에게 지시했다.

"9월부터는 무조건 하루에 700세제곱미터씩 콘크리트를 타설하시오."

특단의 조처였다. 임원들은 놀라움에 입을 다물지 못했다.

"지금까지는 하루 평균 250~300세제곱미터를 타설해 왔는데, 그렇게 많은 양을 어떻게 해낸단 말입니까?"

두 배가량을 타설하라고 하니 기가 막혔던 것이다. 그러나 박태준은 눈 하나 깜짝하지 않았다.

"이제부터는 공사가 아니라 전투요. 전장에 나선 이상 반드시 이겨야 합니다. 무조건 이번 전투 목표를 달성하도록 하시오."

열연 공장의 건설 현장은 그 시각부터 때아닌 전투 현장으로 변해 버렸다. 포철의 제1호 건설 비상으로 블린 이른바 '열연 비상'이 떨어진 것이다.

갈수록 비상 체제는 더욱 심해졌다. 회사의 모든 부장과 차장이 조별 총감독으로 나섰다.

"하루 목표량을 타설하지 못하면 승진에서 누락시킬 것이오. 불이익을 받기 싫으면 젖 먹던 힘까지 내시오."

엄청난 양의 자갈과 모래를 운반하기 위해 인근 지역의 레미콘 트럭들이 모조리 동원되었다. 그래도 모자라자 리어카까지 가져왔다. 회사가 초비상에 돌입하자 임직원의 아내들에게도 비상이 걸렸다. 퇴근도 못하고 회사에서 일하는 직원들을 위해 김밥을 싸오는 등 솔선수범했다. 조를 짜서 돌아가며 현장 정리도 하고 여기저기 널려 있는 고철을 줍기도 했다.

각 조는 24시간 내내 일할 수 있도록 편성되었고, 조명탑은 밤을 대낮처럼 환하게 비췄다. 사장 이하 전 직원의 하루 수면은 3시간으로 정했다. 처음에는 그런대로 견디던 현장 요원들은 날이 갈수록 틈만 나면 꾸벅꾸벅 졸기 시작했다. 감독자들은 커피와 껌을 준비해 놓고 그들을 독려했다.

박태준은 야전 사령관을 자처했다. 직원들이 전쟁터의 군인처럼 여겨졌고, 자신은 그들을 지휘하는 소대장이었다. 안전모에 작업복을 착용하고 지휘봉을 손에서 놓지 않았다. 신속하게 작업에 임할 수 있도록 작업화를 신은 채 사무소에서 새우잠을 잤다. 애초에 선언한 대로 일일 책임량을 채우지 못한 감독들은 정기 승급을 일시 중지했다. 야박하게 보였을 테지만 그러지 않을 도리가 없었다. 당시 현장 요원들 가운데 박태준에게 지휘봉으로 배를 찔리거나 정강이를 걷어차이지 않은 사람이 없을 정도였다. 자금과 기술이 부족한 상황이라 정신력과 몸뚱이로 버틸 수밖에 없었다.

지나치게 고된 일과라 처음에는 불평불만이 많았다. 그러나 차츰 나아지기 시작했다. 박태준의 헌신적인 태도 때문이었다. 포철 직원들이 변하자 하청업자들도 바뀌었다. 사장의 확고한 신념에다 포철 직원들의 순수한 애사정신, 애국심, 책임감 등에 감화되었던 것이다. 단순히 돈벌이를 위해 내려온 직원들도 '우리도 할 수 있다'는 정신에 고무되어 바뀌어 갔다. 그 자리에 있던 모든 사람이 박태준을 믿고 따랐으며 존경했다.

사장을 포함하여 공사에 참여한 모든 사람의 악전고투는 마침내 결실을 맺었다. 불과 두 달 만에 5개월 분량의 콘크리트 타설을 완료해 지연된 공기를 완전히 만회할 수 있었다. 전체 공기를 한 달이나 앞당기는 쾌거였다.

마지막 레미콘을 붓고 마무리를 끝내자 누구랄 것도 없이 다 함께 목청껏 "만세!"를 외쳤다. 1971년 10월 31일, 포철 사장 박태준은 활짝 웃으면서 '열연 비상'을 해제했다. 그리고 조촐한 막걸리 파티가 벌어졌다. 현장에서 고생한 이들은 동료들과 막걸리 사발을 부딪치며 오랜만에 긴장을 풀었다.

"오늘만큼은 맘껏 마시십시오. 막걸리는 얼마든지 제공할 것입니다."

어느 한 사람의 공이 아니었다. 모두 한마음 한뜻으로 '우향우' 정신으로 매진한 결과였다. 미쓰비시 상사의 우츠미는 공기 단축은 있을 수 없다고, 만일 그런 일이 일어난다면 그건 기적이라고 말했다. 그러니 포철은 기적을 이룬 것이었다.

직장에선 무서운 소대장, 가정에선 다정한 아버지

포철은 본격적으로 '제1기 건설 시대' 한복판으로 진입하고 있었다. 1970년에는 열연 공장과 중후판 공장 등 5건을 착공했으며, 이듬해 나머지 주요 공장도 차례로 착공했다. 제선 공장(1971. 4. 1), 분괴 공장(6. 1), 제강 공장(7. 2), 코크스 공장(8. 2) 등을 비롯해 원료 처리 시설, 소결 공장, 하역 시설 등을 착공했다. 발전 설비, 철도망, 창고, 사무실 등의 건설도 1971년부터 착수했다. 8개 이상의 주요 공장들을 동시에 건설했다. 포철 역사상 가장 역동적인 시기였다.

포철은 1971년 10월 경제기획원, 상공부, 산업은행, 한국과학기술연구소 등 각계 전문가들로 '포철 제2기' 설비계획 심의위원회'를 구성했다. 각 분야의 실력가로 구성된 이 위원회는 포항 2기 기본 계획 수립에 착수했다. 심의위원회가 5개월여 만에 연산 조강 260만 톤 규모로 작성된 기획안을 완성하자 포철은 이것을 우리 정부와 세계은행에 보냈다. 이번에는 4년 전과 달리 세계은행이 신속하게 타당성을 인정해, 어렵지 않게 차관을 얻었다. 포철이 일궈 낸 업적을 인정받은 것이었다.

설비 구매는 물론, 공장 건설 등도 순조롭게 진행되던 1971년 11월 중순, 포철은 '공기 단축'에 대한 자신감이 팽배했으며 공기 단축이 곧 생산 원가 절감이라는 인식이 뿌리 깊게 정착되어 있었다. 박태준은 모든 공장의 공기를 1개월 단축하겠다는 구상을 세웠다. 검토 결과 충분히 타당성 있다는 판단이 서자, 그는 12월 '공기 1개월 단축'을 공개적으로 선언했다.

이른바 '한 손으로 조업하고 한 손으로 건설하던' 시기였다. 박태준은 작업복을 입은 채 취침에 들어갔고 3시간 후면 어김없이 숙소 계단을 내려왔다. 사장의 운전 기사는 죽을 맛이었다. 꾸벅꾸벅 졸다가도 저벅저벅, 기계와도 같은 발소리가 들리면 얼른 정신 차리고 바로 앉았다.

어느 주말, 장 여사가 포항에 내려왔는데, 몇몇 직원이 사장

몰래 장 여사를 찾아왔다.

"사모님, 너무 힘듭니다. 사장님이야 철의 사나이니까 잘 견디시지만 저희는 죽을 지경입니다. 살 수가 없어요. 사장님께 천천히 하시라고 말씀 좀 드려 주세요."

박태준한테는 무서워서 얘기조차 꺼낼 수 없었던 것이다. 얼마나 힘들면 사장의 아내를 붙잡고 하소연할까 싶었다. 박태준이 숙소로 돌아왔을 때 장 여사가 조심스럽게 말했다.

"그렇게 닦달하면 직원들이 너무 힘들지 않아요? 너무 서두르지 말고 천천히 하면 어때요?"

"당신, 공기를 하루 단축하면 비용이 얼마 절감되는지 알기나 하나? 국민 전체로 놓고 계산해 보라고. 엄청난 비용이야."

박태준의 입장에서는 재고의 여지조차 없는 건의였다. 그의 생각이 워낙 확고해 장 여사는 이후 그런 얘기는 한마디도 꺼낼 수 없었다. 누가 그를 말릴 수 있겠는가.

박태준이라고 마음이 편했을까. 그 또한 집에 가서 편히 쉬고 안락한 잠자리에서 실컷 자고 싶었다. 생각만으로도 귀엽고 사랑스러운 아이들과 함께 시간을 보내고 싶었다. 아이들의 얼굴이 눈앞에 떠오를 때면 마음이 저려 당장이라도 북아현동으로 달려가고 싶었다. 하지만 그는 포철을 성공적으로 완공하여 조국을 가난의 굴레에서 벗어나게 해야 했다. 그것은 그의 숙명이었다.

영일만 모래벌판에 서서히 건물들의 형체가 나타나기 시작했다. 이때야말로 안전에 만전을 기해야 했다. 안전사고가 가장 많이 발생할 때였다. 박태준은 틈나는 대로 종업원들에게 '안전제일'을 일깨웠다. 종업원들의 안전을 위해 최신식 안전모와 안전화를 교체, 지급했다. 그러나 무엇보다 중요한 것은 그들 스스로 안전의식을 가지는 일이었다. 특히 제철소 건설은 그 어느 공사보다 철저해야 했기에 박태준은 직접 엄격한 프로그램을 만들어 대대적으로 캠페인을 벌였다. 날마다 안전을 강조했음에도 건설 요원들의 안전 불감증은 좀처럼 개선되지 않았다.

한창 개나리와 진달래가 산과 들을 물들이던 봄날이었다. 여느 때와 마찬가지로 박태준은 현장을 순회하고 있었다. 기초 공사가 마무리 단계에 접어드는 제강 공장 건설 현장에 다다랐다. 제강 공장의 파일에 콘크리트를 먹이는 날이었다.

언제나처럼 지휘봉을 손에 든 박태준은 제강 공장 건설 현장 옆에 있는 철 구조물 위로 올라갔다. 무심코 작업 현장을 내려다보는데 예사롭지 않은 광경이 눈에 들어왔다. 마침 레미콘 트럭이 시멘트를 쏟아내고 있었는데, 시멘트를 받아먹은 땅속의 강철 파일들이 슬며시 한쪽으로 기울었다. 박태준은 그 현상이 무엇을 의미하는지 너무도 잘 알았다. 엄청난 일이 눈앞에서 벌어지고 있는 것이었다. 그의 눈에서 화르르 불꽃이 일었다.

제강 공장 기초 공사는 강철 파일을 박는 작업부터 시작된다. 파일을 용접하고 길게 연결한 뒤 암반까지 닿을 수 있도록 깊이 박는 작업이라 이 기초 공사를 소홀히 하면 큰 재앙이 초래될 수 있었다.

영일만의 지하 암반은 경사진 구조라 파일을 박는 작업이 상당히 어려웠다. 암반이 평평하지 않아 지상에 튀어나온 파일들의 높이가 제각각이었다. 그래서 암반에 다 박은 뒤 파일들을 똑같은 크기로 잘라 낸 다음 콘크리트를 브어야 기초 공사가 마무리되었다. 그런데 강철 파일들이 한쪽으로 기운다는 것은 파일이 암반까지 깊이 박히지 않았다는 의미였다.

박태준은 즉각 공사를 중단시킨 뒤 불도저를 불렀다. 불도저가 오자 비스듬히 기운 파일을 가리키며 말했다.

"밀어 봐."

기사는 영문도 모른 채 불도저를 운전했다. 사실 굳이 밀 필요도 없었다. 툭 건드리기만 했는데도 파일이 맥없이 쓰러졌다. 다른 파일도 마찬가지였다. 명명백백한 부실 공사였다. 뿐만 아니라 파일 길이를 맞추느라 잘라 낸 자투리들도 치우지 않아 모래밭에 아무렇게나 비죽비죽 꽂혀 있었다.

"이거 뭐야! 정신 상태가 엉망이잖아!"

박태준의 눈에 다시 한 번 불꽃이 튀었다.

현장 공사는 한국의 건설 회사가 했지만 최종 책임자는 일본의 설비 회사였다. 박태준은 두 회사의 책임자를 불러 엄중히 문책했다. 그들은 박태준의 지휘봉으로 몇 번이나 얻어맞았다. 박태준의 심정을 대변이라도 하듯 지휘봉은 몇 차례나 부러졌다. 이미 80퍼센트 이상 공정이 이루어진 상태지만 부실 시공된 기초 공사는 완전히 뒤집어엎어야 했다.

박태준은 일을 제대로 하지 않을 경우 불같이 화를 냈다. 화나면 워커 발로 정강이뼈도 서슴없이 걷어차고 지휘봉으로 안전모를 후려치기도 했다. 원칙을 지키지 않으면 결코 그냥 넘어가지 않았다. 그러나 고집불통 성격의 소유자는 아니었다. 사적으로는 남의 이야기를 경청하는 습관이 몸에 배어 있었고, 직원들의 의견도 소중하게 들었다. 혹시 자신이 틀렸다고 생각되면 바로 인정하는 사나이다운 면모를 가지고 있었다.

"현장의 나는 사장이 아니라 전쟁터의 소대장이다. 전쟁터의 소대장에게는 인격이 없다."

한창 공사에 매진하던 무렵, 박태준이 틈만 나면 강조하던 말이었다.

박태준은 강철 파일 부실 시공을 계기로 예전보다 더욱 날카로운 눈으로 공사를 지휘했다.

당시 직원들이 박태준에게 붙인 별명은 '떴다'였다. 그가 관사에서 회사로 이동할 때면 직원들은 '떴다' 신호를 서로 주고받았다. 신호가 오면 현장이건 사무실이건 한바탕 난리가 났다. 누구도 피해 갈 수 없는 박태준의 '매의 눈'에 걸려들지 않기 위해서였다.

기초 공사가 끝나자 철 구조물 공사가 시작되었다. 철 구조물은 주먹만 한 크기의 대형 볼트로 서로 연결되기 때문에 볼트를 확실히 조이는 일이 가장 중요했다. 그 작업이 제대로 되지 않으면 구조물이 갑자기 무너져 내릴 우려가 있었다. 이 때문에 대형 볼트는 작업자의 눈으로 조임 상태를 확인할 수 있게 되어 있었다. 제대로 조인 볼트는 머리 부분이 떨어져 나가고, 잘못된 것들은 머리 부분이 지저분하게 그대로 남았다.

어느 날 박태준은 현장을 시찰하다가, 마침 기초 공사에서 큰 말썽을 일으켰던 바로 그 제강 공장 현장을 찾았다. 당연히 다른 현장보다 더욱 신경 쓰여서 세밀하게 점검하려고 철 구조물 위로 올라갔다. 높은 곳에 올라오니 시원하고 좋았다. 그는 잠시 안전모를 벗고 손수건으로 이마의 땀을 훔쳤다. 그러나 그 기분도 잠시, 그의 눈에 몹시 거슬리는 것이 있었다.

'이거 뭐야. 볼트의 머리 부분이 그대로 남아 있잖아?'

여기를 봐도 저기를 봐도 볼트 머리 부분이 지저분하게 남아 있었다. 이것은 철 구조물의 조임이 어딘가에서 느슨해졌다는 증거였다. 건물 골격이 이렇게 허술하다면 수천 톤이나 되는 설비와 기계들을 제대로 지탱할 수 없음은 당연했다. 장차 초래될 대형 사고의 원인을 박태준은 현장에서 보고 있었다. 머리카락이 쭈뼛 서는 기분이었다. 아찔했다. 우연히 발견되었으니 망정이지 그대로 진행되면 인명 사고로까지 이어질 수 있는 일이었다. 박태준은 가슴을 쓸어내렸다. 곧바로 불호령이 떨어졌다.

"단 하나의 볼트도 놓치지 말고 완벽하게 점검하라!"

24만 개에 달하는 볼트였다.

"볼트 머리가 그대로 남아 있는 부분은 눈에 잘 띄도록 하얀 분필로 표시하라."

건설 요원들이 일제히 달라붙어 점검에 나섰다. 작업을 마무리하고 보니 무려 400개에 달하는 볼트에 흰 분필이 칠해졌다. 그 볼트들은 다시 조이거나 대체되어 완벽하게 보수되었다.

박태준은 다른 사람들에게 없는 특별한 눈을 갖고 있었던 듯하다. 심각한 사고로 이어지기 전에 이런 문제들을 집어낸 것은 회사로서도, 국가로서도 큰 행운이었다.

종합제철소는 많은 인프라 설비를 필요로 한다. 한국의 경우 특히 대부분의 원료를 수입에 의존하기 때문에 항만도 중요하지만 부두에 도착한 원료를 공장까지 실어 나를 철도도 마찬가지로 중요했다. 매년 150만 톤 이상의 화물을 운반하기 위해 포철은 공장 부지 내에 약 16킬로미터 연장의 철도를 부설했다. 정부는 정부대로 인접 지역까지 고속도로와 철도를 연장하고 대형 화물차들이 다닐 수 있도록 교량 보강 공사를 했다.

종합제철소 지원 설비 중 없어서는 안 될 것이 바로 용수다. 이를 위해 건설부에서는 안계저수지를 건설했다. 저수지 공사는 1968년 6월 15일에 시작하여 1971년 3월에 완공돼, 포철은 하루에 13만 톤의 용수를 확보하게 되었다.

열연 공장보다 착공은 늦었지만 중후판 공장이 1972년 7월 4일 예정보다 한 달 빠르게 완공되었다. 제1기 공사 22개 공장 중 제일 먼저 준공식이 열린 셈이었다. 31일에는 이 공장에서 후판이 첫 출하되었다. 이날 출하된 62톤의 후판은 호남정유 여수 공장으로 인도되어 오일 저장용 탱크 제작에 사용되었다. 박태준은 이 첫 생산품에 '품질로서 세계 정상'이라는 기념 휘호를 직접 쓰고, 이것을 실어 갈 트럭에는 '포항제철 제품 첫 출하'라는 플래카드를 붙이도록 지시했다.

20톤 대형 트럭 세 대에 첫 생산품을 옮겨 실을 때 사장을 비롯하여 모든 임직원이 나와 첫 출하의 감격을 함께했다. 트럭이 포철을 떠날 때는 박수가 터져 나왔다.

포철의 첫 제품이 용광로에서 나온 쇳물일 것이라고 생각하기 쉽지만 포철에서는 이처럼 압연 공장에서 나온 후판이 첫 제품이었다. 압연-제강-제선 공장 순으로 세우는 후방 방식을 선택했기 때문이다.

열연 공장 또한 예상 날짜보다 한 달 정도 앞당겨 완공되었다. 1972년 10월 3일, 연산 60만 톤 규모였다. 이로써 포철은 국내 철 수요를 충당할 수 있게 되었다. 박태준은 첫 열연 제품에도 붓글씨를 썼다. 이번에는 '피와 땀의 결정체'라는 기념 휘호였다.

포항제철 1기 건설 전체 공정에서 79.2퍼센트의 공정률을 기록하고 있었다. 두 개의 압연 공장과 보수 정비 공장이 10월에 완공되었고, 다른 공장 건설도 순조롭게 진행되었다. 1972년 말에는 80퍼센트의 공정이 이루어졌다. 모든 것이 애초 계획보다 앞당겨졌다.

포철은 가동 첫해부터 이익을 내기 시작했다. 이는 박태준의 시기 선택이 적중했다는 반증이었다. 포철의 후판 공장이 완공될 무렵 때마침 세계적으로 조선 붐이 일어 철강 수요가 급증했기 때문이다.

계획보다 일이 빠르게 진척되자 포철은 원래 1974년 8월로 예정되었던 260만 톤 규모의 '포항 2기 사업'을 8개월 앞당긴 1973년 12월에 착공하기로 결정했다.

박태준이 관사에서 숙식을 해결하며 목숨을 내놓겠다는 각오로 일하던 무렵, 장 여사가 한 여성지와 인터뷰를 한 적이 있었다. 이런저런 얘기 끝에 기자가 질문했다.

"박태준 사장님에게 종교가 있는지요?"

"그분은 '쇠(鐵)'라는 종교를 가지고 있습니다."

장 여사가 이렇게 공개적으로 말할 정도로 박태준은 '철'을 신봉하는 사람처럼 보였다. 당시 그는 '성공적인 제철소 건립'이라는 명제 외에는 그 무엇도 머릿속에 담아 두지 않았다. 그래서 사람들은 그를 '철의 사나이' 또는 '철인'이라고 불렀다. 이처럼 철과 같은 강인함을 갖춘 철두철미한 인물이었다.

그러나 자녀들이 기억하는 박태준은 더도 덜도 아닌 '더없이 따스한 아버지'였다.

"직원들은 아버지를 무서워했어요. 40년이 지난 지금도 기억날 정도로 포철의 직원들은 아버지 앞에서 벌벌 떨었지요. 그들이 아버지의 눈에서 레이저가 나온다고 말하는 걸 듣기도 했습니다. 그렇지만 우리는 한 번도 아버지에 대해 무섭다는 생각을 해본 적이 없어요. 아버지는 우리와 장난치는 걸 굉장히 좋아하셨죠. 아무리 재미없는 이야기라도 우리가 하면 열심히 들어 주려고 애쓰던 자상하기 그지없는 분이었어요."

맏딸 박진아의 말에서 알 수 있듯, 박태준은 매일 볼 수 있는 평범한 아버지는 아니었어도 함께 있는 순간만큼은 자녀들에게 최선을 다하려고 노력한 좋은 아버지였다.

아버지를 포철에 빼앗긴 탓에 자녀들은 그를 한 달에 한번 정도밖에 볼 수 없었다. 그럼에도 서먹한 느낌은 없었다. 아버지가 어쩌다 집에 올 때면 종일 졸졸 따라다녔다. 아버지의 손이 두 개라는 사실조차 아쉬운 듯 경쟁하듯 그 손을 잡고 싶어했다. 아이들은 모두 아버지의 팬임을 자처했다. 특히 딸들에게 아버지 박태준은 '멀리서 흠모하는 멋진 남자' 같은 존재였다. 뉴스를 통해서만 볼 수 있었기 때문이다.

박태준이 집에 오는 날, 북아현동 언덕배기집은 잔칫날을 방불케 했다. 아이들은 학예회를 열었고 아내는 정성껏 마련한 음식을 한상 가득 내놓았다. 맏이 박진아가 진두지휘하여 엄마와 아버지를 의자에 앉혀 놓고 엉터리 분장에다 실수투성이 연극을 했다.

"엄마에게는 멀리 떨어져 살던 애인이 모처럼 집에 오는 날이나 마찬가지였어요. 여간해선 틀지 않던 보일러를 가동해서 집을 따뜻하게 데워 놓고 아버지가 좋아하는 음식으로 훌륭한 식탁을 차렸죠."

자녀들 가운데 박태준의 포철 시절을 가장 정확히 기억하고 있는 박진아의 말이다.

"내가 맏딸이다 보니 엄마와 함께 포항에 종종 내려가곤 했어요. 셋이 함께 시간을 보내다 보면 하루가 어찌나 짧은지 어느새 날이 후딱 저물곤 했어요. 엄마와 내가 떠날 때면 아버지는 A동 숙소 계단 위에서 우리 모습이 안 보일 때까지 물끄러미 내려다보시곤 했어요. 그 모습이 지금도 눈에 선해요."

어린 마음에도 아버지가 외로워 보였다. 엄마를 포항으로 자주 보내 드리면 아버지가 덜 외로울 것 같아. 박진아는 아직 어린 나이였지만 동생들에게 엄마 역할을 자처했다. 엄마 대신 가계부를 쓰고, 동생들의 숙제도 봐줬다. 집안일을 돌봐 주던 아주머니의 월급이나 동생들 과외비 등도 알아서 척척 처리했다.

둘째 딸 박유아는 동아일보와의 인터뷰에서 아버지에 대해 이렇게 회고했다.

"당신 삶이 없었던 분이죠. '내 몸은 내 것이 아니라 나라 것'이라고 생각하면서 사셨습니다. 우리 인간은 때로는 쉬어야 충전이 됩니다. 그러나 아버지에겐 휴식이 없었습니다. 한계를 넘어 혹사하셨어요. 하긴 그 세대는 거의가 다 그랬지요."

박태준의 자녀들은 특히 여름이면 속을 더 많이 끓였다. 가족과 함께 산이나 바다로 휴가를 떠나는 친구들이 못내 부러웠다. 어린 시절 단 한 번도 가족 동반 여행을 가본 적이 없는 아이들은 애꿎은 장 여사를 붙잡고 불평을 늘어놓았다. 그때마다 장 여사가 하던 말이 있다.

"네 아버지는 나랏일로 고생이 말도 아니다. 아버지는 너희 먹여 살리느라 집에도 오지 못하는 불쌍한 분이시다."

이러한 말들은 어린아이들의 입을 막기에 충분했다. 순진무구한 아이들은 쉬지도 못하고 일만 하는 아버지를 동정해 재잘대던 작은 입술을 꼭 다물었다.

아이들에게는 그처럼 의연하게 말했지만, 장 여사 또한 자신이 포항에 내려가는 날이면 남편은 이제나저제나 하는 표정으로 숙소 창문 앞에서 서성였다며, 그 모습을 볼 때마다 눈물이 났다고 회고한다.

떨어져 사는 걸 원망하기는커녕 집에 올 때마다 최선을 다해 기쁘게 해주려는 자식들과, 남편의 입장에 서서 가정의 화평을 위해 노력하는 아내의 존재는 박태준의 든든한 백그라운드였다. 가족들은 박태준에게 포항의 고된 나날들을 버티게 해주는 영양제와도 같은 존재였다. 만일 가족의 사랑과 협조가 없었더라면 박태준이 일편단심 포철에 매진할 수 있었을까?

박태준은 술이 얼큰해져서 기분이 좋아지면 아이들을 한 자리에 불러 모았다.

"진아야, 근아야, 너희 피아노 연주가 듣고 싶구나."

박태준의 신청곡은 항상 트로트였다. 박진아 자매가 나란히 앉아 트로트를 연주하면 박태준은 입가에 미소를 띠고 흐뭇한 표정으로 바라보거나 멜로디에 맞춰 노래를 불렀다. 아버지 앞에서 연주해 보지 않은 트로트가 없을 정도였다고 한다.

"가족에게 최선을 다하려고 노력했던 것처럼 아버지는 계급에 상관없이 만나는 사람 모두에게 최선을 다하는 분이셨어요. 또한 언제나 국익이 최우선이었고 국가가 잘되어야 국민이 잘산다는 얘길 입버릇처럼 하셨습니다."

박태준이 포철을 앞에서 진두지휘했다면 그의 아내 장 여사는 보이지 않는 곳에서 포철의 안주인 역할을 했다. 서울에 살면서 주말이나 특별한 때에만 내려오는 장 여사와 달리 임직원들 가족은 대부분 포항의 사택에서 생활하고 있었다. 타향살이를 하다 보니 아내들은 남편이 출근하고 나면 한데 모여 시간을 보냈다. 이를 지켜본 장 여사는 이런 생각을 했다.

'잡담이나 하면서 아까운 시간을 흘려보낼 게 아니라 생산적인 일을 하면 어떨까. 그러면 보람도 느끼고 훨씬 더 좋을 텐데.'

장 여사가 임직원 부인들을 모아 놓고 자신의 생각을 털어놓자 다들 흔쾌히 찬성했다. 그래서 만든 것이 포철부인회였다. 이후 포철부인회는 포철에 없어서는 안 될 단체가 되었다. 공기 단축 때문에 비상이 걸렸을 때는 맛있는 김밥을 싸서 임직원들의 사기를 돋우었고, 종합 준공식이나 각종 행사 때에도 부인회가 솔선하여 기념식장을 장식했다. 꽃 도매 시장에 가서 꽃을 구입한 뒤 한데 모여서 꽃다발을 만들었다. 대접할 음식도 부인회가 직접 준비했다. 다른 곳에 위탁하지 않고 부인회가 손수 한다는 사실도 중요했지만, 포철의 돈을 조금이라도 절약하자는 의미도 있었다.

"특히 기억나는 것은 한국에서 세계철강연맹총회가 열렸을 때였습니다. 외국 귀빈들이 신라 호텔에 묵었는데, 부인회가 일일이 과일바구니와 꽃바구니를 만들어 방에 들여놓았어요. 그걸 보고 원더풀을 연발하면서 좋아할 때 큰 보람을 느꼈지요."

장 여사는 또한 국제 행사가 있을 때 부인회는 반드시 한복을 입고 손님들을 맞이했다고 전해 준다. 외국인들은 부인회가 입은 한복이 아름답다며 찬사를 보냈지만, 그것은 결코 비싼 옷이 아니었다. 동대문시장에 가서 따지고 따져서 저렴하게 구입한 한복이었다. 깨끗이 세탁해 놨다가 다음 행사 때 다시 입을 정도로 돈을 아꼈다.

부인회는 이렇듯 포철에서 하는 여러 행사에도 도움을 줬지만 가족 운동을 벌여서 혹시 발생할지도 모를 노사 문제를 미연에 방지하는 역할을 자처하기도 했다. 포철은 당시 자회사, 방계 회사, 협력사까지 합쳐 모두 100여 개사나 되어 노사 문제가 발생할 우려가 컸다. 하지만 부인회를 중심으로 쓰레기 분리 수거나 폐품 활용 등의 일을 하면서 한 가족처럼 마음을 터놓고 지내자 자연히 그런 걱정이 사라지게 되었다. 쓰레기 분리 수거는 포철이 국내에서 처음으로 실천에 옮겼다고 알려져 있다.

"폐품 활용 독려 차원에서 우유팩을 깨끗이 씻어 말려 오면 부인회가 비싼 값에 사주거나 신문지 같은 것도 다른 데보다 비싼 값으로 구입해 줬어요. 열심히 참여해 달라는 의도였지요. 폐품 아이디어 공모전을 실시하기도 하고, 붓글씨나 매듭 등 부인들을 위한 강좌를 만들어 친목 도모를 하기도 했어요."

그러는 사이 포철의 전 직원들은 정말 마음을 터놓고 한가
족처럼 지내게 되었다. 보수도 최고요, 노사 분쟁 없는 안정된
직장으로서, 포철은 젊은이들이 입사하고 싶은 직장 1순위로
선망의 대상이 되었다.

첫 쇳물 나오던 날

1972년 10월에는 10월 유신과 비상 계엄 선포, 국회 해산 등에 이어 유신 헌법이 합법화되었으며, 12월 들어서는 통일주체국민회의에 의해 박정희가 제8대 대통령으로 선출되었다.

1972년 한국 사회는 정치적으로 암울한 시기였지만 박태준은 오직 포철을 제때 완공해야 한다는 일념뿐이었다. 포철은 '공기 2개월 단축'이라는 결전의 목표를 세우고 성공적인 제철소 건설 작업에 매진하고 있었다. 그리고 그해 마지막 날인 31일, 포철은 본사를 서울에서 포항으로 아예 옮겨 버렸다. 현장이 최우선이라는 생각에서였다.

1973년 들어서자 새해 벽두부터 줄줄이 준공식이 이어졌다.

정월 초하룻날 급배수 설비, 시험 검정 설비 준공을 시작으로, 제1기 공사의 10개 공장과 12개 설비가 차례차례 준공되어 시험 조업에 돌입했다.

마침내 고로의 거대한 기둥이 세워져 그 위용을 한껏 뽐냈다. 종합제철소의 꽃이라고 불리는 병 모양의 고로는 높이가 약 60~90미터나 되기 때문에 몇십 킬로미터 밖에서도 금방 눈에 띄었다. 가까이 다가갈수록 고로의 몸체는 로켓 발사대를 연상시켰다. 고로 내부는 잘 들여다볼 수 없기 때문에 밖에서는 그 안에서 아무 일도 없는 것처럼 보이지만, 그 내부는 강력한 가스 작용으로 온도가 화씨 3천 도까지 올라간다. 고로에 연료를 장입하는 장치는 지면에서 꼭대기까지 약 45도 각도로 기울어져 있으며, 그 속에는 철광석, 코크스, 기타 부원료 들을 고로에 운반하는 컨베이어 벨트가 설치되어 있다. 고로 본체 바로 옆에는 원통형 철 구조물이 여러 개 서 있는데, 이 속에 고로에서 나오는 폐가스를 저장한다. 이들은 고로의 절반 높이 정도로, 폐가스를 고로에 다시 내보내는 파이프와 도관 들로 둘러싸여 있다.

제1기 공사의 절정은 '고로 화입'과 '첫 출선'이었다. 다른 공장들은 반제품을 갖고 완제품을 만드는 것이라 고로에서 용선이 나오기 전까지는 종합제철소가 완공되었다고 할 수 없었다.

제1고로 화입일(火入日)은 1973년 6월 8일로 잡혔다. 박태준은 5월 7일, 'D−32'라고 쓴 표지판을 내걸었다. 이제 하루하루 그 숫자가 줄어들다가 마침내 제로가 될 것이다. 고로에서 작업하는 직원들은 D−32일 부로 빨간 안전띠를 착용했다. 정신 무장의 의미였다.

포철 임직원들은 한국의 미래를 환하게 밝혀 줄 상징인 고로 점화식을 준비했다. 햇빛을 이용하여 채화한 원화로 고로를 점화하려는 계획이었다.

D−1일인 1973년 6월 7일 점화식 바로 전날, 포철 임직원들은 모두 광장으로 모여들었다. 광장 나무단상 위에는 모든 사람이 원화 채화식을 볼 수 있도록 특별히 원화로를 만들어 고정시켜 놓았다. 박태준이 단상에 올라서서 돋보기를 들고 햇빛의 초점을 채화봉 끝에 모았다. 잠시 후 가느다란 연기가 피어오르자 그가 채화봉을 원화로에 갖다 대어 불을 댕겼다.

6월 8일, 드디어 점화식의 날이 밝았다. 이낙선 상공부 장관이 포철에 도착하자, 밤새도록 타고 있던 원화로에서 불을 받은 봉송주자 7명이 차례차례 불씨를 넘겨받았다. 그 광경을 구경하던 임직원과 건설 요원들은 흥분에 휩싸였다. 마지막 봉송 주자가 원화봉을 들고 이낙선 상공부 장관과 박태준 사장이 기다리고 있는 고로 주상(철기둥) 위로 올라갔다. 원화봉을 넘겨받은 두 사람은 길이 1.8미터의 화입봉에 불을 댕긴 뒤 풍구 속으로 들이밀었다. 1973년 6월 8일 오전 10시 30분, 온 국민이 지켜보는 가운데 우리나라 최초로 고로에 불이 지펴졌다.

고로 화입이 인간에게 있어 결혼과 같은 것이라면, 첫 출선은 처음으로 맛보는 2세의 탄생과 같은 것이어서 관계자 모두는 타오르는 고로의 불길 앞에서 성공적인 첫 출선을 염원했다.

철광석을 녹여 쇳물을 만들기에 적합한 온도는 화씨 2,300도. 그 온도까지 고로가 가열되려면 보통 19시간에서 21시간이 걸린다. 고로에서 첫 쇳물이 나오는 다음 날 아침 7시경까지 박태준을 비롯한 임직원들은 모두 기대 반 우려 반으로 밤잠을 설치며 기다렸다.

이튿날인 6월 9일 새벽 5시 30분. 임직원들이 하나둘 고로의 주상으로 모이기 시작했다. 역사적인 순간을 눈으로 확인하기 위해 수백 명의 포철 임직원들이 모여들었다. 오전 7시 정각, 박태준 사장과 임원들, 건설 요원들이 고로의 주상으로 올라섰다. 박태준의 가슴이 쿵쿵 뛰기 시작했다. 과연 한국 역사상 최초의 대형 고로에서 쇳물이 터져 나올 것인가. 그간의 고생이 환희로 바뀔 수 있을 것인가. 초조한 순간이었다. 두근대는 가슴을 진정시키느라 손바닥을 가슴에 지그시 누르는 사람도 있었다. 누구도 입을 여는 사람이 없었다.

"펑!"

7시 30분, 굉음과 함께 고로의 구멍이 펑 하고 뚫렸다.

출선구를 뚫고 나온 강렬하고도 아름다운 섬광이 쇳물 구멍에서 허공으로 치솟았다. 이어 용암과도 같은 액체가 꾸물꾸물 흘러나왔다. 그것은, 쇳물이었다! 마침내 출선구가 열리면서 우리 손으로 만든 국내 최초의 쇳물이 힘차게 흘러나온 것이다. 고로 주상 앞에서 이를 지켜보던 박태준 사장과 임직원, 건설 요원들은 일제히 목청을 높여 환희에 찬 만세를 불렀다. 그들의 얼굴은 감격의 눈물로 뒤범벅되었다.

"나왔다!"

찬란한 불똥이 허공으로 휘날렸고, 시뻘겋고 뜨거운 쇳물이 도랑으로 쏟아져 내렸다.

"만세! 만세!"

누군가의 외침을 신호로 모두들 목청이 터져라 만세를 불렀다. 고로 내부는 환호의 물결로 가득했다. 박태준도 불끈 쥐었던 주먹을 펴면서 두 팔을 번쩍 들어올려 누구보다 크게 "만세!"를 외쳤다.

이때의 감격을 조말수 전 사장은 2004년 2월 19일자 「포스코신문」과의 인터뷰에서 이렇게 전하고 있다.

"첫 쇳물이 나오던 때의 감격은 아직도 잊을 수 없습니다. 당시 건설 현장에 있던 사람 중 울지 않은 사람이 없었을 겁니다. 그때의 감격을 잊지 못해 1973년 7월 이전 입사자로 쇳물회를 구성했습니다."

그때 가장 속을 끓인 사람은 조용선 고로 공장장과 그의 팀원들이었다. 확실한 초출선(初出銑)을 위해 예행연습을 하다가 이날 오전 5시쯤 출선구(出銑口) 주변에 묻힌 80밀리미터짜리 파이프를 망가뜨렸기 때문이다. 할 수 없이 그들은 두께가 2미터나 되는 출선구를 직접 산소 용접기로 뚫었다. 한마디로 피 말리는 작업이었다. 다행히 예정된 시간에 펑 하는 굉음과 함께 쇳물이 흘러나오자 그들은 목이 메었다. 서로 손을 부여잡고 감격의 눈물을 흘렸다.

이날 저녁 박태준은 자신과의 금주 약속을 풀고 술을 마셨다. 1968년 11월 허허벌판을 방문했던 박 대통령의 쓸쓸한 독백에 자극받아 금주를 결심한 뒤 처음으로 잡은 술잔이었다.

포철은 6월 19일에는 분괴 공장과 강편 공장을 준공했다. 이로써 제선·제강·압연 등 총 22개 공장과 부대 설비로 구성된 '종합제철 일관 공정'이 전부 완성되었다. 포항 제1기 공사는 한국 역사상 가장 큰 공사였다.

첫 쇳물이 터져 나온 날로부터 한 달 조금 못 된 7월 3일 오전 10시, 박 대통령 내외를 비롯한 국내외 귀빈들과 건설 요원들이 모인 가운데 포항 제1기 공사 종합 준공식이 열렸다. 영일만 모래벌판에는 22개의 대형 공장이 웅장하게 서 있었다. 이날 박태준은 박 대통령의 전폭적인 지지와 모든 분들의 성원에 힘입어 1기 공사를 무사히 완료했으며, 이제부터는 포항 제2기 공사에 착공한다고 선언했다. 제2기 공사가 완공되면 포철의 국제 경쟁력이 한층 강화될 것이라는 점도 강조했다.

다음으로 연단에 오른 박 대통령은 감격에 겨운 표정으로 치열한 전투와도 같았던 공사 현장에서 포철 임직원들이 겪은 노고를 치하했다. 박태준과 임직원들은 새삼 지난날을 떠올리며 가슴이 뭉클해졌다.

박 대통령은 이날 일본 기술 자문단, 설비 공급업체, 시공업체들을 포함하여 포철 건설에 참여했던 모든 사람들에게 깊은 감사를 표한 뒤, 포철 건설에 공을 세운 사람들에게 식장에서 바로 산업훈장을 수여했다. 나가노 시게오 신일본제철 명예회장 등 2인에게는 금탑산업훈장을, 고준식 포철 부사장과 아카자와 쇼이치 후지쓰 전무에게는 은탑산업훈장을, 박종태 포철 제철소장 등 2인에게는 동탑산업훈장을, 마키다 하사오 니혼 강관 사장과 황경노 포철 이사, 노중렬 포철 동경사무소장 등 3인에게는 철탑산업훈장을, 아리가 도시히코 신일본제철

부장 등 5인에게는 산업포장을 수여했다. 포항제철과 임직원 일동에게는 대통령단체표창이 돌아갔다.

박태준은 그동안 포철을 건설하기까지의 경과보고를 했다. 이때 그는 숙연한 목소리로 다음과 같이 다짐했다.

'앞으로 포철은 중화학공업의 핵심적 위치를 점하며, 보다 비약적인 국가 경제 발전에 공헌할 것으로 확신합니다.'

박태준은 종합제철소 건설 과정을 전투라고 규정했고, 전투에 참전한 이상 이겨야 한다고 강조했다. 그의 말대로 임직원들은 3년 동안 전투에 참전해 마침내 승리했다. 포철의 모든 임직원들이 힘을 합쳐 이룩한 영일만의 기적이었다. 포항종합제철 건설은 박태준이 연출한 한 편의 성공 드라마였다.

한국 역사상 초유의 대역사가 예정 공기를 두 달이나 단축해 완벽하게 마무리되었다. 포철은 조강 톤당 건설 단가가 251달러에 불과했다. 이는 비슷한 시기에 건설된 대만 CSC의 667달러, 일본 오기시마 제철소의 626달러에 비하면 40퍼센트 수준이었다. 이렇게 하여 세계적 철강 기업으로 도약할 포철은 원가 경쟁력에서 우위를 차지할 수 있었다.

제철소 건설에서 공기가 하루라도 지체되면 막대한 손실이 발생하지만 반대로 하루라도 앞당기면 총비용이 절감되어 경쟁우위를 확보할 수 있다. 공기 단축으로 포철은 총 공사비의 약 3퍼센트에 해당하는 5백만 달러를 절약했고, 그 결과 생산비 절감과 국제 경쟁력에서 우위에 설 수 있었다. 이를 두고 국제 철강 사회에서는 '포철의 기적'이라고 불렀다. 그리고 기적을 이룬 박태준에게 커다란 관심을 갖게 되었다.

박태준은 그 자리에 머물기를 원치 않았다. 그의 마음속에는 원대한 포부가 자리 잡고 있었다. 포항에서 4기에 걸쳐 연산 1천만 톤 생산 체제를 성공리에 완성한 뒤, 최소한 포항만한 규모의 제2제철소까지 건설하여 포철을 세계 최고의 철강회사로 키우고 싶다는 야망이었다. 그리고 실제로 이 무렵 정부 일각에서는 조심스럽게 제2제철소 입지 선정이 거론되고 있었다.

사장님 존경합니다

　박태준은 오직 국가와 민족을 위한 일념으로 매진해 이 땅에 철강 산업을 꽃피웠지만 개인적으로는 큰 희생을 치러야 했다. 박태준이 포철 건설과 경영에 전념하는 동안 그의 가족은 가장의 부재로 많은 불편함을 감수했고, 박태준 또한 가족들에게 미안한 마음을 안고 살았다. 또한 부러질망정 절대 휘지 않는 올곧은 성격으로 그 자신과 가족들은 예기치 못한 수난을 겪었다.

　포철을 건설하는 과정에서 박태준은 본의 아니게 많은 정적들이 생겼다. 그들이 박태준을 싫어한 이유는 단 하나, 자기네들과 생각이 달랐기 때문이다. 즉 정치 헌금이나 뇌물 공여 등에 절대로 타협하지 않는다는 점 때문에 미움을 산 것이었다. 그들은 박태준을 단순히 싫어하는 것에만 그치지 않고 시시때 때로 제거하려고 모함을 했다. 그가 불이익을 감수하면서도 절대 굴복하지 않은 이유는 머릿속에 뿌리 깊게 박혀 있던 '조상의 피맺힌 돈'이라는 인식 때문이었다. '그 돈은 오직 포철 건설에만 사용되어야 한다'는 철저한 신념 때문에 불의와 타협하지 않았고, 그 신념 때문에 포철을 성공적으로 완공할 수 있었다.

1974년 여름에 일어난 사건도 박태준의 이런 강철 같은 소신 때문이었다. 그날 장 여사는 주말을 이용하여 포항에 내려가 집에는 고등학교 2학년인 맏딸 박진아와 어린 동생들만 있었다. 박진아가 동생들을 도와가며 등교 준비를 하고 있는데 벨이 울렸다. 나가 보니 낯선 남자 둘이 서 있었다.

"네 어머니가 밀수품을 사들였다는 혐의가 포착되어 관세법 위반 혐의로 집을 수색하겠다."

그들은 수색 영장을 보이고는 성큼 안으로 발을 들였다. 검찰에서 나온 사람들이었던 것이다.

밀수라는 말에 깜짝 놀란 박진아는 사태의 심각성을 즉시 인지했다. 일단 동생들을 등교시킨 뒤 자신은 학교에 가지 않기로 했다.

당시에는 외제품 사고파는 일을 불법으로 규정짓고 있었다. 따라서 딱히 죄가 드러나지 않는 특정 인물을 혼내 주기 위한 방법으로 종종 '밀수품 구입'이 이용되었다. 타깃이 된 인물의 집을 불시에 수색하면 양담배나 위스키 한 두 병쯤은 흔히 발견되었다. 박태준의 집에 들이닥친 사람들도 바로 이 점을 노린 것이었다.

박진아는 그들이 어디를 가든 찰싹 붙어 다니면서 감시했다. 어려서부터 책을 많이 읽어 상상력이 뛰어났던 박진아는 혹시나 그들이 있지도 않은 밀수품을 슬쩍 집어넣은 다음 누명을 씌울까 봐 걱정되었던 것이다.

이 잡듯이 뒤져도 박태준의 집에서는 원하는 물건이 나오지 않았다. 다만 안방에 있는 장롱과 금고만큼은 굳건히 잠겨 있어서 확인할 수 없었다. 열쇠는 포항에 가 있는 장 여사의 가방 속에 들어 있었다. 장롱이나 금고에 자신들이 생각하는 물건이 들어 있을 것이라고 짐작한 그들이 딱지를 붙이면서 말했다.

"엄마 오시는 대로 전화해라."

박진아의 연락을 받은 장 여사가 포항에서 부랴부랴 집으로 달려왔고, 연락을 받은 수사관들이 다시 찾아왔다. 그들은 금고와 장롱 안에서 비싼 밀수품이나 돈뭉치가 나오길 기대했으나 장롱에 들어 있는 것은 옷가지와 이불뿐이었고, 금고 역시 집문서와 패물 몇 가지, 그리고 해외 출장 중에 쓰고 남은 외화 몇 푼이 고작이었다.

"어찌 된 일이야? 어떻게 이럴 수 있지?"

그들은 서로 마주 보며 난처한 표정을 지었다. 이렇게 가택 수색은 어쭙잖은 촌극으로 끝났다.

박태준은 전화를 받고 깜짝 놀라 허겁지겁 서울로 가던 아내의 모습이 자꾸만 떠올랐다. 남편을 잘못 만나 별일 다 당하는구나 싶어 미안하기 그지없었다.

이때의 가택 수색은 포철 제2기 공사에 들어갈 연주 설비 구매와 관련이 있었다. 연주 설비는 오스트리아의 푀스트, 스위스의 콩캐스트 및 독일의 만네스만 데마그 등 세계에서 세 회사만 제작할 수 있는 당시 막 개발된 최신 설비였다. 공개 입찰 결과 오스트리아의 푀스트에 낙찰되자 스위스의 콩캐스트가 결과에 불만을 품고 포철이 뇌물을 받고 부당하게 입찰을 실시했다는 진정서를 한국 정부의 관계 기관에 돌린 것이었다. 1973년에 있었던 연주 설비 구매액은 1천간 달러나 되었다. 그 엄청난 돈을 손에 쥐지 못하자 콩캐스트가 이리저리 쑤시고 다녔던 것이다.

가택 수색에서 원하던 결과를 얻지 못하자, 이번에는 포철이 수난을 당했다. 청와대 고위 공직자들에서부터 중앙정보부, 여러 사정 기관들까지 연이어 포철을 괴롭혔다. 박태준은 이때 자신에 대한 박 대통령의 신임까지 의심했다. 그렇지 않고서야 이렇게 전방위로 숨통을 조여 올 수는 없을 거라는 생각이었다. 자신이 포철을 그만두는 수밖에 없었다.

박태준은 기회를 봐서 청와대로 들어가 제출할 요량으로 사표를 몸에 지니고 다녔다. 마침 대구를 시찰 중이던 박 대통령이 귀경길에 포철 영빈관에서 하룻밤 묵게 되었다.

박태준은 박 대통령에게 사직서를 내밀었다.

"이게 뭐야? 도대체 왜 그래?"

박태준은 자신이 왜 사직을 결심하게 되었는지 설명했다. 긴 이야기 끝에 이렇게 말했다.

"저만 당하는 것도 참기 어려운데 포철에 다닌다는 이유로 직원들도 가택 수색을 당했습니다. 아무리 생각해도 제가 포철을 떠날 때가 된 것 같습니다."

가택 수색을 받았다는 박태준의 말에 박 대통령은 큰 충격을 받았다. 그 표정을 보고서야 비로소 박태준은 이 일에 대통령이 개입하지 않았음을 알게 되었다. 그러나 더 이상은 그런 꼴을 당하고 싶지 않았다.

박태준은 일어나 공손히 작별 인사를 했다.

"나라를 위해 일한 게 죄가 된다면 그 죄를 더 이상 짓지 않기 위해서라도 저는 회사를 그만둬야 할 것입니다."

"사표는 받아들일 수 없어. 앞으로는 절대 그런 일 없도록 조처할 테니 집어넣게."

박 대통령은 이 사건에 연루된 고위 공직자들과 중앙정보부, 정치인들에 대해 모두 조사한 후 그에 합당한 조처를 취했다. 그리고 약속한 대로 다시는 그와 같은 일이 일어나지 않았다.

제철소 건설은 대한민국 역사상 가장 큰 금액이 오가는 공사였던 만큼, 잘만 끼어들면 막대한 돈을 챙길 수 있었다. 뻔히 떡고물이 눈에 보이는데 박태준이란 장애물이 버티고 있으니 억울하고 아까웠던 것이다.

제철소는 아무나 건설할 수 있는 것이 아니었다. 박태준이 아니었더라면 불가능했을 일이라고 많은 사람들이 한 목소리로 말한다. 또한 박태준이 다른 일부 관료들처럼 개인적으로 착복하고자 했다면 포철 건설은 성공적으로 이뤄질 수 없었을 것이다. 자신은 물론이려니와 가족의 희생까지 담보하여 헌신한 결과 얻은 값진 성공이었다.

박태준이 박정희 대통령을 마지막으로 본 것은 1979년 초가을 어느 늦은 밤이었다. 박 대통령의 열세 번째 방문이었다. 박태준은 대통령의 수행 비서로부터 포철 영빈관으로 와달라는 전갈을 받았다. 박태준이 도착했을 때 박 대통령은 자작하고 있었다. 유난히 외로워 보였다. 왠지 그 모습에 박태준의 콧등이 시큰해졌다. 박태준이 자리에 앉자 박 대통령이 그의 잔에 술을 채웠다. 주거니 받거니 술잔이 몇 순배 돌았을 때, 박 대통령이 먼저 입을 열었다.

"그래, 일본에 겨우 일주일 다녀왔다고? 부인과 함께 세계 일주라도 하라고 특별 휴가를 준 것인데, 정말 무심한 남편이구먼."

제3기 공사가 끝났을 때 박 대통령이 그에게 아내와 함께 해외여행을 다녀오라고 특별 휴가를 주었다. 그러나 박태준은 짧게 일본 여행을 다녀왔다.

"제4기 공사까지 완공하려면 아직도 넘어야 할 산이 많습니다. 저만 고생한 것이 아니잖습니까. 포철의 모든 임직원이 함께 이룬 일이니 저 혼자 쉰다는 것은 있을 수 없는 일입니다. 그러나 각하의 배려에는 정말로 감사드립니다."

"임자 말이 맞아. 우리는 아직 갈 길이 멀지."

박태준도 몰랐고, 박 대통령도 알 수 없었던 두 사람의 마지막 만남. 그로부터 얼마 지나지 않은 10월 26일, 박 대통령이 현직 중앙정보부장에 의해 암살당하는 사건이 일어났다. 18년간의 장기 집권이 막을 내리던 순간이었다.

박태준은 27일 새벽, 포항 숙소에서 이 비보를 들었다. 너무 놀라 믿을 수 없었다. 비통하고 허무했다. 사흘 동안 외부와 모든 연락을 끊고 두문불출했다. 박태준 개인으로서는 감당하기 힘든 비극이었다.

1948년 육사 생도 시절 처음 만난 박 대통령은 박태준의 스승이자 동지였다. 박 대통령, 박태준 두 사람 가운데 어느 한 사람이라도 없었더라면 종합제철소를 이 땅에 건설할 수 있었을까. 박 대통령의 전폭적인 지원과 무한한 신뢰, 그리고 박태준의 강력한 리더십과 소신이 이룩한 포항제철이었다.

포항제철은 설립 이래 지금까지 한 번도 적자를 낸 적 없는 국가의 중요 기간산업이자 수출 산업으로 성장했다. 조강 생산 능력 세계 1, 2위를 다투는 등 국가 발전의 최고 핵심 산업으로 발전했다.

외환 위기, 국가 부도 사태를 막다

평생 포철밖에 모르던 박태준은 쉰세 살이던 1980년 정계에 입문했다. 육사 후배인 전두환 전 대통령의 요청 때문이었다. 국가보위입법회의 제1경제위원장을 거쳐, 이듬해 민정당 전국구 비례대표 의원이 됐다. 박 대통령이 일찍이 그렇게 권유해도 눈 하나 깜짝하지 않던 그가 정치에 발을 들여놓은 데는 나름대로 이유가 있었다.

"박정희 대통령이 서거함에 따라 포철을 정치적 외풍으로부터 지켜 줄 울타리가 사라졌다. 그래서 내가 정치에 참여해 스스로 울타리가 되어야 했다"고 박태준 스스로 밝힌 것처럼, 그가 정계에 뛰어든 이유는 목숨과도 같은 포철을 외풍으로부터 보호하기 위한 고육책이었다.

그러나 뒤늦게 뛰어든 그의 정치 생활은 성취보다 좌절이 많았다. 빛과 그늘이 교차했다. 박 대통령의 무한 신뢰로 승승 장구하면서 '영일만의 기적'을 이룬 화려한 이력에 비해 정치 쪽에선 내내 부침을 겪었다.

국회의원으로 3선 경력의 박태준은 노태우 전 대통령의 권유로 1990년 1월 민정당 대표까지 올랐지만, 1년 뒤 3당 합당 후 고난이 시작되었다. 1992년 민자당 대선후보 경선 때 김영삼의 반대편에 선 것이 두고두고 그의 발목을 잡았다. 대선 후보인 김영삼이 도움을 요청했으나 거절했기 때문이다. 대통령 후보 물망에 올라 있던 박태준은 이때 대선 후보 경선에 나서려 했으나 김영삼의 압박에 밀린 노 전 대통령이 "박 선배가 나가시면 이런저런 문제가 생길 수 있다"며 거의 협박에 가까운 말로 그의 출마 포기를 강권했다. 이에 박태준은 "대통령 선거가 끝나면 나는 국회의원을 그만두고 정계를 떠나겠습니다"라고 자신의 뜻을 분명히 밝혔다. 그리고 김영삼이 대선 후보가 된 뒤, 그해 10월 실제로 그렇게 했다.

1993년 김영삼 대통령 취임 후 김영삼 정권과 불화가 시작되었다. 국세청의 포철 세무 조사가 진행되면서 포철 명예회장직이 박탈당하고 뇌물 수수 혐의로 기소되었다. 이때 박태준 본인을 비롯하여 가족과 친인척, 측근들에 대해서도 전방위 비자금 조사가 있었다. 출가한 지 10년도 더 된 자녀들의 주식도 박태준의 재산으로 만들어 발표했을 정도로 혹독한 정치 보복이었다. 평생을 바친 포철의 퇴직금까지 압류당해 박태준은 무일푼이 되었다.

회사 돈을 정치에 유용한 흔적은 그 어디에서도 발견할 수 없었지만, 아무리 박태준이라도 살아 있는 권력과의 싸움에서 이길 수는 없었다. 정치적 탄압을 피할 길 없었던 그는 김영삼 정권이 출범하던 1993년 3월, 망명객 신분이 되어 무일푼으로 장옥자 여사와 함께 일본으로 떠났다.

박태준은 1993년 말『한국논단』이도형 발행인과의 인터뷰에서 "실제 정치를 해보니 여기저기서 들어오는 돈이 있긴 하더라. 하지만 나는 한푼도 갖지 않고 전부 다 나눠 주었다"며 자신의 결백을 밝혔다. "귀국 의사는 없는가?"라는 질문에는 "국민과 국가로부터 인정도 못 받는 사람이 어떻게 귀국할 수 있는가. 일본에는 친구가 있지만 한국에는 친구가 한 명도 남아 있지 않다"라고 말했다. 이 발언으로 우리는 당시 그의 심정이 어떠했을지 미루어 짐작할 수 있다.

1994년 모친상을 당했을 때는 구금될 각오로 귀국해 상을 치른 뒤 기소 중지자 신분으로 대검찰청에 출두했다. 모친의 임종을 지키지 못한 사실에 그는 두고두고 가슴 아파 했다.

도쿄의 13평 아파트에서 살던 부부는 1997년 5월 5일 와신상담 끝에 귀국하기로 마음먹었다. 4년간의 유랑 생활이 끝나가자 만감이 교차하는 표정으로 장 여사가 물었다.

"어디로 가고 싶으세요?"

그는 망설이지도 않고 대답했다.

"포항으로 가고 싶소."

어찌 포항으로 가고 싶지 않겠는가. 가장 소중했던 한 시절을 거기에 묻고 떠나 왔는데⋯⋯. 장 여사는 박태준이 차마 발설하지 못하고 삼켜 버린 나머지 말을 잘 알고 있었다. 그녀는 뒤돌아서서 남편 모르게 눈물을 훔쳤다.

한국으로 돌아온 박태준은 포항 보궐 선거에 무소속으로 출마했다. 선거 과정에서는 상당한 어려움이 뒤따랐다. 재산이 모두 압류된 상태인 데다 기업인이나 개인들 모두 김 대통령의 눈치를 보느라 아무도 도와주지 않았다.

어느 날 장 여사가 박태준에게 두툼한 봉투를 내밀었다.

"이것이 뭐요?"

"반지를 내다 팔았어요. 선거 비용에 보태 쓰세요."

일본에서도 고생만 시켰는데 패물까지 내다 팔다니, 그는 아내에게 너무나 미안했다. 하지만 받지 않을 수 없었다. 패물

판 돈에다 여기저기서 빌린 돈을 합치니 겨우 기탁금과 선거 비용이 충당되었다. 그는 만만치 않은 저력의 이기택 총재를 이기고 당선돼 명예를 회복했다. 거기다 이른바 DJT연대까지 이뤄 냈다.

박태준이 포항에서 보궐 선거를 통해 국회의원이 된 1997년, 대한민국은 대단히 심각한 경제 위기에 처해 있었다. 1월 23일 한보철강의 부도를 필두로, 3월부터 6월 사이 삼미, 진로, 대농, 한신공영 등 대기업이 연쇄 부도를 맞았다. 이어 7월에는 기아도 협조 융자를 신청해 사실상 부도 상태에 돌입했고, 10월에는 쌍방울과 태일정밀 등이 쓰러졌다. 홍콩 증시가 폭락했다. 이런 상황에 미국 투자 기관 모건 스탠리가 「아시아를 떠나라」라는 보고서를 띄우자 기다렸다는 듯 주가는 500선이 붕괴되었다. 10월 30일에는 외환 시장 개장 8분 만에 대미 달러 환율이 1일 변동폭 상한선까지 폭등해, 사실상 거래가 중단되는 사태가 벌어졌다. 11월에는 해태와 뉴코아가 부도났다.

36년 만에 문민 정부로 출발했으나 김영삼 정부가 국가 경영을 잘못하여 대한민국 경제가 큰 위기에 봉착한 것이다. 안타까운 일은 11월 10일 홍재형 당시 부총리와 통화를 하고서야 비로소 김 대통령이 외환 위기의 심각성을 인지했다는 사실이다. 14일에는 강경식 부총리가 청와대 보고에서 "미국 등

우방으로부터 돈을 빌려 보겠으나 여의치 않으면 IMF로 가야 한다"고 설명했다. 사태는 숨 막히게 돌아갔다. 16일 미셸 캉드시 IMF 총재가 극비리에 방한했고, 19일 김 대통령은 경제 위기 책임을 물어 강경식 부총리와 김인호 수석을 경질하고 임창렬 경기도지사를 신임 부총리로 임명했다. 20일, 또다시 외환 시장의 거래가 사실상 중단되는 사태가 발생했다. 대한 민국은 벼랑 끝에 서 있는 위태로운 처지가 되었다.

자민련 총재로 취임한 21일, 박태준은 청와대 저녁 식사에 초대받았다. 경제난 극복 방안을 논의하기 위한 회동으로, 김 대중 새정치국민회의 후보를 비롯하여 이회창 한나라당 후보, 조순 한나라당 총재 등이 함께 초청되었다. 임창렬 경제부총리와 김영섭 경제수석, 김용태 비서실장, 신우재 공보수석 등이 배석했다. 국민신당의 이인제 후보와 이만섭 총재는 이 초대에 응하지 않았다.

위급한 상황인 만큼 모든 참석자의 얼굴에 나라에 대한 걱정과 우려가 가득했다. 바늘이 떨어져도 소리가 들릴 만큼 고요했다. 무거운 침묵을 깬 사람은 박태준이었다. 박태준이 임 부총리에게 현재 상황에 대한 설명을 요구하자 임 부총리가 대답했다.

"현재 우리의 외환 보유고는 50억 달러입니다. 그런데 연말까지 갚아야 하는 빚이 200억 달러이고, 내년 1월까지 100억 달러가 더 있어야 합니다. 국제통화기금과 세계은행에 100억 달러를 지원 요청하고, 나머지는 G7에 부탁해야 합니다."

국가 부도 사태나 다름없었다. 박태준이 지난 1992년 대선 때 '김영삼 후보가 대통령 되면 나라가 망한다'는 요지의 발언을 한 적이 있는데, 그 말대로 되어 버린 것이다.

'나라를 이 지경으로 만들다니!'

박태준은 분노가 끓어올랐다.

김영삼 대통령은 참석한 정치인들에게 IMF행의 불가피성에 대해 설명하고 양해를 구했다. IMF 관리 체제를 수용하기로 한 국무회의의 결정을 받아들여 달라고 부탁하는 자리였던 것이다. 국가 부도 사태로 가는 길은 막아야 했기에 참석자들은 김 대통령의 의견에 모두 동의할 수밖에 없었다. 그러자 김 대통령은 조금 뒤 임 부총리가 IMF에 대한 정부의 자금 지원 요청 사실을 국민들에게 공식 발표할 것이라고 말했다.

누구든 달러를 구해 와야 하는 급박한 상황이었다. 김영삼 대통령은 이틀 뒤 캐나다 밴쿠버에서 열리는 아시아태평양경제협력체(APEC) 회의에 참석해 자금 지원 요청을 하겠다고 말했다. 임 부총리는 일주일 뒤인 28일 일본으로 건너가기로 했다.

정치인들의 동의를 받고 이날 밤 10시 20분 임 부총리는 공식 기자 회견을 가졌다. 세종로 정부청사 대회의실에서 내외신 기자들이 운집한 가운데 'IMF 구제 금융을 요청 한다'는 내용의 발표문을 읽어 내려갔다. 과천 정부 종합청사에서 발표하는 게 순리였으나 거기까지 갈 시간이 없었다. 상황이 그만큼 급박했다. 이튿날인 22일에는 '우리 경제가 매우 어려운 상황에 처해 있으며 대통령으로서 국민에게 참으로 송구스럽다'는 내용의 특별 담화문을 김 대통령이 발표했다.

28일, 일본에 간 임 부총리는 미쓰즈카 히로시 대장성 장관과 원조 회담에 들어갔으나 "IMF로 가지 않으면 지원은 없다"는 대답만 듣고 돌아왔다.

당시 일본 대장성의 실무 책임자는 사카키바라 에이스케 재무관이었다. 그런데 그와 미쓰즈카 대장성 장관의 최고 선배가 다케시타 전 총리였다. 다케시타는 박태준의 도쿄 유랑생활을 보살펴 줬던 인물로, 박태준과는 와세다 대학교 동문이었다.

임 부총리가 일본의 자금 지원 요청에 실패했으니 이제 박태준이 도쿄로 가야 했다. IMF가 국내의 30가 종금사 중 12개의 즉각 폐쇄를 요구하던 11월 30일, 박태준은 부랴부랴 도쿄로 향했다. 떠나기 전 「닛케이 신문」과의 단독 인터뷰에서, 어떤 계획을 가지고 있느냐는 기자의 질문에 박태준은 이렇게 대답했다.

"하시모토 류타로 총리와 다케시타 전 총리 등 한 사람이라도 더 많은 일본의 지도자와 만나 한국의 금융 위기 극복을 위한 지원을 요청할 것입니다."

그는 강한 의지를 내비치면서 다음과 같이 덧붙였다.

"미쓰즈카 대장성 장관에게는 지난 20일 이미 국제통화기금 지원 계획이 성립되면 잘 부탁한다는 내용의 전화 통화를 한 바 있습니다. 잘되리라 믿어 의심치 않습니다."

박태준이 일본을 방문할 예정이라는 소식을 접한 「니혼 경제신문」에서는 '박태준 자민련 총재가 움직이기 시작했다'라는 요지의 보도를 내보내기도 했다. 박태준은 그 정도로 일본 내에서 인지도가 높았다.

일본에 도착한 박태준은 사카키바라 재무관부터 만났다. 두 사람의 만남은 다케시타의 각별한 요청에 의해 이뤄진 것이었다.

"나와 친한 한국 친구가 있습니다. 그를 만나 주십시오. 서로 도움이 되도록 애써 주시면 좋겠습니다."

사카키바라는 다케시타의 요청을 흔쾌히 받아들였다.

박태준은 초면의 사카키바라와 마주 앉았다. 사카키바라가 악수를 청하며 마치 오랜 지기라도 되는 양 박태준을 반갑게 맞았다.

"다케시타 전 총리로부터 말씀 많이 들었습니다. 이렇게 직접 뵙는 건 처음이지만, 박 총재님에 대해서는 벌써부터 잘 알고 있습니다."

두 사람은 곧바로 한국의 금융 위기 사태에 대해 심도 있는 의견을 교환했다. 사카키바라는 국제 금융계의 핵심 인물답게 한국 상황을 매우 소상히 파악하고 있었다.

"IMF가 100억 달러를 구해 준다고 해도 나머지 100억 달러가 문제입니다."

이런저런 얘기 끝에 박태준이 걱정하는 표정으로 말하자 사카키바라가 물었다.

"혹시 따로 생각해 둔 좋은 방법이 있는지요?"

"일본이 필요 자금의 3분의 1을 내겠다고 먼저 선언해 주시면 좋겠습니다. 그렇게 되면 다른 나라도 한국을 믿고 뒤따를 확률이 높으니 일이 쉽게 풀릴 수 있지요."

이튿날 박태준은 다케시타를 만났다. 두 사람은 함께 식사를 하면서 일본 정부의 자금 지원에 대해 깊은 논의를 했다.

"미쓰즈카 히로시 대장성 장관을 만나세요. 내가 전화해서 약속을 잡아 놓겠습니다."

미쓰즈카 대장성 장관을 만난 자리에서 박태준은 이렇게 요청했다.

"한국과 IMF 실무 팀 간에 가서명이 이루어지는 대로 일본 정부가 즉시 자금 지원을 해주시면 감사하겠습니다."

미쓰즈카 대장성 장관은 긍정적인 반응을 보이면서 시원스레 대답했다.

"잘 알겠습니다, 가능하도록 노력해 보겠습니다."

박태준은 나카소네 야스히로 전 총리, 오부치 게이조 외성 장관 등 다른 주요 정치인과도 만나 대책을 논의한 후 도움을 요청했다.

2박 3일 일정을 모두 마친 박태준은 12월 2일 대한항공 편으로 귀국했다. 공항에는 정치부 기자들이 대거 나와 있었다. 방일 성과에 대해 묻는 기자들에게 박태준은 이렇게 대답했다.

"일본 정부는 한국 정부와 국제통화기금 간의 실무 협상만 타결되면 IMF 이사회의 정식 승인 전이라도 적극 지원해 줄 뜻을 밝혔습니다."

이에 대해 「동아일보」는 즉각 'DJT 특사 박태준 총재, 일서 선물 받아냈다'라는 제목으로 아래와 같은 기사를 내보냈다.

자민련 박태준 총재는 1일 미쓰즈카 히로시 일본 대장상을 만나 선물을 받았다고 평가했다.

명확한 답변은 하지 않았지만 미쓰즈카 대장상이 "한국 정부와 IMF 간의 실무 협상만 타결되면 IMF 이사회의 정식 승인 전이라도 지원해 줄 수 있다"고 한 것은 한국에 대한 국제 사회의 신용도를 높여 줄 것이라는 평가다. 즉 미국 등 IMF 주요 국가들의 능동적인 자금 지원에도 영향을 미칠 것이라는 기대다. 이날 협상을 마친 뒤 배석했던 자민련 김용환 부총재와 국민회의 장재식 의원도 "실질적으로 우리의 소임은 다했다"며 만족스러운 표정을 지었다. 이들은 특히 "정계 원로들이 방향을 잡아야 정부가 움직이는 일본의 독특한 의사 결정 시스템으로 볼 때, 박 총재의 두터운 '일본 인맥'이 주효했다"며 향후 일본 측의 역할에 큰 기대감을 나타냈다.

나아가 DJT 진영의 경제 특사로 나선 박 총재의 방일 성과는 야당 총재로서 여야를 떠난 초당적 외교 협력을 폈다는 점에서 DJT 진영의 성가를 높이는 계기도 될 것으로 보인다.

－동아일보, 1997년 12월 2일자

일본에서 자라고 그곳에서 학교를 다닌 박태준은 일본 정계 인사들과 인연이 깊다. 후쿠다 다케오 전 총리, 나카소네 야스히로 전 총리, 다케시타 노보루 전 총리 등을 그 대표적 인물로 꼽을 수 있다. 박태준이 한일의원연맹 한국 측 대표로 일하던 1982년 당시 일본으로부터 40억 달러의 경협 자금을 받아올 정도로 탄탄한 인맥을 형성하고 있었다.

12월 3일, 임창렬 부총리와 캉드시 IMF 총재 간 공식적인 구제 금융 합의서 서명이 이루어졌다. 이튿날인 4일에는 한라그룹과 고려증권이 부도 처리되었다. 그리고 이날 한국은 IMF 1차 지원금 56억 달러를 제공받았다. 그러나 10일, 또다시 외환 시장이 개장 40여 분 만에 거래가 중단되는 사태가 벌어졌고, 기업어음(CP) 금리가 6일째 법정 상한선까지 치솟는 등 한국의 금융 시장 전반이 마비 사태에 이르렀다.

나라가 위기에 처해 연말연시 분위기도 예년과 달랐다. 1997년 한국의 겨울은 그 어느 때보다 불행하고 우울했다. 도처에 실직자가 넘쳐났고, 보너스는커녕 월급도 제대로 받지 못하는 일이 속출했다. 실직을 비관해 목숨을 끊는 사람도 다른 해보다 많았다.

이런 총체적 난국 속에서도 기쁜 소식은 있었다. 일본이 100억 달러 가운데 3분의 1을 내겠다고 결정한 것이다. 박태준이 해낸 것이다. 그 반가운 소식은 크리스마스 선물로 답지했다. 값진 선물이었다. 일본의 신속한 결정에 미국과 유럽도 각각 3분의 1을 내겠다고 잇따라 통보해 왔다. 하와이 구상의 실현으로 한국에 종합제철소의 새 역사를 썼듯, 박태준은 IMF 위기에서 또 한 번 나라를 구했다. 박태준이었기에 가능한 일이었다.

IMF 위기와 관련하여 이후 긴박했던 사태를 보면, 1998년 1월 30일 재정경제원은 1차 폐쇄 대상으로 10개 종금사를 전격 발표했다. 그리고 그로부터 약 2개월 뒤인 4월 1일에는 금융감독위원회가 공식 출범했고, 4월 27일에는 외국인 투자유치 종합대책을 발표했으며, 5월 12일에는 거평그룹이 부도났다. 금융감독위원회는 6월 18일 퇴출 대상 55개 기업을 발표했다.

한편 이보다 앞선 4월 19일, 박태준은 도쿄 여자의과대학 부속병원에서 정기 검진을 받기 위해 일본으로 향했다. 유랑생활을 하던 1993년부터 이 병원에서 정기적으로 검진을 받고 있었다. 박태준은 이때 건강 체크 외에도 일본 정·재계 실력자들과 접촉해 국제통화기금 관리 체제를 극복하기 위한 한국 정부와 국민들의 노력을 설명하고, 일본의 적극적인 지원을 당부했다.

6월 29일에는 동화, 동남, 대동, 경기, 충청 등 5개 시중은행이 폐쇄 절차에 들어가고, 7월 1일에는 공기업 1차 민영화 방안이 발표되었다. 7월 11일에는 상업은행과 한일은행 간 합병, 9월 10일에는 하나은행과 보람은행 간 합병, 11일에는 국민은행과 장기신용은행 간 합병이 발표되었다. 11월 5일에는 기아

자동차가 현대에 낙찰되었다.

곳곳에서 기업들이 무너지는 경제 위기의 암울함 속에서도 어김없이 우리는 새해를 맞이했다. 그사이 금모으기운동과 같은 범국민 운동이 벌어지기도 했다.

1999년 1월 25일과 2월 12일, 세계적 신용평가기관인 영국의 피치와 미국의 무디스는 각각 한국의 신용 등급을 투자 적격으로 상향 조정했다. 4월 19일에는 대우그룹 구조 조정 계획이 발표되고, 4월 21일에는 동아, 태평양, 한덕, 조선, 두원 등 5개 부실 생보사의 공개매각 절차가 개시되었다. 4월 23일에는 현대그룹 구조 조정 계획이 발표되고, 8월 6일에는 대우자동차와 GM 자동차 부문 간 전략적 제휴 양해각서가 체결되었으며, 10월 30일에서 12월 1일 사이 대우그룹 12개 계열사에 대한 워크아웃 계획이 확정되었다.

우리나라가 경제 위기를 겪은 원인에 대해 전문가들은 외환 보유고 관리의 실패와 과도한 해외 단기 차입금, 환율 운용 정책의 실패, 금융 기관의 부실 등을 꼽았다.

우리나라는 마침내 2001년 8월 23일 IMF 구제 금융 195억 달러 전액을 상환함으로써, IMF 관리 체제에서 졸업했다.

짧은 일생을 영원한 조국에

인구 2만여 명밖에 안 되는 한가로운 어촌이던 포항은 포항 제철 완공으로 연평균 7.5퍼센트의 인구 증가율을 보이며 광역시로 성장했다. 드높은 고로는 24시간 내내 하늘을 향해 불꽃을 뿜어 올렸고, 유연탄과 철강 원석을 가득 실은 대형 화물선들이 온종일 영일만을 들락거렸다. 포철은 훌륭한 업적을 많이 달성했다. 가장 큰 업적은 기록적인 생산량과 당기 순익이었다. 1973년 가동 첫해에 1200만 달러의 이익을 낸 이후 계속해서 흑자 규모가 커졌다.

포항제철 창업 당시부터 25년 동안 최고경영자로 일한 박태준은 "철강이 종교"라고 말하곤 했다. 포항제철은 설비 가동 첫해인 1973년에는 매출 416억, 당기 순익 46억 원으로 시작했으나 박태준이 경영 일선에서 물러난 1992년에는 매출액 149배(6조 1821억 원), 순이익 40배(1852억 원)로 성장했다. 이것은 포항제철이 설비 가동 이후 현재까지 단 한 번의 적자도 없이 흑자 행진을 지속하는 기틀이 됐다.

포철은 정부로부터 제2제철소 실수요자로 지정받아 전라남도 광양만을 매립해, 제2제철소인 광양제철소를 건설했다. 광양제철소는 세계 최고 수준의 기술력과 최첨단 시설, 우수한 환경 설비와 녹지를 갖추고 있다. 마치 숲 속에 있는 듯한 느낌을 주는 친환경 제철소로, 세계적으로 유명하다.

포항 단지의 총규모는 250만 평이고, 광양은 300만 평에 이른다. 이 모든 지역은 녹화 및 조경으로 잘 가꿔져 있어 포항과 광양제철소를 방문하는 사람들은 굴뚝과 공장, 철도 등을 둘러싸고 있는 공원과도 같은 아름다운 제철소 환경에 놀라곤 한다.

박태준은 포항과 광양 두 지역에 3백만 그루의 나무를 심고 조경을 위해 갖가지 꽃과 관목들도 심었다. 특히 포항제철소는 빨간 장미로 유명하다. 빨간 장미는 포철을 상징하는 꽃이자 박태준이 가장 좋아하는 꽃이다. 그러나 단순히 박태준 자신이 좋아한다고 해서 쉽게 정한 것은 아니었다. 장미에 관한 책을 모두 구입해서 읽고 많은 사람들의 의견을 들은 뒤 포철의 꽃으로 정해도 무리 없을 것이라고 확신한 후에야 비로소 결정했다.

아름다운 제철소는 박태준이 갖고 있는 철학의 일부였다. 단정한 유니폼을 입고 안전모를 쓴 직원들은 제철소라기보다는 휴양소 같은 회사로 일하러 간다고 말한다.

1986년 5월에 포철을 방문했던 마거릿 대처 당시 영국 수상은 이렇게 말했다.

"공원처럼 아름다운 제철소 환경에 정말 놀랐습니다. 1986년 예산의 11퍼센트에 해당하는 1억 달러 이상을 제철소 환경을 유지하고 가꾸는 데 사용한다는 말을 듣고 저는 깊은 감명을 받았습니다."

포철은 정부의 대기업 국민주 시책에 따라 1988년 4월 국민주 청약을 실시해 주식을 상장함으로써 명실상부한 국민의 기업으로 거듭났다. 2000년 10월에는 산업은행이 보유하던 지분 36퍼센트를 매각하여 민영화되었으며, 2002년에는 회사명 '포항종합체철주식회사'를 '주식회사 포스코'로 변경하였다.

박태준은 재직 시절 포스텍(포항공과대)을 비롯해 도스코교육재단 산하 초 · 중 · 고교 15개를 설립해 포항과 광양 지역 교육 발전에도 크게 이바지하였으며, 한국 전쟁에서의 공로로 충무무공훈장, 은성화랑무공훈장, 금성화랑무공훈장 등을 받기도 했다. 1987년 5월 13일, 광양 제1기 공사가 완료된 후 철강업계의 노벨상이라 불리는 베서머 금상을 수상했으며, 그 이듬해 5월에는 철강왕 카네기가 세운 미국 카네기멜론 대학교에서 명예 공학 박사 학위를 받았다. 또한 1992년에는 세계 철강업 발전 및 환경 보존에 대한 공로로 윌리코프상을 수상했다.

1874년 영국의 철강 기술자인 헨리 베서머는 특히 철강 산업의 발전에 지대한 공헌을 하거나 혁신적인 철강 제조 기법을 개발한 사람들을 기념할 목적으로 베서머상을 제정하였다. 이 베서머 금상을 기업인이 수상한 것은 박태준이 최초이며, 철강 산업계에서 활동 중인 개인이 받은 것도 처음이었다. 그 전까지는 모두 과학자들에게 수여되었다. 박태준은 자신의 평생 가장 값진 보람 가운데 하나로 이 베서머 금상 수상을 꼽았다. 영국인 베서머는 '무쇠의 시대'를 지나 '강철의 시대'를 활짝 열어젖힌 인물이다. 이 제강법을 적기에 미국으로 들여온 사람이 바로 앤드루 카네기다. 카네기도 은퇴한 뒤인 1904년에 이 베서머상을 받고 감격했다고 한다. 박태준은 카네기와 같은 인물이 되고 싶었다고 말한 적이 있다. 그런데 카네기멜론 대학교에서 학위를 받고 베서머 금상도 받았으니, 박태준으로선 오랜 꿈이 실현된 것이다.

박태준의 베서머 금상 수상을 계기로 포스코장학회는 1999년 '베서머상 수상 기념재단'을 설립해, 2002년부터 과학고와 민족사관고의 우수 과학 영재를 선발해 장학 사업을 시작했다. 그러다가 시너지 효과를 높이기 위해 2009년 포스코청암재단과 베서머상 수상 기념재단을 통합해 '청암 베서머 과학장학사업'으로 명칭을 정했다가 다시 '청암과학펠로십'으로 변경하였다. 청암과학펠로십은 매년 국내에서 수학 · 물리학 · 화학 · 생명과학 등 4개 기초 과학 분야를 연구하는 신진 교수 · 포스트 닥터 · 박사 과정 30명을 선발해 2~3년간 총 7000만~7500만 원의 연구비를 지원하는 기초 과학자 육성 사업으로, 2012년 11월 현재까지 총 120명의 과학자에게 56억 원을 지원했다.

철의 사나이, 강철왕 박태준의 명성은 외국에도 잘 알려져 있다. 미쓰비시 종합연구소, 하버드 경영대학원, 스탠퍼드 경영대학원, 서울대학교 등에서 포철의 성공 사례를 소개하면서 그 성공의 가장 큰 원인은 '박태준의 리더십'이라고 최종적으로 결론을 내린 바 있다. 박태준은 그들에게 자신의 성공 비결은 "저비용으로 고품질의 제품을 생산"한 것이라면서, '경영 상식' 이외의 다른 비결은 없었다고 말했다.

1992년 10월 2일, 광양제철소 운동장에서 종합 준공식이 열렸다. 포철 건설이 시작된 지 25년이 흐른 날이자 대역사의 대미를 장식하던 날이었다. 광양 4기 준공식을 마친 박태준은 곧바로 서울 북아현동 자택으로 올라왔다. 간만에 누워 보는 집이건만 잠을 이룰 수 없었다.

이튿날인 10월 3일은 마침 개천절이었다. 그는 장옥자 여사와 함께 국립현충원으로 향했다. 박 대통령의 자제인 박지만, 박근영을 비롯하여 몇 사람이 먼저 도착해 있었다.

박태준이 국립현충원을 찾은 것은 25년 전 자신을 믿고 임무를 맡겼던 박 대통령을 찾아가 그의 지시를 성공적으로 완수했음을 보고하기 위해서였다. 이때 그의 나이 65세였다. 검은 양복을 단정하게 차려입은 박태준은 박 대통령 묘소 앞에 섰다. 그는 가슴에서 한지에 붓글씨로 쓴 두루마리를 꺼내어 펼쳤다. 고인에게 올릴 마지막 보고문이었다.

각하!

불초 박태준, 각하의 명을 받은 지 25년 만에 포항제철 건설의 대역사를 성공적으로 완수하고 삼가 각하의 영전에 보고드립니다.

포항제철은 빈곤 타파와 경제 부흥을 위해서는 일관 제철소 건설이 필수적이라는 각하의 의지에 의해 탄생되었습니다. 그 포항제철이 바로 어제, 포항·광양의 양대 제철소에 연산 조강 2100만 톤 체제의 완공을 끝으로 4반세기에 걸친 대장정을 마무리하였습니다.

"나는 임자를 잘 알아. 이건 아무나 할 수 있는 일이 아니야. 어떤 고통을 당해도 국가와 민족을 위해 자기 한 몸 희생할 수 있는 인물만이 이 일을 할 수 있어. 아무 소리 마!"

1967년 9월 어느 날, 영국 출장 도중 각하의 부르심을 받고 달려온 제게 특명을 내리시던 그 카랑카랑한 음성이 지금도 귓전에 생생합니다. 그 말씀 한마디에, 25년이란 긴 세월을 철에 미쳐, 참으로 용케도 견뎌 왔구나 생각하니 솟구치는 감회를 억누를 길이 없습니다.

돌이켜 보면 참으로 형극과도 같은 길이었습니다. 자본도, 기술도, 경험도 없는 불모지에서 용광로 구경조차 해본 적 없는

39명의 창업 요원을 이끌고 포항의 모래사장을 밟았을 때는 각하가 원망스럽기만 했습니다. 자본과 기술을 독점한 선진 철강국의 냉대 속에서 국력의 한계를 절감하고 한숨짓기도 했습니다. 터무니없는 모략과 질시와 수모를 받으면서 그대로 쓰러져 버리고 싶었던 때도 있었습니다.

그때마다 저를 일으켜 세운 것은 '철강은 국력'이라는 각하의 불같은 집념, 그리고 열세 차례나 건설 현장을 찾아주신 지극한 관심과 격려였다는 것을 감히 말씀드립니다.

포항제철소 4기 완공을 1년여 앞두고 각하께서 졸지에 유명을 달리하셨을 때는 2천만 톤 철강 생산국의 꿈이 이렇게 끝나 버리는가 절망하기도 했습니다. 그러나 저희는 철강 입국의 유지를 받들어 흔들림 없이 오늘까지 일해 왔습니다. 그 결과 포항제철은 세계 3위의 거대 철강 기업으로 성장하였으며, 우리나라는 6대 철강 대국으로 부상하였습니다.

각하를 모시고 첫 삽을 뜬 이래 지난 4반세기 동안 연인원 4천만 명이 땀 흘려 이룩한 포항제철은 이제 세계의 철강업계와 언론으로부터 최고의 경쟁력을 지닌 철강 기업으로 평가받고 있습니다.

그러나 이것이 어찌 제 힘이었다고 할 수 있겠습니까? 필생의

소임을 다했다고 생각하는 이 순간, 각하에 대한 추모의 정만
이 더욱 솟구칠 뿐입니다. "임자 뒤에는 내가 있어. 소신껏 밀
어 붙여 봐" 하신 한마디 말씀으로 저를 조국 근대화의 제단으
로 불러주신 각하의 절대적인 신뢰와 격려를 생각하면서 머리
숙여 감사드릴 따름입니다.

각하!

일찍이 각하께서 분부하셨고, 또 다짐드린 대로 저는 이제 대
임을 성공적으로 마쳤습니다. 그러나 이 나라가 진정한 경제
의 선진화를 이룩하기에는 아직도 해야 할 일이 산적해 있습
니다. '하면 된다'는, 각하께서 불어넣어 주신 국민 정신의 결
집이 절실히 요청되는 어려운 시기입니다. 혼령이라도 계신
다면, 불초 박태준이 결코 나태하거나 흔들리지 않고 25년 전
의 그 마음으로 돌아가 잘사는 나라 건설을 위해 매진할 수 있
도록 굳게 붙들어 주시옵소서.

불민한 탓으로, 각하 계신 곳을 자주 찾지 못한 허물을 용서해
주시기를 엎드려 바라오며, 삼가 각하의 명복을 비옵니다. 부
디 안면하소서!

1992년 10월 3일

불초 태준 올림

두루마리 글을 읽는 동안 박태준은 결국 눈시울을 적시고 말았다. 눈물이 볼을 타고 흘러 내렸다.

박태준이 평생에 걸쳐 좌우명으로 삼았던 '무엇이든 세계 최고가 되자', '절대적 절망은 없다', '짧은 일생을 영원한 조국에', '10년 후의 자기 모습을 설계하라' 등의 문구였다. 이 화두들을 부여잡고 박태준은 6·25 한국전쟁, 포철 건설 등 한 시대를 헤쳐 왔다. 오로지 조국에 대한 충성과 애국, 그리고 경제 발전을 위해 한 몸을 던졌다.

두루마리에 쓴 글을 읽는 동안 박태준의 눈에서는 쉴 새 없이 눈물이 흘러내렸다. 직업상 그를 만났던 사람은 강한 그의 성격에 기부터 질리지만, 그는 이처럼 섬세하고 여린 면이 있는 사람이었다.

박태준은 종합제철소 건설이라는 박 대통령과의 약속을 완벽하게 지켜 냈다.

국립현충원을 찾은 사흘 뒤, 그는 포철에 사직서를 제출했다. 직원들은 어떻게든 그의 퇴임을 막아 보려고 했지만 그는 "나아가야 할 때와 물러서야 할 때가 있는 법"이라며 고사했다. 하지만 연일 이어지는, 그를 붙잡으려는 직원들의 시위를 보니 명예회장 추대에 응하지 않을 도리가 없었다. 이후 그는 국회의원직을 수차례 역임했으며, 제32대 국무총리직을 맡기도 했으나, 그가 원하던 이름은 '영원한 철강인' 하나뿐이었다.

73세 되던 2000년, 박태준은 소량의 각혈을 했다. 폐 밑에 생긴 물혹이 원인이었다. 그의 폐는 일찍부터 조금씩 나빠지고 있었다. 처음 이상 징후를 발견한 것은 포철 건설이 한창이던 1980년, 제2제철소 건설을 앞둔 시기였다. 그때 처음으로 종합 검진을 받았다. 엑스레이 사진에서 작은 자국이 발견되었지만 눈코 뜰 새 없이 바빠 입원이고 뭐고 고려할 만한 상황이 못 되었다. 그러나 사실 안 좋은 데가 어디 폐뿐이었겠는가.

어쩌면 그때 조처를 취했어야 했는지도 모른다. 그 후 13년이 흐른 1993년에는 그것이 직경 9센티미터의 물혹으로 자라 있었기 때문이다. 박태준이 망명 아닌 망명자 생활을 할 때, 한국에서는 한때 박태준이 암에 걸렸다는 소문이 나돌기도 했다.

그로부터 2년 뒤인 1995년, 미국 뉴저지에 있는 맏딸 박진아의 집에 머물고 있을 때 독감에 걸린 적이 있었다. 치료를 받아도 증세가 호전되지 않아 뉴욕 코넬 대학교 병원 응급실로 후송됐다. 이때 장 여사가 맏사위 윤영각에게 한이 남지 않게 최고의 병실로 모시라는 말까지 했을 정도로 위급한 상황이었다. 의사들이 모여 수술 여부에 대해 머리를 맞대고 의논했으나 두고 보자는 쪽으로 결론이 났다.

다행히 박태준의 정신력이 병마를 이겨 퇴원할 수 있었다. 이후로도 지속적으로 건강 상태를 체크하면서 추이를 지켜봤다. 한번 건강을 잃은 터라 매사에 조심하면서 수시로 체크했다. 체크할 때마다 혹은 조금씩 자라고 있었다. 종래엔 그 혹이 가슴을 압박하기에 이르렀다. 그러다 이윽고 갈비뼈에까지 통증이 느껴져 2001년 다시 코넬 대학교 병원에 입원했다. 박태준은 결코 수술하고 싶지 않았다. 자신이 드러누우면 포철은 큰일난다고 생각하던 시절에 항생제로 버티면서 병을 이겨낸 전력이 있었기에 이번에도 이겨 낼 수 있을 거라고 생각했다. 그는 자신이 아픈 것을 용납하지 못했다. 그러나 이번에는 경우가 달랐다.

유서를 써놓고 수술에 들어갔다. 옆구리를 절개하고 갈비뼈 하나를 잘라 빼낸 다음 폐 밑에 있는 커다란 물혹을 적출하는 위험한 수술이었다. 수술은 성공적으로 끝났다. 뉴욕에서 요양을 한 박태준은 2002년 1월 초 건강한 몸으로 귀국했다. 그러나 폐는 지속적으로 말썽을 부렸다. 기침할 때마다 피가 섞여서 나왔다. 그러다 2011년 12월 13일, 결국 84세를 일기로 세상을 떴다.

박태준은 떠났으나 그의 아내 장옥자 여사는 하루 일과의 시작을 국립현충원에서 그와 더불어 하고 있다. 생전에 즐겨 마시던 커피를 찻잔에 담아 남편의 묘소 앞에 놓고 마음속으로 남편과 이야기를 나눈다. 100일 탈상이 끝났는데도 찾는 이들이 끊이지 않자 그들에게 따뜻한 차 한 잔이라도 대접해야겠다는 생각에 곁을 지키기 시작한 것이 일상이 되어 버렸다.

박태준이 타계하고 얼마 뒤, 그가 단 한 주의 포스코 주식도 보유하지 않았다는 믿기 어려운 사실이 알려졌다. 자신이 가질 게 아니라 힘들게 일하는 직원들에게 나눠 주는 것이 옳다는 철칙 때문이었다. 임종 직전, 정리하거나 사회에 환원할 만한 개인 재산 또한 없는 것으로 확인되자, 국민들은 숙연해하기까지 했다.

박태준은 조국이 여전히 분단돼 있다는 사실에 대해서도 걱정하면서 평화통일 말고는 길이 없다고 강조했다. 누구보다 통일된 조국에서 살고 싶어 했던 박태준은 통일 한국에서 꼭 하고 싶은 일이 있었다. 바로 북한 땅에 제철소를 짓는 일이었다. 그 뜻을 잘 알고 있던 정동영 의원은 그에게 "포항에 제철소의 주춧돌을 놓았듯 북한 함흥제철소를 현대식 제철소로 바꿔 달라"는 부탁을 하기도 했다.

박태준은 훌륭한 경영자이기도 했지만 항시 국가를 걱정한 애국자였으며, 정치적으로는 내내 보수 정치의 원로로 평가받았다. 그는 박정희 전 대통령의 성장 정책에 동조하여 포철이라는 훌륭한 기업체를 성공적으로 이끌었지만 결코 장기 집권에는 참여하지 않았다. 또한 포철 사장과 회장직을 수행하는 동안 엄청난 돈을 만졌지만 사사로이 사용한 적은 없었다. 그것이 바로 그의 자산이었다.

살아생전 세계 철강업계로부터 '신화 창조자(Miracle-Maker)'라는 칭송을 받았던 박태준, 한평생을 청빈하고 올곧은 성품으로 일관했던 박태준, 그는 앞으로도 영원히 '위대한 철강인'으로 칭송받을 것이다.

'박태준!' 이 위대한 이름 석 자는 대한민국의 역사에 영원히 기록될 것이다.

참고문헌

■ 단행본

서갑경, 『철강왕 박태준』, 한언, 2012

신현신, 『철강왕 박태준』, 문이당, 2012

이대환, 『세계 최고의 철강인 박태준』, 현암사, 2011

정덕구, 『외환위기 징비록』, 삼성경제연구소, 2008

조정래, 『박태준』, 문학동네, 2007

박철언, 『나의 삶 역사의 궤적』, 한들출판사, 2004

조일훈, 『나의 꿈 나의 청춘』, 올림사, 2004

안상기, 『우리 친구 박태준』, 행림출판, 1995

조용경 엮음, 『각하 이제 마쳤습니다: 청암 박태준 글모음』
            한송, 1995

김인영, 『박태준보다 나은 사람이 되시오』, 자작나무, 1995

■ 신문

경북일보 2013.05.16

동아일보 2012.12.17 / 2011.12.14 / 2011.12.13 / 1998.04.20
            1997.12.02 / 1997.11.22 / 1997.07.28 / 1995.01.29

　　　　　　1993.06.10 / 1993.06.01 / 1970.04.03

중앙일보 2012.12.10 / 2011.12.13

박태준, 「쇳물은 멈추지 않는다」, 중앙일보, 2004.08.02~2004.12.09

조선일보 2012.06.07 / 2011.12.13

매일경제신문 2011.12.14 / 1998.08.14 / 1997.11.11 / 1997.02.03
　　　　　　1995.10.08 / 1995.06.21 / 1994.10.14 / 1993.03.12
　　　　　　1992.06.24 / 1987.05.16 / 1987.05.01 / 1984.08.04
　　　　　　1978.12.12

서울신문 2011.12.14

한국일보 2011.12.14

한겨레신문 2011.12.14 / 1999.12.30 / 1997.11.22 / 1997.05.12
　　　　　　1993.03.12 / 1992.10.19 / 1992.10.02 / 1990.02.06

경향신문 2011.12.13 / 1997.12.03 / 1993.12.29 / 1993.06.04
　　　　　　1993.03.12 / 1988.03.31 / 1987.05.16 / 1968.03.04

경북매일신문 2013.07.19

헤럴드경제 2012.08.31

김영섭, 「IMF 10년」, MK뉴스, 2007.11.19

문화일보 2005.10.28

한국경제 1997.11.22

■통신사

뉴시스 2011.12.18 / 2011.12.13

연합뉴스 2011.12.13

■기타

EBN산업뉴스 2011.12.15

머니투데이 2011.12.14

프레시안 2011.12.14

포스코뉴스 2011.11.01 / 2009.02.26

스틸데일리 2009.02.19

포스코신문 2004.02.19

강철왕 박태준

초판 1쇄 인쇄일 • 2013년 12월 10일
초판 1쇄 발행일 • 2013년 12월 13일
지은이 • 신중선
펴낸이 • 임성규
펴낸곳 • 문이당

등록 • 1988. 11. 5. 제 1-832호
주소 • 서울시 성북구 동소문동 4가 83 청구빌딩 3층
전화 • 928-8741~3(영) 927-4990~2(편)
팩스 • 925-5406
ⓒ 신중선, 2013

전자우편 munidang88@naver.com

ISBN 978-89-7456-476-6 03810